Tudo o que dizemos no silêncio

CB139362

MARTA VASCONCELOS

Tudo o que Dizemos no Silêncio

1ª Edição

Santa Catarina - 2023

Qualis

Copyright © 2023 Qualis Editora e Comércio de Livros Ltda

Todos os direitos reservados e protegidos.
Nenhuma parte desta obra poderá ser reproduzida ou transmitida sejam quais forem os meios empregados sem prévia anuência da editora.

Esta é uma obra de ficção. Nomes, personagens, lugares, datas e acontecimentos descritos são produto da imaginação da autora.
Qualquer semelhança com a realidade é mera coincidência.

Editora Responsável	Simone Fraga
Assistente Editorial	Bianca Jung
Projeto Gráfico, produção editorial e Preparação de texto	Setor Editorial
Leitura Sensível	Lorena Ribeiro
Revisão Ortográfica	Amanda Bianca Paladini Simone Fraga
Ilustradora	Ana Paula Silva
Design de Capa	Renato Klisman Gabriele Lima
Diagramação	Marcos Jundurian
Imagens Internas	Shutterstock

DADOS INTERNACIONAIS PARA CATALOGAÇÃO NA PUBLICAÇÃO (CIP)

V331

Vasconcelos, Marta - 1988 -
Tudo o que dizemos no silêncio / Marta Vasconcelos. — [1. ed.] — Florianópolis, SC: Qualis Editora, 2023.
212 p. : il. ; 23 cm.

ISBN Impresso 978-85-7027-092-4

ISBN Digital 978-85-7027-098-6

1. Literatura 2. Romance Brasileiro 3. Drama 4. Ficção I. Título

CDD – B869.3
CDU – 821.134.3(81)

Classificação 16+
Este livro aborda temas sensíveis, incluindo uso de drogas, violência, abandono parental e relacionamentos tóxicos.

1ª edição – 2023

Qualis

Qualis Editora e Comércio de Livros Ltda
Caixa Postal 6540
Florianópolis - Santa Catarina - SC -
Cep.88036-972

www.qualiseditora.com

www.facebook.com/qualiseditora

@qualiseditora

@qualiseditora

contato@qualiseditora.com

Aos meus Leitores,

Para quem já me acompanha na estrada da escrita sabe que eu gosto de vir aqui e bater um papo com vocês. Na verdade, é uma das minhas partes preferidas de escrever um livro. Mas, nesse exato instante, com minha gata dormindo no meu colo, deve ser possivelmente a décima vez que tento escrever essa carta.

Eu tinha uma pronta. Juro. Mas ela foi escrita em dezembro de 2019 e eu não sou mais a pessoa que eu era. Então, aqui está: uma versão novinha em folha para vocês.

A verdade é que de longe, este livro foi o mais trabalhoso e difícil que eu escrevi até hoje. Trabalhoso porque até chegar nessa versão final eu praticamente escrevi três livros diferentes e difícil porque tive que aprender muita coisa antes de botar essa história para frente. Muita mesmo.

Sinceramente (e que fique só entre nós), eu pensei em desistir de desse livro. Ficava me perguntando por que eu queria contar essa história, ou se ela fazia sentido para mim. Na primeira versão eu estava eufórica, tinha escrito rápido demais, estava empolgada e se dependesse somente de mim, teria sido publicada daquela forma mesmo. Depois a sensatez me bateu e com ajuda de uma boa leitura crítica e de betas, que eu serei eternamente grata, nasceu a segunda versão. Mas ainda tinha alguma coisa de errado. Bom, aí veio 2020 e 2021, e eu não preciso nem entrar em detalhes.

Eu mudei e a história também. Apesar da minha ansiedade e insegurança terem crescido exponencialmente nos últimos tempos, compreendi que a melhor forma de aprender é com o silêncio, pois só com ele consegui realmente entender. Desse modo eu reencontrei diferentes versões minhas que ficaram guardadas por muito tempo, algumas machucadas, outras envergonhadas. E a grande maioria largada às traças. Quando eu tinha 19 anos eu já havia saído da casa da minha mãe e me sustentava. Muita coisa aconteceu cedo demais na minha vida. Por causa disto achei que tiraria certas coisas de letra, mas o caos – sinistro e intrigante que chamamos de vida – ainda tem muita coisa para me ensinar. Por muito tempo eu me senti sozinha. Em retrospecto, hoje com quase trinta e quatro, eu compreendo que minha emancipação me tornou alguém que eu não conheço direito. Estou, portanto, em busca de mim. Todos os dias. E nessa busca eu consigo enxergar de longe, quase embaçado, que sou feita de fractal. Todos nós. Ninguém é uma coisa só. Por isso é tão difícil sermos fiéis a nós mesmo durante toda vida. Nos moldamos a ela como um instinto de sobrevivência e, ocasionalmente, nos perdemos na tentativa de continuar seguindo.

Olhando mais de perto, a versão final do livro tem muito mais de mim do que eu poderia imaginar. Ideias que pareciam ser apenas frutos da criatividade eram na verdade um pedaço meu. Todas as sete histórias que vão aparecer aqui, cada uma delas tem um pouco da Marta de algum lugar no espaço-tempo. Um sorriso, uma fala, uma cena específica, uma dor... Somos feitos de uma infinidade de nós mesmos que se repete ao longo da nossa existência. E eu entendi que aquela solidão que bate de repente logo de manhã no ponto de ônibus, ou no fechar dos olhos ao arrancar um *band-aid* ou na indiferença de um término é, na verdade, bem-vinda e faz parte do 'conheça a ti mesmo'. Cada lição com o mundo que carregamos é um fractal de nós mesmos, e isto só reforça a minha teórica de que não mudamos nossa essência, mas nos reinventamos na mesma proporção que somos atingidos pelo caos.

"Tudo que Dizemos no Silêncio" é uma história sobre amizade e como ela nos faz suportar todo esse caos. Mas é também um pouco sobre se perder no caminho, desarmar-se de tudo e buscar a si mesmo.

Espero que você encontre nesse livro um lugar bom e seguro. Conte sempre comigo.

Com carinho,

M.

Dedico essa história a todos que buscam nos livros o apoio que deveriam ter em casa. Vocês não estão sozinhos.

Maio, 2019

A quem interessar,

Talvez não faça sentido começar isso agora. Acho que apenas preciso entender se eu teria feito diferente caso tivesse a chance. Recusar meu primeiro tiro de heroína seria um bom começo. Na verdade, recusar muitas outras coisas antes disso seria melhor, como aquele baseado na festa do colégio. Eu era só um moleque tolo que queria chamar atenção. Agora eu entendo. Quis atenção todas as vezes em que cedi às inúmeras brigas com meu pai. Eu tinha o palco e a plateia e acabei me tornando uma estrela patética em ascensão.

Às vezes me pego pensando se as coisas teriam sido diferentes se eu tivesse esquecido Becca da primeira vez que ela me deu um fora. Quem sabe assim nada disso teria acontecido. Ou talvez sim, já que eu tenho o dom de destruir tudo ao meu redor. Mas acho que ficar sem ela seria difícil demais para um cara como eu, com medo da solidão. Com medo do fim. Estou sempre me pondo em cheque toda vez que afasto de mim as poucas pessoas que se importam comigo. Talvez se Bruno e Caio nunca tivessem se conhecido a culpa não seria minha. Ou se Felipe não se apaixonasse por Amanda. Ou mesmo se Chris nunca tivesse ficado sozinha naquela maldita noite... Eu não fiz nada disso acontecer, ainda assim a culpa é minha. Uma infinidade de "se" me sufoca incessantemente desde que soube que causei tudo isso. É como um fractal que se repete nos vértices inconstantes do destino, como se quisesse me mostrar as infinitas possibilidades de um final diferente.

Final... Isso soa como um novo começo.

O que mais me perturba disso tudo é pensar que, nesse jogo de sete erros, todas as setas acabam apontando para mim.

Não sei ao certo o que estou fazendo, mas espero que agora, sem minha bagunça espalhada pelo caminho, as coisas finalmente fiquem bem. Essa carta alivia um pouco a dor que carrego. E eu sou grato.

Talvez isso seja mesmo uma despedia e eu sou o único tolo que ainda não percebeu. Ou quem sabe apenas um "não chore por mim".

Por favor, diga a minha mãe que não foi culpa dela. Tentei mil vezes ser um cara melhor, mas simplesmente falhei. Permito-me uma última falha hoje, porque apenas preciso acabar com o barulho.

Thiago.

Rebecca

"Sonhamos como mártires
Eu nunca pensei que eu era corajoso o suficiente
Você me empurrou ainda mais
E eu assumi a culpa por nós"

♫ Weight in Gold – Gallant

Maio

A sensação é de acordar no meio da madrugada sem saber direito se estou consciente ou não. Meu corpo ainda dói, minha cabeça lateja e o estômago segue embrulhado. Sei que tenho que entrar no cemitério, mas me falta coragem, e assim, continuo sentada do lado de fora.

Ainda estou confusa com o que aconteceu. Absorver tudo o que a morte de alguém pode significar leva um tempo, e se acostumar com o "não está mais entre nós"... Bem, não é fácil.

Sequer me lembro de como cheguei aqui.

De repente, sinto algo deslizar entre os dedos como se eu já não tivesse força nas mãos. Tenho a impressão de que esqueci uma coisa importante, mas o cansaço me vence e, logo, deixo pra lá. Respiro fundo e controlo o que está crescendo dentro de mim. Não sei explicar muito bem o que é, uma raiva talvez, um inconformismo. Acho que posso postergar isso um pouco mais e me dar o luxo de tentar fugir.

Um sorriso muito contido faz o ar sair pelo meu nariz. Lembro-me do Thiago no dia que voltei de férias. É engraçado perceber somente agora quantas vezes ele me fez sorrir exatamente assim, mesmo com raiva, mesmo inconformada. Ele sempre sugou muito de mim, muito mais do que eu tinha para dar, por isso o cansaço se tornou uma constante em minha vida, pois ele, aos poucos, drenou minha energia. Ainda assim, me fez sorrir tantas outras vezes. Eram nas coisas pequenas que ele, sem perceber, fazia de mim uma pessoa especial, pois eu era a única que acreditava na guerra travada por sua própria dualidade.

Não foi diferente quando reatamos o namoro no começo do ano...

Final de Janeiro,
Campinas

Meu celular toca pela terceira vez e pela terceira vez é Thiago. Mas que droga! Por mais que eu tente resistir, a vontade de atender só cresce à medida que ele insiste. Não consigo negar que também sinto saudade, que a briga que tivemos foi idiota e que eu só queria que ele viesse pra cá, ficar comigo.

Na quarta tentativa das ligações insistentes eu atendo.

— O que você quer? — Vou direto ao ponto.

— Eu quero conversar com você, Becca. — O jeito impaciente no tom de voz dele me causa certa satisfação. Não vou mentir, quero feri-lo.

— Você pode me chamar de Rebecca, Thiago. E se quiser falar alguma coisa, seja rápido, por favor. Tenho muito o que fazer.

Ele sabe que eu cheguei hoje em Campinas. Deveríamos ter vindo juntos pra cá, se não fosse a briga que tivemos nas férias.

— Você já chegou no seu apartamento? — ele me pergunta no mesmo tom impaciente.

— Isso não é da sua conta.

— Eu chego em cinco minutos aí.

— Eu não quero que você venha, Thiago! — Ele está começando a me irritar de verdade.

Eu já esperava que ele fosse ser escroto, mas o modo sem paciência como ele fala faz parecer que tudo isso é culpa minha.

— Rebecca, qual é? Você vai fazer cu doce até quando? Eu sei que você tá com saudade e eu também tô. Semana que vem as aulas começam e a gente vai se ver o tempo todo, qual é o ponto desse joguinho?

— O ponto é o seguinte: você é um babaca!

— Não! O babaca é o seu pai! — Ele retribui na mesma moeda.

— Ah! Sim, é óbvio! Eu tinha me esquecido de que você disse isso em alto e bom tom pra toda minha família ouvir!

— O seu pai é um babaca e você sabe disso, Becca! Não se faz de sonsa pra mim! — Então escuto, ao fundo da ligação, ele dando partida no carro. — Eu chego aí em cinco minutos.

— Eu não quero que... — E desliga na minha cara. — Filho da puta!

Exatos cinco minutos depois, ele bate na minha porta. Odeio o fato de ele fazer exatamente o que diz. Eu poderia trancar a porta, mas não adiantaria nada, pois ele tem a chave. Lembro-me do trinco de corrente, mas logo me dou conta de que Thiago o quebrou durante um bate-boca ano passado. Que droga, Thiago!

O cansaço me vence e apenas abro a porta. Ele me olha e apoia os dois braços abertos no portal rachado de madeira. Sou uma idiota por querer rir assim que o vejo. Uma farsa completa! Quem estou enganando? Somos dois palhaços.

A senhora da porta ao lado aparece no corredor bem nessa hora. Ela tenta disfarçar o modo como olha para dentro do meu apartamento. De onde ela espia, somente uma mesa antiga de fórmica com cinco cadeiras aleatórias e um sofá de segunda mão estão ao alcance de seus olhos curiosos. Ela dirige o mesmo olhar para Thiago e revira os olhos no mesmo momento em que o reconhece. Ah, sim... Ela o reconhece. Escuto a bufada alta no mesmo instante em que ela some dentro do elevador.

Thiago permanece do mesmo jeito, imóvel, esperando que minha atenção se volte para ele novamente. Os cachos castanho-claros estão do jeito que eu gosto, bagunçados, e a camisa velha e desbotada dos Ramones sempre foi a minha preferida para dormir. Com uma das mãos, ele guarda no bolso da calça as chaves do carro, e então, coça a nuca e desce o olhar, perdendo-o em algum lugar do meu chão de cerâmica bege. Estou prestes a ceder pelo simples fato de ele estar na minha frente. Mordo o canto da boca na esperança de prender o riso um pouco mais. Ele percebe e sorri, ainda olhando para o chão.

É bem aí, nesse exato momento, que eu sei quem ele é. Nesse sorriso macio nos cantos da boca. Talvez ele não saiba, mas isso diz muito dele e, por tabela, de mim também. Solto o ar pelo nariz junto com um discreto sorriso. Sou uma farsa, estou cedendo, mas mesmo assim, uma sensação boa toma conta de mim.

— Posso entrar? — Thiago, enfim, parece se lembrar de que tem modos.

Balanço a cabeça em negativa e abro um sorriso mais largo. Acho que ele aos poucos vem aniquilando a minha habilidade de ignorá-lo. Eu era muito boa no começo, de verdade. Ignorei-o quase o primeiro período todo da faculdade, ele deve ter me chamado para sair umas vinte vezes e eu sempre arrumava uma desculpa. Nunca tive paciência para caras como ele, rebeldes cheios de privilégios, com camisas amassadas e calças rasgadas. Sempre me lembrou de algum personagem punk de um filme qualquer do final dos anos oitenta. Mas mudei de ideia quando percebi que era tudo faixada e que ele, na verdade, importa-se demais com tudo e por isso tinha tanta coisa na cabeça. O cara rebelde do quinto período de Engenharia me conquistou quando, uma vez, eu o vi comprando almoço para um menino em situação de rua.

Parece que na verdade são dois Thiagos e às vezes fico sem saber com qual estou lidando.

Saio da frente e abro caminho para ele entrar sem nem mesmo dizer uma só palavra. Minha expressão já diz tudo. Ele entra, fecha a porta e passa a chave.

— Pra que esse charme todo, Becca?

Esqueço completamente a raiva que estava sentindo de mim mesma – e dele também –, momentos antes. Não iria sustentar a pose de durona por muito tempo, de qualquer forma. Ele me beija, eu tento recuar um pouco, só por causa do meu orgulho ferido, mas então, cedo. Mais uma vez, cedo.

O pior de tudo é que sinto que estou exatamente onde queria estar desde o começo. Com ele.

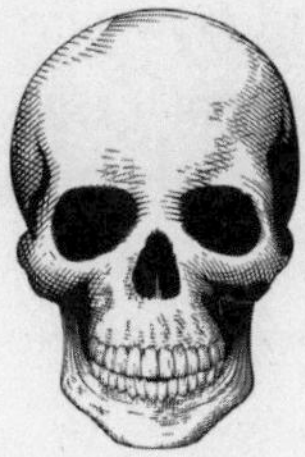

Felipe

(Sábado 02h13min)

"Olhe atentamente para as luzes piscando mais uma vez
A visão noturna não é cruel
Uma magnífica visão dos espinhos de alguém
Certamente alguém vai olhar para os seus espinhos e sentir conforto também"

♫ Moonchild – R.M.

Tento me convencer de que bebi o suficiente para conseguir vomitar e que esse mal-estar que estou sentindo não tem nada a ver com o fato de não conseguir chegar nela. Meu Deus! Como pode doer tanto só de vê-la? Pensei que depois das férias as coisas seriam mais fáceis, afinal, é fevereiro, começo do quinto período e, por Deus, Felipe! Vinte e dois anos na cara não é o suficiente para evitar essa sensação horrorosa de frio no estômago? O suor gelado nas palmas das minhas mãos responde por mim.

Ela faz isso comigo todas as vezes, todas. Por que hoje seria diferente? Achei que pelo menos o álcool fosse me ajudar somente dessa vez. Certamente, estava errado.

Trancado no banheiro da república mais badalada da Unicamp[1], tento me acalmar e descobrir o que mexeu mais comigo. O fato de simplesmente tê-la visto passar pelo portão de grade da entrada, sem nem mesmo esperar, ou o modo como chegou na sala de convivência. A luz fraca do ambiente, alternada com o pisca-pisca pendurado nas janelas, não tiraram a graça da fantasia de gatinho que está usando. Os bigodinhos, com as covinhas por baixo deles me acertaram em cheio.

Olho mais uma vez para o vaso sanitário usado por pessoas com definição de mira completamente diferente da minha e acabo desistindo de tentar vomitar para me sentir melhor. Não estou bêbado, só extremamente nervoso. E um pouco inseguro talvez. Eu só queria que fosse fácil ficar perto dela.

Lavo as mãos evitando me olhar no espelho, para que minha insegurança não tome conta novamente da situação. Mas como de costume – não só meu, que se diga de passagem –, acabo cedendo e me encaro no reflexo.

---

1 UNICAMP - Universidade Estadual de Campinas.

Eu tive mesmo que amarrar uma bandana na cabeça e colocar um tapa-olho? *Nossa, Felipe, você realmente se supera!* Rio baixo com meus pensamentos. Acho que lá no fundo pensei que, tampando a mancha do meu olho, talvez ela me visse como um cara normal. O problema é que faltam apetrechos para esconder a mancha do queixo, da orelha, do pescoço, das mãos, cotovelos... Enfim, não tem como esconder quem eu sou.

Estouro o elástico do tapa-olho numa só puxada e o jogo no lixo. Não vou deixar de ser quem sou com ele.

— Ô, cara! Onde você tava? — Bruno abre os braços, esperando uma resposta.

— No banheiro — respondo, tentando não ser tão barulhento quanto ele.

Solto uma piscada e logo disfarço com um gole na minha cerveja quente. Não quero falar sobre isso agora, estamos na primeira festa do ano e eu não vou ser o cara que estraga o clima com problemas de insegurança.

— Vem, gente. Tem lugar no sofá agora! — Christiane, vestida de tequila, ajeita a tiara em formato de limões e nos chama com um movimento rápido com as mãos.

A companhia dela é algo que nunca dispenso, mesmo sendo bem mais chegada ao Bruno do que a mim. Sempre de bom humor, sempre sorridente. É o tipo de pessoa que só se quer estar perto, como se a energia dela contagiasse.

Nem analiso o sofá velho da república antes de me jogar no meio dele e estirar os pés até alguma coisa que serve de mesa de centro. *Ai, como é bom esticar as pernas...* O quinto período de Engenharia ainda nem começou e eu já estou acabado. Chris se senta colocando meu braço por cima dos seus ombros e Bruno se esparrama , desleixado, do outro lado. Eu estou muito bem acompanhado com esses dois. Sinceramente, na maior parte do tempo que passo com eles, acabo me esquecendo de que o vitiligo está tomando conta de mim.

— Cadê o tapa-olho, pirata? — A tequila falante brinca em tom de dúvida. Eu apenas reviro os olhos, sem conseguir esconder meu dilema interno.

— Joguei fora. — Sinto o olhar semicerrado de Bruno para mim quando respondo.

— Hum... — Chris me analisa antes de completar. — Está melhor assim. — E sorri. Ela consegue deixar tudo um tom acima da doçura.

Ensaio um sorriso no canto da boca. Ela provavelmente sabe por que eu fiz isso, apesar de nunca termos conversado abertamente sobre o assunto.

— Você está uma graça hoje, alguém já te disse isso? — falo de forma sincera. A fantasia dela está mesmo ótima.

Bruno na mesma hora se inclina, tirando os pés do apoio, e se desequilibra de volta para onde estava. Já deve estar bêbado.

— Sua fantasia está foda, Chris! — afirma com a voz arrastada. Sim, certamente está bêbado.

— Não posso dizer a mesma coisa de você, né, Bruno!? — Chris arranca nossas risadas sem nem mesmo pensar duas vezes.

— O quê? — Ele arrota em objeção. — Estou fantasiado de Homem-Aranha! — E aponta para camisa como se explicasse a coisa mais óbvia do mundo.

— Isso não é uma fantasia, cara, é uma camiseta. — Entro na onda de Chris, pois se tem coisa melhor que pegar no pé dele, é fazer isso quando está bêbado.

Bruno olha para mim e então para Chris, e logo em seguida para mim novamente, como se realmente procurasse uma justificativa plausível, mas logo desiste.

— Ah, foda-se! — ele conclui. Rimos os três.

Chris se levanta decidida, depois de mexer no celular, deixando as tranças esbarrarem em mim. Eu adoro o cabelo dela. Às vezes ela muda a cor das mechas nas tranças que vão até a cintura. Desta vez, e não por acaso, estão verde-limão.

— Vou dar uma volta. — Abre um sorriso dissimulado que nem de longe disfarça as intenções por trás daquilo.

— Juízo! — Levanto a garrafa vazia em brinde àquela atitude. — Certamente você terá mais sorte que eu nessa festa.

— Não se faça de vítima, Felipe! Pega mais uma cerveja e vai falar com ela! — Chris retruca já de olho no outro lado da sala onde as pessoas estão dançando.

— Eu vou, mas não agora... — falo, quase perdendo a voz na esperança de mudarmos o assunto. Bruno, de canto de olho, me analisa quase como se estivesse sóbrio.

— Bom, espero que tome uma atitude até o final da festa.

Ela tem que dar a última palavra como uma irmã mandona. Balanço a cabeça em concordância, com o olhar perdido em algum lugar entre o corredor a nossa frente e um móvel antigo que serve de bar. Isso é o suficiente para Chris sair com sua roupa fluorescente contrastando com a pele negra.

Bruno puxa o cabelo para trás, bagunçando ainda mais aquele ninho, e descansa a cabeça no apoio do sofá.

— O que você tem? É a Amanda? — Ele me conhece bem.

— É.

— Você estava mesmo no banheiro?

— Estava.

— Fazendo o quê, não ia falar com ela?

— Ia, mas fiquei nervoso demais e achei que fosse vomitar.

— Caralho... — Mal escuto Bruno se queixar.

— Também acho.

— O que eu acho realmente é que preciso de mais uma cerveja. — Ele olha para minha garrafa vazia e continua: — Quer mais uma?

Apenas dou de ombros.

— Ei, Felipe! Você sabe que não tem nada que te impeça de chegar nela, né?

Bruno tenta me animar, mas o máximo que consigo fazer é bufar e abrir um sorriso em resposta.

— Cara, você só está nessa *vibe* porque ainda não bebeu o suficiente. Você é o cara mais interessante nessa porra toda. — Ele gesticula o indicador a sua volta, com a minha garrafa e a dele entre os dedos. E mais uma vez, arrota.

Bruno realmente vira outra pessoa quando bebe. Aproveito para dar risada da situação. Há dois anos, quando ele veio morar comigo e com Thiago, não imaginei que se tornaria um dos meus melhores amigos. O mineiro tímido de nariz comprido que queria Engenharia, mas acabou fazendo Arquitetura, quase não falava. Cheguei a pensar que ele tinha medo da gente. Na verdade, nem me lembro direito de como ele veio morar conosco, mas enfim, aqui estamos. Viramos melhores amigos depois de algumas partidas de videogame.

— Não se preocupe! — Ele bate duas vezes na minha perna. — Quando eu voltar a gente resolve isso.

Ele, então, se levanta rápido demais para quem tentava se equilibrar momentos antes e acaba cambaleando para trás.

— Onde o Thiago está, afinal? — Bruno olha a sua volta e sai.

E sim, ele tropeça uns dois metros à frente.

Amanda

"Quando você me abraça na rua
E me beija na pista de dança
Eu queria que pudesse ser assim
Por que não pode ser assim?
Porque eu sou sua"

♫ Secret Love Song – Little Mix

Maio,

Cemitério Santa Luzia

Lembro-me de mamãe. Acho que é por causa do cheiro forte dos cravos. Provavelmente, se ela estivesse aqui, espirraria o tempo todo e teria uma desculpa muito plausível para não ficar. Mas eu não tenho o direito de estar assim. Não agora.

Sinto meus olhos inchados e ardidos, mesmo com eles fechados. Respiro fundo, mas um soluço me interrompe no meio do caminho. Todos parecem, arrasados, como eu. Evito reparar nas pessoas ao meu redor ou me importar na maneira como me sento, não tenho forças para compostura. Escorar a cabeça na parede e encolher meus ombros faz com que a dor seja menor, apesar de saber que ela ainda está aqui.

Quando eu era criança, detestava me machucar. Não estou dizendo que alguma criança goste de se machucar, mas eu em particular não lidava bem com feridas. Um joelho ralado era motivo de sequer levantar do sofá. Uma vez, com dez anos, caí de bicicleta, foi uma queda feia, apesar de não ter quebrado nada. Mas ralei muita coisa. Pés, joelhos, braços, e um dos cotovelos ficou literalmente em carne viva, a cicatriz me acompanha até hoje. Lembro que no dia seguinte eu não me mexia para nada, nadinha mesmo, e quando chegava a hora de trocar os curativos era uma grande novela. Eu ficava dizendo para mim mesma: daqui a duas semanas eu estarei bem, lembrarei desse exato momento e irei perceber que não foi nada demais. Com dez anos criei o mantra que uso desde então. Sempre que me machuco ou passo por algo que parece não ter saída, lembro-me daquele dia e da exatidão do prazo que eu estipulava ao prometer para mim mesma que ficaria tudo bem.

Passo a mão de leve na cicatriz do cotovelo e tento fazer o mesmo agora.

Vai ficar tudo bem... Vai ficar tudo bem...

Sinto minha garganta fechar ao perceber que não sei estipular um prazo para essa dor passar, ou talvez eu esteja com medo de ser sincera o suficiente para um período de tempo longo demais. Eu sei que parece egoísta da minha parte, mas eu preciso gerenciar, de alguma forma, esse sentimento. E isso, agora, só depende de mim.

Sem prazos dessa vez, escolho apenas as boas lembranças para me fazer companhia. E como num passe de mágica, meu placebo faz efeito e me leva de volta à festa no início das aulas.

FEVEREIRO,

Campinas

— Eu não acredito que ele fez isso de novo! — Becca está tão irritada que esfrega as mãos no rosto, borrando a própria maquiagem.

— Calma, amiga. Daqui a pouco ele aparece, você não conhece o Thiago? — Tento apaziguar a situação, afinal, Thiago sempre some.

— Não, Amanda! Não! Eu não aguento mais! Caramba! A gente veio pra cá juntos! Não tem nem três dias que voltamos e agora ele some desse jeito, do nada! Nessa festa!!

Becca está certa, o relacionamento deles é caótico. Não sei por que ela ainda se dá ao trabalho de continuar tentando. Só Deus sabe o que ele está fazendo nesse exato instante. Não quero nem imaginar. Mas, até onde eu sei, foi sempre assim: ele bebe, cheira, fuma e depois deixa os restos mortais pra Becca recolher. Ela não precisa disso, não mesmo. Rebecca é uma mulher e tanto, com opinião própria e força de vontade. Sem falar no coração enorme que tem escondido debaixo daquela personalidade intimidadora e tatuagens aleatórias.

Não, ela não merece isso, e nem eu, porém, mais uma vez, estou aqui a escutando perder o controle.

— Ai, que ódio!! Atende logo esse celular!!! — Becca, mesmo com raiva e rímel borrado, tem uma atmosfera *pin-up* com seu cabelo preto de franja grossa, as asas brancas de anjinho contrastando com as tatuagens nos ombros.

— Becca, deixa pra lá. Ele nem vai escutar o celular com essa música alta. Vamos sair desse quarto e ir lá pra fora dançar — falo, segurando-a com uma mão e a maçaneta da porta com a outra.

Meus bigodes de gatinho estão começando a estragar e nem mesmo dancei essa noite. Poxa, Thiago! Isso é tudo culpa sua!

— Amanda, eu não posso me divertir sabendo que se eu não fizer nada provavelmente vou achar ele jogado numa sarjeta qualquer do *campus* pela manhã.

O pior desse argumento é que ela tem razão. No lugar dela, também ficaria assim. Mas tudo tem limite, e o meu e o dela certamente são diferentes.

— Conseguiu falar com o traste? — Chris entra de rompante no quarto depois de receber minha mensagem de socorro.

— Não! — Becca responde, roendo a unha do mindinho ainda com o celular no ouvido.

— Foda-se o Thiago, Rebecca! Os amigos maconheiros dele que o carreguem de volta pra casa, a gente volta de Uber. — Chris sabe ser dura quando precisa. — Vem, vocês duas! Vamos dançar!

Ela nos puxa pelas mãos, mas Becca se recusa a ceder.

— Não gente, vocês podem ir. Sério. Eu vou continuar tentando.

— Então vamos, Amanda! Não aguento mais ver Becca desse jeito.

Olho para Becca e sinto o coração doer com a minha decisão de deixá-la sozinha, mas não dá mais. Talvez ela comece a sentir na pele as consequências de continuar perdoando essa bagunça que ela chama de namorado. Realmente não quero ficar a noite toda nesse quarto estranho. Já perdi festas demais desse mesmo jeito. Ela vai entender.

Jogo uma piscada para ela antes da porta se fechar entre nós duas.

Enfim, livre... A música reverbera no meu tórax. A sala lotada parece ter esperado por mim a noite toda. Chris me abraça por trás e beija meu rosto. Ela sabe que ainda estou pensando em Becca. Vejo que a marca no meu bigodinho fica na boca dela, mas eu não ligo, acho graça na verdade.

Brindamos com as tequilas que uma garota com corte *pixie* nos serve. Ela e Chris logo começam a conversar e, quando eu percebo, perco minha parceira de dança. Faço um gesto com o celular no ar para Chris, que me responde com um joinha. A última coisa que eu quero é ir embora sozinha hoje.

Apesar de estar sóbria, sinto-me embriagada com a energia da festa e das pessoas ao meu redor. Estou feliz com o retorno das aulas e empolgada com o segundo período de Letras. Penso em Becca e na sorte que tenho de morar com ela, apesar do Thiago viver indo lá. Queria que ela estivesse se divertindo também.

— Oi! — Escuto uma voz familiar no meu ouvido.

— Oi, Felipe! — Sinto meu coração bater mais forte quando o vejo.

Olho pra ele e de imediato tento decifrar que sua fantasia. Ele está com uma camiseta preta e uma bandana, também preta, com uma caveira estampada.

— Voc... tá... da! — Ele gesticula com a mão que segura a cerveja, mas eu não ouço nada.

— Quê? — Acabo rindo com o som desafinado que minha voz faz. Sinto-me boba, porém, leve.

Ele chega mais perto do meu ouvido e diz que adorou os bigodes. Abro um sorriso na certeza de que receberei outro em troca, e quase no mesmo segundo, lá está. Largo e sincero. É sempre bem-vinda a sensação que brota em mim toda vez que reparo nos dentes bem alinhados e em como combinam perfeitamente com seus dois tons de pele.

Dançamos juntos e eu finalmente sinto que estou no ponto alto da minha noite. Reparo na gola da camiseta que está usando, bem mais decotada do que o usual, deixando não só o osso da clavícula à mostra, mas também as manchas que vão descendo e me deixando curiosa para saber o formato que têm.

Ele sorri de forma diferente dessa vez (acho que reparou para onde eu olhava) e diminui o ritmo. Sua mão livre encaixa na minha cintura. A palma gelada sobre o tecido do vestido me faz paralisar.

Trocamos olhares e flertes há algum tempo, mas até então nenhum de nós tinha tomado a iniciativa. Não me lembro de quando comecei a me sentir dessa forma, mas já tem um tempo. Acho que foi quando reparei que ele tem uma mancha em forma de coração no antebraço. De algum modo, esse rapaz descontraído, que se dá bem com todo mundo, tem algo puro que me faz querer um pouco mais cada vez em que nos encontramos.

De repente, seu sorriso se retesa e o olhar se torna tenso. Eu quero que me beije, mas parece hesitante. Por quê? Minha respiração muda esperando que se aproxime.

— Posso te beijar? — ele então dispara.

Eu não escuto sua voz, mas o compreendo perfeitamente. Confirmo com a cabeça e me aproximo um pouco mais. Sinto seus dedos apertarem de leve minha cintura e então, seus lábios... Encostam-se aos meus timidamente. Mas antes mesmo de sentir o gosto desse beijo, sou puxada de forma abrupta pelo braço. É Becca.

Demoro alguns segundos para reconhecê-la.

— Amanda, preciso da sua ajuda! — ela grita no meu ouvido. A pobrezinha tenta disfarçar o choro.

Meu olhar vai dela para Felipe. Becca, enfim, encontrou Thiago.

Thiago

(SÁBADO 03H17MIN)

"Afiei minha faca de ambição venenosa
Mas, para as ganâncias insustentáveis, a faca ficou sem corte
Eu sei de tudo
Esse amor é um outro nome para o mal"

♫ Boy Meets Evil – BTS

Borboleta.

Flor.

Borboleta.

Abelha.

Sol.

Flor... flor.

— Abelha... Caralho...

O padrão dos azulejos me hipnotiza enquanto eu tento ficar acordado. Ele me acalma como a porra de uma canção de ninar e me faz esquecer do cheiro podre desse banheiro. Azulejos encardidos de rejuntes mofados. Que tipo de pessoa colocaria essas imagens numa suíte de república? O dono deve ser um filho da puta que herdou a casa de uma tia-avó aleatória e que atende pelo nome de Ronaldo ou Ricardo. Garanto que deve extorquir os alunos superfaturando os quartos. Cabaço do caralho!

Abelha... abelhas voando ao meu redor...

Flor...

Flor... Girassóis... Quero tocá-los, mas eles somem quando lembro de...

Becca... Ela tem um girassol tatuado no quadril que me dá um tesão do caralho. Na verdade, não sei se me lembro disso por causa dos azulejos ou se ouço a voz dela. Puta que pariu! Se ela me encontrar assim vai ficar muito puta comigo. Mas foda-se! Eu só quero abelhas, borboletas, sóis e esse prazer filho da puta que estou sentindo agora; até revirar os olhos para trás é uma delícia.

Meu coração começa a bater mais forte. Não mais rápido, mais forte. É como se meu corpo vibrasse com o bombear do sangue. Parece que acordei sozinho de um cochilo que eu não deveria ter dado. Tenho a impressão de ouvir um barulho na porta, mas a certeza de que a tranquei me tranquiliza. Tenho quase certeza de que tranquei, ou talvez tenha pedido para Bernardo trancar quando saiu com meus duzentos reais e 1g a menos de heroína no bolso. Eu falei para esse puto não vir hoje, mas depois de ter ficado três dias de favor na casa dele, porque esqueci a porra das chaves do meu apartamento, é o mínimo que posso fazer: comprar a droga barata que ele vende.

Quanto mais me esforço para ficar acordado, melhor fica, apesar de saber que não vou conseguir por muito tempo, mesmo sentindo a pele do meu rosto tremer. Acho que alguém tenta me acordar com tapas na cara. Apesar de não doerem absolutamente nada, ainda assim, são bem-vindos.

— Thiago, cara. Você tá me ouvindo? — Eu conheço essa voz, mas não é da... Da abelha... Não, da flor! Da minha abelha... borboleta...

Reviro novamente os olhos e me entrego ao sono. Ter apenas a ínfima certeza de que talvez Felipe esteja aqui me faz desistir de ficar acordado. Sei que não posso me agarrar na possibilidade de ele me resgatar, ou mesmo Becca, mas... Eu só quero poder sentir o prazer e ficar em silêncio.

— Thiago! Segura em mim. Eu vou te levantar.

Levantar? Pera aí, eu não estou deitado. Estou? Tenho certeza de que me sentei no vazo com porta-tampa de tricô laranja. Ronaldo Ricardo, desgraçado.

— Cuidado com a cabeça dele! — A voz de Becca me desperta um pouco. Ah, merda! Ela vai me matar.

Tento abrir os olhos e voltar para o mundo real. É quase inútil. Uma imagem embaçada me rouba alguns segundos para tentar decifrá-la. Meu All-Star preto com o cadarço faltando, minha camisa cinza embolada entre as pernas e uma asa de anjo que custou vinte reais.

— Rebecca, me ajuda a colocar a camisa nele. — A voz do Felipe sai um pouco falhada enquanto tenta me deixar sentado.

— Espera... — Becca funga em seguida. — Deixa eu tirar esse cadarço do braço dele. Que merda, Thiago! Que merda!

Ah, Becca, amor... Não chora. Você sabe que... que eu... flor...

Girassóis...

Abelhas...

Borboletas...

— Felipe, o que eu faço? Chamo uma ambulância? — Não reconheço essa terceira voz, mas algo me diz que deveria. *Pera aí, ambulância? Porra, Felipe, ambulância, não!*

— Amanda, acho melhor levar ele pra casa. — Escuto Felipe falar, no tom de pergunta, com a terceira voz que agora sei que é da Amanda.

Não, cara, me leva pra casa da Becca!

— Porra, Thiago, puta que pariu! — Becca xinga para tentar controlar a vontade de chorar. — Amanda, vou ter que levar ele lá pra casa, tudo bem?

Não ouço Amanda responder, mas também estou pouco me fodendo. Estou mais preocupado com o tom exagerado na voz de Becca. Ela está muito puta dessa vez. Eu não devia ter vindo com ela para essa festa. A gente poderia muito bem ter transado no apartamento dela umas três vezes antes de inventar uma desculpa qualquer para sair e resolver minhas merdas. Em vez disso, tive que ficar quase duas horas esperando Amanda e ela se arrumarem enquanto eu tentava parecer paciente.

Caralho, como eu estava com saudade. Nem sei como que a gente reatou depois de ter chamado o pai dela de babaca naquela maldita viagem. Foram duas longas semanas com ele, a mãe e o pentelho que Becca chama de irmão. Eu estava a ponto de estourar, sério! Não sei como ela se salva no meio daquela família.

Desde quando ela voltou pra Campinas – e me deu mais uma chance –, a gente não transa. Na verdade, desde bem antes! Eu tenho certeza de que ela quis me torturar lentamente com essa fantasia de anjinho. Sério? Anjinho? Ela parece que faz de propósito só pra me provocar.

Isso, Becca... me leva pra... pra sua... casa. Sinceramente, não sei se estou falando ou só pensando. Tento me esforçar para dizer algo em voz alta, mas a única coisa que ouço é um gemido patético que sai da minha boca. Eu deveria ter vergonha de estar assim na frente deles, mas a raiva que estou sentindo é maior e não me deixa pensar direito. Estou com raiva porque eles me acharam, porque não consegui chegar aonde eu queria com essa heroína barata, por estar usando o dinheiro do meu pai para pagar essa merda e pelas aulas estarem começando. Não... Na verdade, não estou com raiva das aulas. A faculdade é o único lugar onde eu consigo respirar um pouco.

Sinto meu corpo se erguer de maneira desigual por causa da diferença de altura entre Felipe e Becca, e isso faz o meu estômago revirar. O macarrão com salsicha que comi antes de vir pra cá centrifuga dentro de mim. Tento calcular exatamente para onde devo virar minha cabeça, para não acertar ninguém com meu vômito. Meu rosto está tombado para a esquerda, logo deve ser o lado que Becca está.

Eu deveria usar essa força sobre-humana que estou fazendo para ficar acordado e fazer alguma coisa que preste da minha vida. Cambaleio a cabeça para direita e consigo abrir os olhos. Finalmente. Vejo o tênis social do Felipe e solto uma risada mental com a escolha infeliz dele.

— Tênis — enfim, consigo dizer alguma coisa.

— O quê? — Felipe, confuso, pergunta.

Minha segunda tentativa de falar é um completo desastre. Minha língua parece inchar e não pertencer ao meu corpo.

— Ele vai vomitar, Felipe! — Becca alerta, mas é tarde demais.

Vomito, junto com o macarrão, todas as minhas férias frustrantes, as cobranças do meu pai e o arrependimento de ter vindo para essa maldita festa.

Caralho. Acho que estraguei o tênis do Felipe.

Chris

"Você ainda me amará
Quando eu não for mais jovem e bela?
Você ainda me amará
Quando eu não tiver nada além de uma alma que dói?"

♫ Young and Beautiful – Lana Del Rey

Maio,

antes do velório

Troco a roupa pela terceira vez. Nada parece me convencer de que não sou um alvo fácil. Até mesmo minha calça jeans favorita parece acessível demais. Suspiro na frente do espelho e sinto minha pestana fibrilar, os cílios tremerem. Um olhar caído nos olhos cor de mel. Analiso pela centésima vez meu reflexo.

Nunca achei que fosse ter medo de sair de casa.

Escolho outra calça jeans, dessa vez preta, sem bolsos. E uma camiseta branca aleatória da minha mãe. Pelo menos é tamanho G. Olho para o meu relógio de pulso rosa-choque e me questiono pela primeira vez na vida: ele também me meteria em encrenca? Em vez de deixar o medo tomar conta de tudo, faço este pensamento sem cabimento se esvair e presto atenção nas horas. Minhas mãos imediatamente suam. Já está na hora. Uma leve falta de ar toma conta do quarto e um turbilhão de pensamentos invade minha mente.

Ansiedade em forma de cadência nos ponteiros.

Está sol, mesmo assim, procuro um casaco que seja fino e o mais liso possível. De repente, acho um escondido no fundo do armário. Estava ali há tanto tempo que ficou com cheiro de guardado. Acho que não uso isso deve fazer uns dois anos, nem sei por que ainda não foi para doação. De qualquer forma, estou feliz por achar.

Olho mais uma vez para o espelho e meu coração aperta. Queria voltar no tempo, evitar tudo isso.

Coloco um tênis de corrida e pego o celular. Meu dedo para antes de tocar no aplicativo do Uber. Checo o sinal do Wi-Fi e está cheio. Então desconecto a internet e meu 4G funciona normalmente. Tento respirar fundo, mas o ar entra tremido enquanto olho para tela do celular. Um zumbido agita ainda mais meus pensamentos e, em menos de um segundo, não consigo ouvir mais nenhum deles. Eu apenas aperto o aplicativo de uma vez e digito, sem pensar, o destino: cemitério.

Na tela vejo um Honda City prata, com o nome de algum Fabrício se movendo pelo mapa. Meu coração acelera ainda mais, aumentando a falta de ar. Tenho vontade de gritar. "À 1min" avisa a *flag* no mapa. Acho que todos esses fatores me fizeram lembrar da voz dele: "Que surpresa boa."

De ponta a ponta, um calafrio me percorre. Cancelo a viagem e desligo o celular.

— Pai. — Chego à sala depois de deixar meu quarto bagunçado. Sinto o coração palpitar. — Você pode me levar?

Ele me olha e suas sobrancelhas se torcem. Quando vou parar de achar que ele sente pena de mim?

— Claro que levo, filha. — Sorri.

Eu não sabia que poderia me tornar tão vulnerável. Não gosto dessa minha versão fraca.

Tento parecer bem, ainda que esteja um pouco consternada e entro no carro. Ainda na garagem de casa, minha mãe surge lá de dentro. Está esbaforida, a bolsa ainda aberta, tentando encaixar seus pertences às pressas.

— Eu também vou, filha.

Ela passa a mão no meu rosto como se eu voltasse a ter seis anos de idade. Os dedos tremem um pouco, imagino que pela pequena corrida para nos alcançar. Fecho os olhos sem nem perceber e deixo a sensação boa que ficou na minha pele se espalhar. De certa forma, esse toque chega ao coração e o aquece. Deixo escapar um pequeno sorriso no canto da boca. Poucas pessoas me fazem sentir isso, uma delas é minha mãe, a outra é Bruno.

Fevereiro,
Campinas

— Alô, Amanda? Cadê você? — Ela finalmente retorna minhas quinhentas ligações. Achei que tivéssemos combinado de irmos embora juntas.

— Oi, Chris. Eu tô chegando em casa.

— O que aconteceu? Eu te liguei tanto! — Quase tive que gritar por causa do barulho da festa.

— Desculpa, Chris. De verdade. Mas é que Becca achou Thiago e eu tô aqui ajudando... — Amanda não precisa falar mais nada, somente o timbre cansado na sua voz diz o suficiente. Não acredito que a noite delas acabou desse jeito de novo.

Despeço-me brevemente e demoro alguns segundos para descobrir o que vou fazer. Olho em volta. Bruno ainda deve estar por aqui, ele sempre é um dos últimos a ir embora. Então saio da cozinha e vou para sala da república. Parece que já chegamos naquele ponto em que só restam os bêbados na festa. Tenho que me espremer nas pontas dos pés entre os sofás lotados da sala para chegar ao corredor. No processo, ouço alguém me provocar.

— Oi, gata!

Se ele espera que eu responda um "oi" com sorriso angelical no rosto é melhor desistir, ainda mais quando percebo que é Bernardo. Simplesmente finjo que não ouvi e continuo meu caminho. Ele, sentado na ponta do sofá, não perde a oportunidade de passar as costas da mão na minha coxa.

— Qual é, Bernardo?

— O que eu fiz? — Ele põe as mãos para o ar como se fosse inocente.

— Você sabe o que foi — falo, confiante, ao mesmo tempo em que sinto meu rosto queimar. Os outros caras no sofá prestam atenção.

— Você não viu que eu tava passando? Por que não tirou a mão? — continuo ainda mais nervosa por ele simplesmente se fazer de desentendido.

— Eu tava aqui na minha, você que esfregou a coxa em mim. — Bernardo toma da sua cerveja no gargalo depois de rir da situação.

Os outros caras em volta começam a rir também, um deles até bate palma e eu sinto um ódio enorme dentro de mim.

— Você não se toca mesmo, né? — A única arma que tenho nesse momento é continuar confiante. Mas a verdade é que no fundo começa a crescer uma vontade repentina de chorar.

— Poxa, gata! Tá brava por quê? Você vem toda linda pra festa e não quer chamar atenção? — Ele consegue dizer isso de uma maneira bem asquerosa.

— Acho que ela prefere outro tipo de atenção, Bernardo. — Um babaca qualquer, que eu nem me dou ao trabalho de olhar, faz o comentário. Todos, novamente, começam a rir, e Bernardo, com aquele cabelo seboso preso num rabo de cavalo e espinhas de uma puberdade que nunca termina, me olha de cima a baixo.

Sinto que preciso sair da frente dele agora. Minha vontade é de falar algumas boas verdades, mas tenho medo de acabar chorando de raiva na frente dele e isso não vai acontecer hoje. Então, sigo meu caminho ainda ouvindo as gargalhadas. Passo a mão na parte da minha coxa onde ele tocou, como se tentasse limpar uma sujeira e, por impulso, puxo minha saia mais pra baixo. Cretino!

Chego ao corredor já quase me esquecendo do que vim fazer, quando então vejo Bruno passar apressado por mim. Ele me reconhece de imediato.

— Banheiro, banheiro... — ele fala mais umas duas vezes "banheiro" antes de finalmente entrar em um.

Espero do lado de fora por quase dez minutos quando, então, resolvo bater.

— Você não vai sair nunca daí? — Ele não responde, então bato com mais força na porta. — Bruno!

— Oi! — Ele parece ter acabado de acordar de um cochilo. Deve estar muito bêbado.

— Tudo bem aí?

Bruno abre a porta somente o suficiente para colocar seus olhos à vista.

— Ela já foi embora? — A voz dele sai arrastada. Dou risada antes de responder.

— Quem, Bruno?

— A garota que eu tava beijando!

— Sei lá! Que garota? — Olho para trás à procura de alguma garota, mas isso é muito aleatório.

— Ela era... — Ele faz um sinal engraçado no cabelo — E tinha... — E depois na frente do rosto, tentando se lembrar de como a garota era. Em menos de cinco segundos, ele desiste.

— Bruno, você me leva pra casa?

Ele dá um sorriso largo sem mostrar os dentes e seus olhos parecem diminuir metade do tamanho. Acho que ele quer ser complacente.

— Vamos rachar um Uber, Chris.

Ele finalmente sai do banheiro e passa o braço pelo meu ombro. E eu, mais uma vez, tenho a certeza de que sempre vou poder contar com ele pra tudo na vida.

Bruno

(Domingo 10h08min)

"Estamos felizes, livres, confusos e sós ao mesmo tempo
É miserável e mágico"

♫ 22 – Taylor Swift

Nossa, que dor de cabeça...

Passo a mão devagar por debaixo do travesseiro à procura do celular, mas não acho nada, então abro os olhos com dificuldade e vejo minha roupa jogada no chão ao lado da cama. Concluo, com muita dificuldade, que ele deve estar dentro da calça. Estico o braço sem me dar ao trabalho de me levantar e puxo o emaranhado de roupas até mim. Acho o celular, mas está sem bateria. Por que não estou surpreso?

Desisto de qualquer coisa que seja trivial no momento, como por exemplo, começar a pensar onde está o carregador ou mesmo me levantar para mijar. Deixo meu braço cair para fora da cama, ainda com o aparelho na mão, como se fosse um peso morto, e simplesmente volto a dormir. De bruços, quase nu – se não fossem as meias de Monalisa – e deixando uma baba fina escorrer pelo travesseiro.

Acordo algum tempo depois, com menos dor de cabeça e me sentindo um pouco mais leve. Sento devagar na cama e tudo começa a girar. Nem preciso me olhar no espelho para saber que estou um lixo. O sangue bombeia dentro da minha cabeça à medida que a coço e percebo que meu cabelo está cheio de nós. Quando vou aprender? Preciso de um antiácido urgentemente.

Tento não ficar com o estômago embrulhado quando levanto e, devagar, vou até o armário. Pego uma samba canção qualquer numa linda pilha de roupas lavadas e passadas, que trouxe de casa. O cheiro do amaciante que a minha mãe usa toma conta do guarda-roupa embutido de madeira antiga. Sei muito bem que essa arrumação não vai durar até a próxima vez que eu for ver minha família em BH, mas faço uma pequena promessa silenciosa de tentar manter assim até a própria sexta.

Enquanto procuro minha caixa de remédio, lembro que é domingo e alguns flashes da noite anterior – entre procurar o Thiago e beijar uma garota estranha – surgem feito pisca-pisca.

Depois de achar o antiácido, saio do quarto e sou atingido por uma sensação de impessoalidade. Ao voltar das férias de fim de ano, o apartamento de Campinas parece bem menor. Espio pela porta entreaberta do Felipe e ele parece ainda estar dormindo. Deus! Que cheiro é esse? Perto da porta, a roupa que ele usava na festa está coberta de vômito. A porta do Thiago está totalmente aberta, mas, como de costume, ele não está. Deve ter dormido na Rebecca.

Atravesso a sala que também me causa um pouco de estranhamento e quando chego à cozinha tomo o remédio pra refluxo. Sinto dois tufos do meu cabelo que estavam em pé deslizarem lentamente no meu olho, como se eles representassem meu estado de espírito.

O que eu estou fazendo acordado?

Tomo um banho quente e demorado, na esperança de colar o plasma de volta ao meu corpo e, para minha felicidade, acho meu carregador na tomada do banheiro. Em seguida, faço a coisa mais sensata que me resta: dormir.

— Merda! — Acordo com o palavrão seguido de uma porta batendo. Não preciso me esforçar para saber que é Thiago.

Tiro o celular do carregador e vejo que são seis da tarde. Imediatamente, uma fome incontrolável toma conta de mim, queimando meu estômago ainda mais ao me lembrar de que a geladeira está praticamente vazia.

— Merda coisa nenhuma, Thiago! — Rebecca grita, abrindo a porta atrás dele. Não acredito que vão brigar aqui de novo. Escuto os dois se trancando no quarto, é minha deixa de fugir para cozinha.

— Vai querer? — Felipe pergunta com a boca cheia, segurando uma fatia de pizza que ele tinha acabado de pedir.

— Você vai direto para o céu quando morrer, sabia disso? — Quase choro quando vejo a pizza. — Santo Felipe!

Ainda com minha irrevogável samba-canção de abacaxi, suspiro antes de pegar a primeira fatia e me sentar com ele.

— E ontem? — continuo. Ele faz uma careta, franzindo o nariz, antes de responder.

— Thiago deu trabalho.

— De novo? — Arregalo os olhos mais do que deveria.

— De novo, cara. Mas dessa vez ele se furou também.

Ele suspira e parece preocupado. Talvez um pouco cansado. Não só da festa, mas de toda essa situação com o Thiago. Antes de vir morar aqui, eles dois já dividiam apartamento, sem falar que são da mesma turma de Engenharia, logo, é de se esperar que esteja preocupado, sabe? Tipo, mais do que eu.

— Caralho... — É tudo que consigo responder.

— Eu levei ele para casa da Becca. Ele estava completamente apagado. Quase que mudei de ideia e fui para o hospital.

— Então não é à toa que a Becca está assim — concluo, baseado na gritaria que parece estar se encerrando.

— Não.

— Aquela roupa vomitada no seu quarto, então, foi ele?

— Foi. — O olhar do Felipe se perde e começa a mastigar a pizza devagar demais. — Bom, e você? — Então, do nada, ele acorda do transe e olha pra mim. — Onde se meteu o resto da noite?

— Se eu soubesse te falava — respondo, pegando a segunda fatia de pizza. — Mas me conta, e a Amanda?

Ele simplesmente fica mudo e perde novamente o olhar.

— Felipe?

— Dancei com ela.

— Dançou com ela? — Não escondo a surpresa ao engolir metade do que tinha na minha boca.

— Dancei.

— E aí? — A outra metade desce quase me entalando.

— E aí, nada. Aconteceu a parada do Thiago e a noite acabou assim, sem clima nenhum.

— Que merda. — Mais uma vez, nada acrescento à conversa.

— Também acho.

Arroto depois de três goles indecentes de Coca-Cola e ficamos calados por longos segundos. O silêncio termina quando escutamos Becca e Thiago transando no quarto. Como eles conseguem? Na moral! Eu mal consigo escovar os dentes depois da festa de ontem.

— Quer jogar *Call of Duty*? — Felipe revira os olhos.

— Quero. — Levanto com o terceiro pedaço de pizza na mão e a vontade de ter alguém pra fazer exatamente a mesma coisa que Thiago e Becca estão fazendo agora.

Caio

(Segunda 08h08min)

"É você, amor
E eu sou uma idiota pelo jeito que você se move, amor
E eu poderia tentar fugir, mas seria inútil
Você é o culpado
Apenas uma dose de você
e eu soube que eu nunca mais serei a mesma"

♫ Never Be The Same – Camila Cabello

Prédio C. Prédio C... D... D... Vou chegar atrasado. Eu sabia que tinha que vir mais cedo. Nem mesmo sei onde estou direito. O *campus* da UNICAMP é muito maior e muito mais confuso do que eu imaginava que fosse. Mas vou me acostumar, eu sei que vou. Só preciso pensar positivo e continuar procurando o prédio F.

Não tinha como continuar vivendo onde estava, precisava sair de casa, sair daquela cidade cheia de lembranças ruins e tentar ser eu mesmo, começar do zero. Só falta mais esse ano para me formar e estou começando a achar que os ares de Campinas vão me fazer bem. Talvez eu até goste daqui, apesar das pessoas não parecerem tão diferentes do interior.

Só queria morar num lugar onde as pessoas não te olhassem tanto, nem tentassem julgar sua vida inteira pela simples imagem de uma carcaça. Morar em São Paulo talvez fosse a melhor escolha pra mim – quem sabe? –, pois tentar me enquadrar no ordinário, no que as pessoas esperam, honestamente, não vai rolar.

Apesar da minha mudança se resumir em apenas três malas grandes e travesseiros extras, foi na verdade bem difícil achar minha boina preta. Mesmo não estando frio para tanto, faço questão de usá-la. Não é que eu esteja inseguro com o cor-de-rosa do meu cabelo (apesar de desbotado), mas acredito que, para meu primeiro dia de aula, começar com calma é a melhor opção e continuar procurando o prédio F, obviamente, também é a melhor e única coisa que posso fazer no momento.

Mas quando percebo que do prédio D a ordem simplesmente pula para G, paro e fico exatamente onde estou. Passo as pontas dos dedos pelas minhas têmporas, sem muita força, à beira de um colapso mental. Tiro a boina rapidamente e ajeito meu cabelo para trás, esperando me acalmar. Duas garotas, sentadas no gramado a minha direita, olham curiosas. Devem estar matando aula ou algo do tipo. Elas são a única esperança de achar minha sala de aula por enquanto.

— Oi — tento não parecer tão acanhado, mesmo que ainda esteja segurando o papel com a grade curricular com as duas mãos —, vocês sabem onde fica o prédio F?

Não sei por que sorrio de maneira tão forçada. Acho que pelo fato de me olharem com a mesma cara. As duas. Olham de cima a baixo, reparando em tudo. Os brincos, o rosa que escapa por baixo da boina, os olhos asiáticos que quase não se vê por aqui... E continuam atônitas, sem nenhuma resposta.

— O prédio do sétimo período de Administração? — Dou mais uma chance para meu sorriso, dessa vez com os dentes, e faço um gesto circular com os dedos, como se as incentivasse a responder.

— Acho que, se você continuar reto nesse corredor, acaba chegando lá — uma delas diz, apontando na direção que eu deveria seguir enquanto olha em concordância para a outra. A resposta não podia ser mais genérica, afinal, é exatamente o que eu estava fazendo até então, mas já é alguma coisa.

— Nesse corredor? — Aponto para direção que vim, nitidamente confuso.

— É. — A segunda garota me confirma e continua me analisando.

— Tá bom... — digo, bastante incrédulo. — Obrigado.

Elas falam "de nada" de forma uníssona e sorriem quase idênticas, fazendo com que eu me sinta levemente amedrontado quando me fazem lembrar de "O Iluminado". Saio torcendo para que elas esperem uma distância razoável para comentarem uma com a outra o que acabou de acontecer. Mas o fato é que isso não acontece, e escuto as risadas abafadas poucos segundos depois que saio.

Olho o papel, que peguei mais cedo na secretaria, com as cadeiras que devo pagar nesse semestre. Tenho que resolver logo isso. Com a transferência de matrícula, algumas disciplinas estavam erradas e outras repetidas. Tenho certeza de que bioestatística não é do meu curso. Mais uma coisa para fazer hoje. Deixo um suspiro lento e quase derrotado sair pela boca. Eu não tinha ideia de como é chato resolver tudo sozinho, mas enfim... Novos ares. Nova vida. E mesmo assim, é estranhamente boa a sensação de me sentir leve por não conhecer ninguém aqui.

Finalmente, acho a sala onde eu deveria estar vinte minutos atrás. Um professor com seus cinquenta anos e mais pelos na barba do que cabelos na cabeça, sequer me nota entrar de fininho, ou quem sabe, finge não notar. A sala está mais vazia do que eu esperava e os alunos estão com mais cara de derrota do que deveriam. Pelo menos nada daqui cheira a mofo como no interior.

Depois dos dois primeiros horários mais maçantes da minha vida, tenho que cruzar três prédios até à próxima aula, o que com certeza me fará chegar atrasado de novo com o mar de gente que agora lota os corredores.

Tento não olhar para o chão enquanto ando. Arrependido da boina, acabo desejando o boné, ou talvez um agasalho com capuz. Qualquer coisa que me faça sentir dentro da minha própria bolha outra vez.

Nossa... Eu realmente estou muito chato hoje, normalmente sou pelo menos trinta por cento mais legal.

Olho o relógio de pulso. '10:10'

Acabo sorrindo quando percebo que as horas casadas nunca vão deixar de me perseguir. É quando levo um susto.

— Foi mal! — alguém diz, ainda rindo de algo divertido que acaba de ouvir dos amigos depois de esbarrar no meu ombro esquerdo. Ele parece nem ligar.

Queria ter dito "sem problemas", tenho certeza de que minha boca se abriu para isso, apesar de não ter saído som algum... Meus olhos o acompanham à medida que esse encontrão me faz girar na direção que ele segue. Olhos grandes, uma risada gostosa e uma inusitada camiseta dos Simpsons. É o que consigo assimilar até agora.

— Tudo bem... — Solto, ainda assim. Mesmo sabendo que ele não me ouve. — Não foi nada — continuo sem saber ao certo se falo para ele ou para mim mesmo.

Minha barriga gela depois de perceber o ângulo perfeito que o queixo dele faz com a linha do sorriso. Aquela região me intriga por alguns segundos que parecem não ter fim. Não é queixo e nem bochecha, muito menos boca, é apenas uma região de pele quase sem barba que me fez imaginar como seria a sensação de encostar meus lábios ali.

Ele continua andando e gesticulando algo que fala para duas pessoas, amigos provavelmente – desejo poder saber o que é –, e aos poucos se afasta com um andar apressado enquanto carrega minha atenção com ele. Pela segunda vez nessa manhã, vejo-me parado nesse corredor, sem saber o que fazer. Devo seguir na direção oposta, mas algo me prende aqui, como se meus pés estivem cravados no chão, e com um formigamento engraçado na parte do ombro que ele esbarrou.

Finalmente, volto a piscar quando outra pessoa esbarra em mim, fazendo-me acordar de um transe momentâneo. De repente, todos os alunos a minha volta falam alto, como se o volume aumentasse gradualmente, e todos, sem exceção, parecem estar com pressa. É quando percebo o silêncio imperceptível que fez dentro da minha cabeça instantes antes.

O que foi isso?

Já me apaixonei outras vezes, mas essa sensação específica de ser fisgado simplesmente pela forma como ele anda, é, sem dúvidas, a primeira. Solto um sorriso bobo enquanto coloco um pequeno fiapo de cabelo atrás da orelha, perdendo meu olhar no chão. Como mágica, volto a ser eu mesmo. Depois de um Natal conturbado, uma mudança de última hora e todo estresse de me adaptar a uma cidade nova, finalmente me reencontro.

E quando acho que nunca mais vou ter a sorte de encontrá-lo – enquanto ele vai sumindo naquele mar de gente –, percebo que deixou cair um livro: Mil Rosas Roubadas, de Silviano Santiago. Meu coração para nesse momento. Conheço esse livro! Na verdade, já foi um dos meus livros de conforto, junto com O Terceiro Travesseio. É engraçado ver um pouco de si mesmo no outro por causa de um livro. É como se você tivesse sido lido também. Uma troca.

Abro a capa e meus joelhos fraquejam. Uma caligrafia caprichada me arrebata com a dedicatória em vermelho: *"Irmão, querido. Eu estarei aqui quando você puder ser você mesmo. Te amo, Cá."*

Então logo abaixo, com outra caligráfica, está escrito: "*Bruno Cardoso*"

Suspiro porque me dói um pouco. Se este livro for tão importante pra ele quanto já foi pra mim, eu preciso devolver o quanto antes. Olho na direção que ele seguia, mas já o perdi de vista completamente. Em poucos segundos o fluxo de gente a minha volta diminui e me vejo agora num corredor quase vazio. Porém, desta vez, me sinto um pouco menos sozinho.

Thiago

(Segunda 16h02min – do lado de fora do *Campus*)

"Foi algo que você fez
Deus sabe como
Mas você está fazendo de novo
Melhor você tropeçar parque abaixo
Procurando por um novo amigo"

♫ Subterranean Homesick Blues – Bob Dylan

— Por que você não apareceu no domingo, velho? — Bernardo me pergunta, alternando entre palitar os dentes e fumar um baseado.

— Porque domingo eu não era gente!

— Você é muito filho da puta mesmo. — Ele quase gargalha, expulsando a fumaça da boca com uma tosse de cachorro.

— Ah, vai se foder, Bernardo! Becca ainda tá puta comigo — coço a cabeça na esperança de esquecer o sermão do final de semana —, nem sei se amanhã à noite vai rolar...

— Ah não, velho! Desenrola essa parada aí! Desde quando você deixa de fazer alguma coisa por causa dela?

A forma como ele diz isso me incomoda mais do que deveria. Não gosto que se metam em nada em relação à Becca, apesar de não poder discordar. Continuar no *rolê* com meus amigos é importante para mim, sempre foi. Bernardo, Vitor, Marcelo... Essa galera cresceu comigo em Campinas, e mesmo eles terem pensado que depois que eu começasse a faculdade fosse virar um esnobe escroto, acabaram quebrando a cara. Eu nunca deixei de ser o Thiago de sempre.

Bernardo sempre foi o mais próximo e eu já perdi as contas de quantas vezes dormi no sofá do buraco onde mora. Ele conhece a relação fodida que eu tenho com meu pai e nunca me negou nada, nem mesmo na vez que eu disse que não voltava mais pra casa.

"Não entendi como você passou pra Engenharia da UNICAMP", foi a resposta do meu pai quando contei que tinha passado. Eu sei que ele se referia à minha vagabundagem de sempre. Eu não estudava, não como deveria pelo menos, e passava a maior parte do tempo na rua com a galera, enchendo a cara ou enrolando um baseado. "Passei porque sou um gênio, caralho!", foi o que respondi, entrando no mesmo ciclo vicioso de brigas e sumiços de casa.

Toda vez era a mesma merda, meu pai pegava no meu pé, eu o peitava, minha mãe chorava e eu ia pra rua. Geralmente não voltava no mesmo dia e, quando voltava, era pra ouvir mais merda e assim por diante.

A verdade é que ele deve estar aliviado por eu estar morando fora, quer dizer, fora da casa dele, porque ainda dividimos a mesma cidade. Minha mãe é a única que parece sentir minha falta, às vezes ela liga ou manda mensagem pra saber como estou. Sinto falta dela, mas evito ir até lá. Acho que minha mãe não merece mais tolerar minhas brigas.

E Bernardo desde moleque me viu crescer nesse pé de guerra. Às vezes eu penso que ele é a pessoa que mais me conhece. Mas quando o assunto é a Becca... Com ela a história é outra. Sou apaixonado por aquela garota desde a primeira festa da faculdade e, puta que pariu, ela estava gata demais naquele dia. Usava uma calça jeans rasgada – praticamente destruída – e uma blusa preta que mostrava a barriga. Não saí de cima da menina a festa inteira, e a festa inteira, fui ignorado.

Só depois que descobri que ela fazia Arquitetura com o Bruno foi que aos poucos consegui me aproximar. Nós dois, sério, não tem como explicar. A garota me tira do sério de todas as formas. Tem vezes que me irrita tanto que tenho vontade de arrancar meus cabelos, e ao mesmo tempo minhas roupas, ao passo que ela me torna combustão. Certa vez, brigamos por um motivo muito besta, pra variar, e sem querer nos encontramos na biblioteca da faculdade. Becca estava com um vestido preto de botões que eu adoro e tentava achar um livro para o trabalho. A gente não precisou dizer nada. Eu fiquei duro na mesma hora. Transamos ali mesmo, depois da última estante de livros. E mesmo tendo durado apenas alguns segundos, foi a melhor foda que eu já tive.

O problema é que ela tem opiniões muito fortes e, caralho, eu sei que não deveria ser um problema, mas a garota nunca dá o braço a torcer. Nem eu. Becca não gosta das minhas amizades de Campinas e toda vez que me tira da merda me faz prometer que vou me afastar deles. Eu prometo, só para constar e pra parar de me encher o saco. Ela não entenderia.

Eu sei que tenho pisado muito na bola ultimamente. Quando a faço chorar, me sinto um bosta autêntico. Na verdade, tem sido assim todas as vezes que a gente briga. Mas eu sei que é só uma fase, vai passar. Sempre passa. E é por isso que não gosto quando Bernardo se mete nesse assunto, ele me conhece bem, mas não faz ideia de como a Becca é.

— Eu vou falar com ela mais tarde — respondo, passando o baseado de volta pra ele.

— Vai uma galera boa pra lá. — Bernardo tenta encontrar argumentos mais fortes.

— Hum... — Não tem muito o que responder sobre isso. "Galera boa" teoricamente são os playboyzinhos que compram as porras que ele vende. Já cansei de avisar para o Bernardo parar de se meter com essa merda ou vai acabar preso (ou morto) qualquer dia desses.

— Você podia me dar uma força, a galera gosta de te ver por lá. — Bernardo muda o tom de voz pra me pedir isso.

Ele sabe que eu detesto esse povo novato que chega achando que aguenta qualquer coisa. Principalmente os que têm dinheiro, mas sei que pra ele tá me pedindo isso é porque tá precisando, e eu fico sem saber dizer não.

— Eu já disse que vou — respondo sem muita paciência. Coço os olhos que já começam a arder.

— Isso se a patroa deixar, não é? — Ele me provoca ainda com o baseado entre os dedos.

— Vai se foder, Bernardo. Já não falei que vou desenrolar?

— Tá bom, tá bom. — Ele coloca as mãos para o alto em pura forma de sarcasmo. — Não tá mais aqui quem falou.

Bernardo tosse algumas vezes e tira a jaqueta jeans velha por causa do calor e faz um travesseiro com ela no gramado da saída do *campus*. Tenho encontrado ele por aqui agora, pra Becca não me deixar puto.

— O que você vai fazer quando sair daqui? — Ele traga mais uma vez e passa o baseado pra mim.

— Sei lá — dou de ombros —, acho que procurar um emprego, pra começar.

— Aqui? Em Campinas? — Ele se apoia nos cotovelos fazendo questão que eu veja sua cara de espanto.

— Sei lá, porra. Talvez eu vá pra São Paulo, sei lá.

Bernardo fica em silêncio e coça os olhos já vermelhos. Eu sei muito bem o que é. Como não teve pai e a mãe é uma vaca que o abandonou quando tinha nove anos, uma tia distante acabou tendo que criá-lo. Digamos que eu sou a coisa mais perto de família que ele conhece até hoje, quando se diz a respeito de apego e confiança, e quando digo que quero ir embora daqui, certeza que se dá conta de que ficará sozinho.

— Chego lá umas dez horas com a Becca. — Mudo de assunto antes que ele entre numa brisa ruim.

Bernardo parece perceber a minha mudança de assunto e me olha de canto de olho, como quem debochasse do que acabei de falar.

— O que foi, caralho? — Corto logo a putaria dele.

— Você vai "com a Becca"? — ele pergunta, fazendo aspas com os dedos e prendendo o riso.

— Puta que pariu... — Já sei que vai começar de novo.

— Isso se a Becca te liberar, né? — A risada de Bernardo o faz perder o ar em poucos segundos. O barato bateu.

Tento, de verdade, ignorar o fato de ele estar rindo cada vez mais alto, mas não consigo. Começo a rir também, sem nem mesmo saber o porquê. Mas apesar disso, no fundo, sinto que somos dois moleques que não têm nada melhor pra fazer numa segunda à tarde.

Amanda

"Você pode pegar esse coração
Curá-lo ou quebrá-lo ao meio
Não, isso não é justo
Me ame ou me deixe aqui"

♫ Love Me or Leave Me – Little Mix

Maio,

Cemitério Santa Luzia

Chris finalmente chega e eu dou graças a Deus. Ela está tão diferente do que eu estou acostumada. Nem mesmo parece ser a mesma pessoa. Seus pais vieram juntos, e meu coração aperta na mesma hora. Queria tanto que minha mãe estivesse aqui comigo...

Chris acaba sendo a força que eu precisava para me levantar e finalmente atravesso toda a sala, esforçando-me muito para não olhar o caixão.

Minha amiga me abraça forte e essa troca de dor acaba sendo muito mais do que um sinal de amizade. Sinto o seu cheiro de sabonete de lavanda e isso me deixa um pouco mais leve. Olho para a mãe dela; dona Roberta parece que não dorme há três noites, olheiras fundas marcam sua pele negra e as rugas de uma mulher com seus cinquenta anos parecem mais evidentes. Ela me abre um sorriso materno, exatamente o sorriso que eu estava precisando. Volto a chorar e dona Roberta abraça nós duas como filhas e isso por algum motivo me faz lembrar da vez que Chris e eu voltamos da faculdade juntas.

Fevereiro,

Campus da UNICAMP São quase cinco da tarde e minhas pernas já estão cansadas do trabalho de meio período na papelaria do campus. Está longe de ser o emprego dos sonhos, mas me ajuda a completar o dinheiro que minha mãe manda todo mês. Pago metade do aluguel, a conta de água e parte da feira. Becca fica com a outra metade do aluguel, luz, condomínio, boa parte da feira e a internet que fez questão de colocar. Se escolhi UNICAMP ao invés de UFRG, tenho que arcar com os prejuízos.

Sinto falta de alguns pequenos luxos que tinha em casa, como comprar roupas sem necessariamente precisar delas ou ter a janta já pronta quando chego em casa. Mas acho que vida de adulto tem dessas coisas. Responsabilidades. Escolhas.

Olho no relógio e falta menos de cinco minutos para meu turno acabar. Solto o coque preso com o lápis que peguei emprestado com o seu Jorge, dono da papelaria, e o devolvo no lugar. Vou até minha mochila guardada debaixo do balcão e procuro um elástico de cabelo. É quando escuto meu celular apitar com uma mensagem de Chris.

"Vc ainda está na papelaria?"

Respondo que sim logo depois que prendo os cabelos num comprido rabo de cavalo.

"Estou indo p aí", ela responde logo em seguida.

— Até amanhã, seu Jorge. — Me despeço do velhinho de cabelo branco que me faz companhia em todas as tardes, de segunda à sexta.

— Até amanhã, Amanda — ele responde me olhando por cima dos óculos.

Espero Chris chegar à calçada, onde aproveito para analisar o meu estado no reflexo da porta de vidro. Minissaia de cintura alta, uma baby-look rosa e um tênis branco. Pelo jeito me visto da mesma forma desde os quinze anos. Ao menos não estou com a cara de cansada que eu imaginei que estivesse, afinal, tive as férias todas para descansar dessa jornada dupla.

Seguro nas alças da mochila e olho a minha volta, esperando que Chris apareça a qualquer instante. Mas, no lugar dela, quem eu vejo se aproximar é o Felipe. Ele vem conversando com o Bruno e dá um sorriso gostoso quando me vê.

— Oi, Amanda — ele cumprimenta, ajeitando a mochila no ombro.

— Oi! — Sinto que meus olhos ganham vida quando falo com ele, acho que nesse ponto é inútil tentar disfarçar o que sinto.

Bruno também me cumprimenta e logo se despede. Está atrasado para alguma coisa que não diz o que é, e em menos de três segundos estou sozinha com Felipe.

— Tá esperando alguém? — ele pergunta. O ombro se encolhe timidamente.

— A Chris. Daqui a pouco ela aparece aqui — respondo olhando para ele, mas desisto na metade do caminho e acabo mirando o chão.

— Se você quiser eu posso te deixar em casa, eu sei que você e Becca quase sempre vão com o Thiago, mas ele não veio hoje.

— Tudo bem, não precisa se incomodar — digo isso, mas no fundo queria aceitar.

— Não vai incomodar. — Ele sorri daquele mesmo jeito da festa de sábado e depois passa a mão no cabelo, colocando uma mecha ondulada atrás da orelha. E então fica em silêncio, apenas sorrindo.

Não consigo dizer nada que me ajude nesse momento e o meu sorriso acaba acompanhando o dele num silêncio mútuo de timidez.

Felipe dá um pequeno passo à frente e olha para o lado, fazendo-me reparar que uma de suas orelhas é completamente branca. Ele, então, volta o olhar para mim e ajeita novamente a mochila no ombro.

— É... — ele começa — sobre sábado à noite...

Fico com medo que escute meu coração bater de tão forte que está.

— Sobre aquilo tudo que aconteceu com o Thiago... — continua.

— É, sim, eu sei — interrompo-o sem nem mesmo premeditar: — Foi realmente chato, mas não foi a primeira vez que eu o vi daquele jeito.

Meus pés ficam inquietos, balançando meu corpo levemente pra frente e pra trás. Não sei por que digo isso em vez de deixá-lo prosseguir. Arrependo-me na mesma hora. Sinto meu rosto corar e acho que minha leve rosácea acaba de ficar vermelha. Obrigo-me mentalmente a calar a boca.

— É... Foi chato mesmo. — Agora é ele quem olha para o chão. — Eu, eu não sabia que você já... Já tinha visto ele assim.

— Quando se mora com a namorada dele, acho que é isso o que acontece.

Meus braços se cruzam na frente do corpo, sem entender o rumo dessa conversa. Estamos os dois olhando para o chão sem saber ao certo por que estamos falando em Thiago. Puxo o cabelo do rabo de cavalo para frente e começo a enrolar a ponta com os dedos, porque não sei o que fazer para me sentir mais à vontade.

— Amanda, eu tava pensando...

— Graças a Deus vocês dois estão aí! — Chris chega e acaba interrompendo sua linha de raciocínio.

Sinto uma pontinha de raiva, mas um alívio enorme. Eu quero tanto ouvir o que ele tem a dizer, porém, se eu continuar tímida desse jeito, é capaz de abrir um buraco no chão e me esconder antes que acabe de falar.

— O que foi, Chris? — Percebo que tem algo errado pela forma como ela falou.

— É o babaca do Bernardo! Você acredita que ele tá ali do lado de fora do portão?!

— Esse cara não tem noção da vida? — Também fico indignada.

Felipe escuta nossa conversa atento, e suas sobrancelhas tomam uma posição de preocupação.

— Ele fez alguma coisa, Chris? — Felipe não parece ter gostado.

— Ah, Fê. Sabe como ele é, né? Ele tá parado ali num carro velho com outros caras e ficou me olhando quando eu estava saindo do *campus*. Tive a impressão que fosse me seguir. A última coisa que eu quero é que saiba onde eu moro.

— Nossa, velho, que babaca. — Felipe não consegue esconder que também não suporta as atitudes de Bernardo. — Vem, eu levo vocês de carro pra casa.

— Ai, Fê, obrigada! Eu nem sabia que você estava aqui com a Amanda, que sorte a minha. — Chris sorri aliviada para nós dois.

— Tudo bem por você, Amanda? — E ele ainda se certifica.

Sim! Está tudo bem! Era o que eu queria, mas não sabia como aceitar. Sem falar que Chris não é a única que tenta fugir do caminho do Bernardo. Ele já fez comentários extremamente sem noção diversas vezes comigo. Acho que a Becca é a única que não passou por isso com ele por estar com o Thiago.

Meus pensamentos desaceleram à medida que caminhamos até o carro do Felipe. Num movimento natural eu me sento no banco do carona e tudo parece tão familiar. A atmosfera aqui dentro, mesmo que nova, nocauteia-me com tal familiaridade. É bom e me inebria por uns segundos, como se fosse pra ser. Isso me faz pensar em como seria a sensação de olhar para esse cara dirigindo e saber que ele é seu namorado.

Chris agradece e se despede com um beijo em cada um de nós quando chegamos em sua casa. Alguns minutos depois, estávamos na portaria do meu prédio.

— Obrigada, Felipe. — Ainda sentada no banco do carona, agradeço e passo as mãos nos joelhos.

— Não foi nada. — Ele sorri com uma das mãos no volante e eu reparo que tenta disfarçar que olhava para as minhas pernas.

— A gente se vê por aí, então — digo, mas na verdade queria ficar e esperar que ele tomasse uma iniciativa.

— Tudo bem, a gente se vê, então.

Meu olhar fica preso ao dele por longos segundos e, ainda submersa nos pensamentos me inclino para beijá-lo. Seu cabelo está preso em um pequeno rabo de cavalo e nenhum fio fica no meu caminho. Beijo a pele da sua bochecha e percebo que é mais macia do que eu imaginava. O cheiro de espuma de barbear me pegou de jeito.

Demoro mais do que deveria com os lábios ali, já que menos de um segundo seria suficiente para me despedir, mas isso faz com que Felipe vire o rosto pra mim e me devolva o beijo que nos foi tirado naquele dia da festa. Escuto o barulho baixo do couro do volante quando ele o aperta – acho que sem querer – e sinto o calor do hálito dele em mim.

Descubro finalmente o gosto do seu beijo. A saliva morna da sua boca logo encontra a minha. Nunca meu beijo encaixou tão fácil em alguém antes. Com a mão livre, ele faz um leve carinho no meu rosto, como quem me pedisse para ficar mais um pouco. Eu fico. Não existe outro lugar que eu queria estar agora.

Trago minha mão e seguro a dele. Queria descê-la para o seu peito e de lá para sua barriga, passar a mão entre suas pernas e descobrir se já está excitado o bastante. Mas não. O que ele pensaria de mim? O que pensaria se eu pegasse a mão que aperta o volante e a trouxesse para meu seio e o deixasse apertar? O encanto se quebraria se eu mostrasse que tenho desejo tanto quanto ele?

Nesse momento, penso em minha mãe, que me criou sozinha e que refletiu, durante anos, o trauma dela em mim. "Homem não gosta de mulher fácil", "se você der pra ele na primeira vez, será descartada na segunda e vai acabar sozinha feito eu."

Eu não a julgo, mas depois de dois anos morando fora, passei a me questionar sobre muitas coisas que antes eram só regras que eu deveria seguir. O que ela pensaria se soubesse que eu transei com os últimos dois caras que fiquei ao longo desses dois anos e que sequer foram meus namorados? O conservadorismo dela nunca tinha me afetado, pelo menos até agora.

Sua voz martela na minha cabeça enquanto finalmente desço minha mão até a perna dele. "Você vai acabar sozinha", "isso é comportamento de puta". Sinto a sua perna se mexer um pouco enquanto nosso beijo fica mais profundo. A mão do volante vem para meu joelho e a vontade que tenho é de deixar que deslize os dedos pelas minhas pernas. "Você é uma puta", escuto minha mãe gritar dentro da minha cabeça.

Como se eu acordasse de um pesadelo, seguro a mão que está no meu joelho e no mesmo segundo ele para de me beijar.

— Está tudo bem? — pergunta, mais uma vez, parecendo preocupado.

— Sim... — minto. — Está tudo ótimo. Só acho melhor eu subir agora.

Desejo que pedisse para subir também, porque assim não seria minha a atitude. Mas ele apenas sorri e me beija de leve, despedindo-se.

— A gente se vê, então... — Belisca de leve meu queixo com a ponta dos dedos.

— A gente se vê.

Dissimulo um sorriso para não demonstrar que a minha mente está conflitante. Então, subo, frustrada e com raiva da minha mãe.

Bruno

(Segunda 17h27min)

"Eu nasci doente, mas amo isto
Me ordene a ficar bem"

♫ Take Me To Church – Hozier

— Alguém em casa? — grito para ninguém quando chego em casa depois da aula.

Felipe está com Amanda, ou pelo menos eu torço para que esteja, e Thiago, só Deus sabe. Aproveito para tomar um banho tranquilo ouvindo a playlist de nome "H" com músicas do Harry Styles, Hozier e Halsey. Jogo as roupas sujas no cesto ainda zerado e entro no boxe dando Graças a Deus que não tem ninguém em casa para reclamar que estou demorando no banho.

Felipe me contou de uma festa amanhã à noite, na casa do amigo de um amigo do Thiago. Provavelmente é uma daquelas festas que eu fico dez minutos, perco a paciência e vou embora. Não dá pra julgar assim, mas vindo dos amigos do Thiago, não se espera coisa boa.

Passo o sabonete pelo corpo e sinto que alguns ossos não estão mais tão aparentes como antes das férias. Devo ter engordado uns três quilos pelo menos. A sensação da minha mão ensaboada sobre meu corpo me faz pensar qual foi a última vez que eu dormi com alguém. Cuspo a água que se acumulou na minha boca para longe quando percebo que não faço ideia. Apoio uma das mãos na parede úmida e, com a outra, começo a aliviar o que está começando a virar certa ansiedade.

Penso na menina que eu fiquei na festa de sábado. Imagino os seios dela na minha mão. Não a lembrança, certamente, pois nem cheguei a encostar neles, foi tudo muito rápido até onde me lembro, então seios aleatórios vêm em minha mente.

Mas não ajudam. Tá... Tudo bem. Pensa em outra pessoa e acabe logo com isso. Lembro, então, de uma garota que transou comigo no final do ano passado. Nos conhecemos numa festa da faculdade, mas ela não estudava na UNICAMP. Acho que tinha ido com uma amiga que visitava a cidade, sei lá! Concentre-se de uma vez por todas! O sexo casual foi bom, rápido, não posso negar, afinal, tenho um metabolismo muito acelerado, mas foi bom.

Por mais que eu me esforce, não consigo me lembrar do rosto dela e nem se gozou ou não. E enquanto me preocupo com a espuma que estava na minha mão – que neste ponto já foi toda embora –, vou me dando conta. Devo ter ficado com os olhos fechados o tempo todo naquela noite.

Deixo os movimentos mais rápidos depois de ensaboar um pouco mais a mão porque estou começando a perder minha paciência. É só uma punheta! Qual a dificuldade? Acho que a voz áspera do Hozier está me desconcentrando.

Desisto de confiar nas lembranças e pego o celular. Abro o primeiro vídeo aleatório que acho – tentando ao máximo não molhar o aparelho – e dou play numa performance de quatro. Recomeço de onde parei. O modo como a atriz geme de maneira forçada me incomoda assim com o fato de ela não ter tirado os saltos. Tento me concentrar mais na forma como seus seios balançam enquanto um cara mete por trás.

Porém, nada.

Tento fazer com mais força. Nada. Devo estar cansado.

Mas então, o homem, lambuzado em óleo de bebê e com um bronzeado nada natural, puxa o cabelo da atriz e eu, imediatamente, reparo nas veias da mão dele. Não estou mais vacilante e isso me deixa, de alguma forma, aliviado. Volto minha atenção para a mulher e é como se eu perdesse o fôlego.

Estou a ponto de desistir, começando a sentir frio do lado de fora do boxe, e confesso que um pouco de dor. Eu diria que olho relutante de volta para o homem, somente para acabar com isso, mas a verdade é que estou cansado de atuar por medo, tentando enfiar goela a baixo sentimentos que há tempos entendi que não me pertencem. Foda-se. Sinto como se um fino túnel de ar gelado me cortasse de cima a baixo. Nesse exato momento, ninguém precisa saber.

Gozo pensando naquele cara e de repente uma falta de ar toma conta de mim. Entro debaixo do chuveiro e termino meu banho pensando que o fato de ter passado os últimos dois meses na casa dos meus pais seja o motivo de estar tão cansado de esconder uma parte de mim que eu nem tive a chance de conhecer. Eu sinto muito pelo Bruno que ainda não se apresentou para o mundo, talvez ele seja um cara ótimo e eu só espero que não guarde rancor de mim.

Depois de um tempo meus pensamentos vagueiam enquanto eu fervo a água do Cup Noodles (por ser a única coisa que sei fazer na cozinha). A ideia é me trancar no quarto e postergar ao máximo a digestão desses sentimentos.

Eu quero me fechar numa bolha e fugir de mim mesmo enquanto estiver sozinho. Quero dar vazão a tudo isso com histórias que poderiam ser minhas e abandonar todo resto. Livros, filmes, séries... eles me ajudam a esquecer a exaustão que vem me consumindo. Depois de um bom livro, por exemplo, eu tenho a esperança de um dia poder viver a minha própria versão de um final feliz.

Já no quarto, com o macarrão instantâneo na mão, vou até minha mochila, mas... Cadê? Cadê meu exemplar de Mil Rosas Roubadas?

Tiro tudo de dentro dela e nada. Não esqueci em BH, tenho certeza! Vim lendo no ônibus. Será que esqueci no ônibus? Não acredito... Meu coração parece partir ao meio com esse pensamento. Aquele livro tinha se tornado uma espécie de refúgio pra mim todas as vezes em que eu ficava assim, com medo, ansioso. Ganhei da minha irmã mais velha e, por mais que nunca tivéssemos conversado sobre a minha sexualidade, acho que ela apenas sentiu que eu precisava de uma narrativa mineira e subjetiva. Meu coração parte ainda mais com a saudade dela.

Acabo dormindo cedo, triste e me sentindo sozinho. Mais uma vez.

No dia seguinte, depois que chego em casa, recebo uma ligação de Chris.

— Tá fazendo o quê? — ela me pergunta de forma casual, mas que para mim soa como um interrogatório.

— Nada! Por quê?

— Quer vir aqui pra casa ver um filme?

Aceito sem pensar duas vezes. Não estou nem um pouco a fim de passar outra tarde inteira sozinho.

Na casa dela, Chris me recebe com um balde de pipoca quentinha que dona Roberta tinha acabado de fazer. Venho pra cá pelo menos uma vez na semana. Os seus pais me tratam como filho e ficar com Chris é simplesmente descomplicado.

— Quer assistir o quê? — ela me pergunta, vestindo um moletom qualquer, bem diferente do que usa no dia a dia da faculdade. Ela é, de longe, a garota mais linda do *campus* inteiro.

— Sei lá... Qualquer coisa — respondo e dou de ombros. Na verdade, assistir alguma coisa é apenas um bônus. Estar aqui na companhia dela é o que realmente importa. E hoje eu preciso demais disso.

Ando pelo seu quarto, meio que analisando cada coisa ali, e acabo me perdendo. Um porta-retrato com várias pequenas fotos dela, da família, alguns amigos de infância e até uma nossa do ano passado, as medalhas que ainda guarda de recordação da época que competia natação, a penteadeira branca com todas as maquiagens que usa, sem falta, todos os dias... Um pequeno reinado com as coisas mais valiosas, que de certa forma compõe quem ela é. Num quadro de cortiça na parede, entre várias coisas, estão os ingressos do show do Shaw Mendes, que fomos juntos ano passado no Rio, e uma polaroide nossa daquele dia inesquecível.

— Quer assistir Euphoria? Tão dizendo que é bom. — Chris, já deitada na cama, coloca o trailer da série que eu ainda não conheço.

Concordo só balançando a cabeça e me deito ao seu lado, como sempre fazemos quando assistimos aos filmes aqui. Hoje, por algum motivo, estou tenso. Penso no que aconteceu no dia anterior no meu banheiro, e em todas as outras vezes antes daquilo, e meu coração acelera um pouco.

Sinto que serei a pior versão de mim mesmo se olhar para Chris de forma diferente, forçando-me a encontrar nela algo que nem mesmo sei o que estou procurando, deixando o medo daquilo que venho sentindo falar mais alto quando ela se deita de lado com a curva do quadril bem definida no meu horizonte. Eu, atrás dela, tento me mexer o mínimo possível. A série começa e não consigo prestar atenção, pois penso nas infinitas possibilidades do que poderia acontecer se eu fizesse alguma coisa agora.

Na minha cabeça conflituosa, passo a mão pela cintura fina dela e a trago para perto de mim. Ela diz: "esperei muito tempo por isso, Bruno" e nos beijamos feito atores de uma novela mexicana. Patético! Eu sou patético! Puxo meu cabelo para trás, mas ele não para quieto, como sempre, e deito a cabeça no meu próprio braço, ainda sem encostar em Chris. Por que estou pensando essas coisas? Aperto os olhos com as pontas dos dedos na esperança de afastar esses pensamentos. Por que esses pensamentos me invadem dessa forma? Tão cruel comigo mesmo. Por que não consigo parar de sentir essa necessidade de provar alguma coisa para alguém ou para mim mesmo? Ou seja lá o que for!

Fico imóvel, com o olhar perdido no teto, e sinto como se a única coisa certa no momento fosse me sentir triste. Ou sozinho. São os dois únicos sentimentos que não vêm com peso na consciência.

Pego uma das tranças dela e enrolo entre meus dedos. Isso me faz bem. Tudo em Chris me faz sentir um pouco melhor. Finalmente ela percebe que não estou prestando atenção na série e se vira de frente para mim. Entre travesseiros e lençóis de bolinhas cor de rosa, ela coloca as duas mãos debaixo do rosto, como se fosse dormir.

— O que você tem hoje? — Chris, com a voz baixinha, pergunta, pois me conhece muito bem.

Fico em silêncio, ainda com a trança dela nos dedos, e faço um sinal com os lábios pra baixo, em vez de dizer que não é nada.

Não consigo olhar nos seus olhos enquanto meus pensamentos vagam entre nós dois.

— Você não quer me contar? — Ela chega um pouco mais perto, sendo a melhor amiga que eu poderia ter.

Meus olhos começam a arder e eu me sinto patético por isso. Chris apoia a cabeça em uma das mãos e pergunta mais uma vez o que houve.

— Chris — digo, ainda embargado —, me faz um favor?

— Faço, Bruno. O que você precisa?

Solto a trança dela e, desta vez, passo as duas mãos no meu rosto. Preciso respirar fundo antes de dizer isso.

— Você pode me dar um beijo? — pergunto sem nem mesmo olhar para ela.

Chris puxa meu queixo, encarando-me com os olhos cor de mel que só ela tem. Finalmente, sorri complacente, ainda que eu saiba que lá no fundo está decepcionada.

— Você tem certeza que é isso que você precisa, Bruno? — Ela parece conhecer a mim mesmo melhor do que eu.

Confirmo com a cabeça, pois se eu falar qualquer coisa agora vou acabar chorando. O seu olhar cai levemente e um sorriso forçado no canto da boca me diz que nossa amizade está acima de muitas coisas.

Ela me beija de leve e não recua. Sinto seus lábios como se fosse algo errado, e na mesma hora eu me arrependo. O que estou fazendo? Meus olhos se fecham com tanta força que chegam a incomodar. E desencadeiam um choro de vergonha e pânico.

— Bruno... — Chris me abraça como se eu fosse uma criança assustada. A voz tranquila me diz tanta coisa. Mas eu não consigo. Ainda não consigo me abrir. Mesmo sabendo sobre a bissexualidade de Chris. Mesmo estando em um lugar seguro. Ainda não consigo.

— Desculpa, Chris. Desculpa! Eu sou mesmo um nojento.

— Não é não, Bruno. Nem se atreva em falar isso de novo. Ouviu?

Continuo chorando, sem saber como me explicar ou mesmo se deveria. Não é como se eu sentisse vergonha de toda essa confusão na minha cabeça. Não. Mas de certa forma Chris sempre soube e o fato de deixa-la ver, mesmo que assim, é como se, finalmente, eu parasse de prender minha respiração. É como se respirar livremente fosse algo extraordinário para quem sempre foi asfixiado.

— Tá tudo bem, Bruno. — Ela alisa minhas costas. — Uma hora vai ficar mais fácil e quando você estiver pronto pra falar eu estarei aqui pra ouvir.

Eu não consigo dizer nada. Quero apenas ficar no seu colo, enquanto Euphoria leva para longe um nó apertado na minha garganta, tentando me sentir um pouco menos merda do que momentos antes. Percebo mais uma vez o quanto Chris é importante pra mim, porém, nunca mais quero ter que beijá-la para provar coisa alguma. Nem pra mim mesmo, nem pra ninguém.

Rebecca

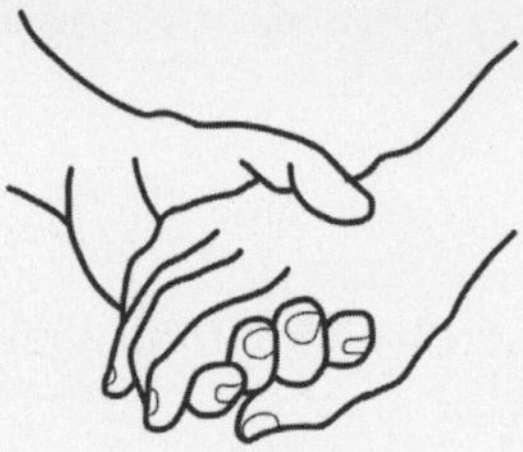

"Achei que tínhamos construído uma dinastia que não poderia se quebrar"

♫ Dynasty – MIIA

MAIO,

Ainda tenho a sensação de que estou esquecendo alguma coisa importante. Um aperto no peito, um sentimento triste... Sei lá...

Uma coisa no chão me chama atenção. É branca e quadrada. Forço a vista, mas ainda vejo as coisas um pouco embaçadas. Talvez meus olhos estejam cansados demais. Deixo pra lá. Acho que a essa altura não ligo mais pra nada. Não tenho mais tanto o que suportar e descansar agora não seria uma má ideia.

Sentada no banco na calçada do cemitério, encosto a cabeça na parede atrás de mim. O muro chapiscado pintado de branco não me incomoda. Presto atenção em tudo ao meu redor nesse fim de tarde. Os passarinhos, alguns carros passando devagar e uma brisa fresca anunciando o frio que fará à noite. Um gato de rua passa por mim e mia, ele parece me julgar.

Respiro fundo e fecho meus olhos. Sim, lembro...

FEVEREIRO,
Campinas

Depois de um banho e uma janta improvisada, vou me deitar. Amanda ainda não chegou e acho que não estou muito a fim de saber onde o Thiago está agora. Tenho que parar de agir como se ele fosse meu filho e descansar do dia puxado que tive hoje. Fico pelo menos umas duas horas no quarto, entre cochiladas e sustos que me acordaram do sono leve. Detesto isso, toda vez fico com o coração palpitando.

A luz da tarde ainda entra pela cortina da janela e minha vontade é de ficar aqui até amanhã. Ouço meu celular vibrar e sinto meu estômago queimar. Deve ser minha mãe para reclamar de alguma coisa que meu pai fez, ou ele mesmo, reclamando de como meu irmão não obedece. Provavelmente, se não for nenhum dos dois, deve ser Thiago. Depois do que aprontou no sábado, minha paciência não está lá essas coisas.

Apenas deixo o celular tocar umas quatro vezes debaixo do travesseiro antes de desligar essa agonia. Tento de verdade voltar a dormir. Diminuo a temperatura do ar-condicionado, tiro a calça do pijama e mudo de posição. Sempre tenho calor quando estou com insônia, ou neste caso, tentando dormir no meio da tarde.

Depois de um tempo sinto meu corpo relaxar. Estou quase lá, quase dormindo profundamente...

— Você resolveu não atender mais o celular? — A voz baixa e rouca do Thiago no meu ouvido me acorda mais uma vez.

Ele chegou tão de fininho que nem o escutei abrir a porta. O cheiro de sabonete e a pele ainda gelada me fazem concluir que tomou banho aqui em casa quando chegou. Ainda não sei por que ele prefere o chuveiro daqui se só gosta de água gelada.

— Só faço isso quando sei que é você quem está ligando — respondo com os olhos ainda fechados. Se der sorte e não me mexer, talvez eu consiga dormir.

Thiago beija meu pescoço e se aconchega mais um pouco na cama, envolvendo-me com seu braço. É inútil tentar dormir novamente, pois olho para aquela pequena extensão de Thiago em volta de mim e tento achar uma palavra para definir a cor da sua pele, mas não consigo pensar em nenhuma que faça jus. Do jeito como ele descansa o braço, meio que de lado, vejo duas cores, a da parte de fora, que mais parece uma pele clara que foi exposta ao sol diversas vezes, num tom avermelhado.

A parte de dentro do antebraço é feita de uma pele fina e bem mais clara. Adoro a sensação de poder decifrá-lo dessa forma. As veias azuladas aparecem no seu pulso e descem fazendo um caminho engraçado. Elas acabam me guiando para a marca da seringa que ele usou no sábado. Uma sensação cortante acerta em cheio meu peito.

Ele se mexe e fica mais perto de mim, a mão que estava na minha frente vai agora até meu quadril e sinto que brinca com minha tatuagem de girassol. Sei muito bem o que está querendo com isso. Mas hoje, não estou afim.

— Eu amo essa tatuagem... — ele diz, beijando meu ombro. O beijo estala alto próximo ao meu ouvido.

— Eu sei disso.

— Sabe outra coisa que eu amo? — insiste em continuar e sua mão desliza para dentro da minha calcinha.

— Não tô afim hoje, Thiago.

Ele para na mesma hora e recolhe a mão. O meu tom seco o congela. É engraçado como parece muito mais vulnerável quando eu não estou gritando ou discutindo. Com certeza ele não reagiria da mesma forma se estivéssemos numa briga colossal e eu simplesmente gritasse: “não estou afim de brigar hoje!”

— O que foi?

— Nada, só tô cansada. Quero descansar.

Ele levanta a cabeça o suficiente para ver meu rosto. Eu me viro para ele porque sei que é isso que espera que eu faça. Os olhos castanhos claros por baixo dos cílios grossos me encaram de forma sincera. Realmente quer saber o que houve. Sem brigas, ou sexo de reconciliação. Acho que o atingi dessa vez.

— Tá tudo bem... — digo antes que pergunte. — Você... Você pode apenas dormir comigo hoje? — peço, deixando que analise meu rosto como se fosse um labirinto. Talvez ele procure em mim todas as faces daquilo que podemos ser. Será que é assim? Será que o que somos como casal é reflexo de como atingimos o outro?

— Posso — ele responde.

Pelo jeito, hoje eu sei com qual dos Thiagos estou lidando. Aquele que tem educação e que não ama brigas.

Ele passa um dos braços por baixo de mim e me abraça como uma concha. Gosto de imaginar que estou debaixo de suas asas, sejam elas boas ou ruins, afinal, ele tenta, sei que tenta. Seu calor atravessa minha camiseta e chega até mim, me aninhando. Acho que vou conseguir dormir agora.

O pulmão dele se expande, tomando ar para dizer alguma coisa, mas desiste antes de fazer qualquer som. Deve ter me escutado ressonar. Estaria curiosa se ainda não estivesse chateada. Deixo que o silêncio restaure mais uma vez nossa relação estranha. Como adubo de um solo seco.

Acho que, afinal, o silêncio cura. Falamos tanto, o tempo todo, e na maioria das vezes não posso salvar sequer metade das palavras que trocamos. As coisas mais significativas ficam reservadas para olhares e momentos calados como esse, quando nenhum de nós se esconde atrás de palavras brutas ou cortantes.

Sinto o silêncio cultivar. Faz crescer de novo, por favor.

Pensei que essa relação de fortes opiniões e desapego emocional fosse durar pra sempre. Nada poderia abalar meu sentimento, já que está construído na pura verdade. Dizer na cara, ter o pulso firme, bater de frente só para não dar o braço a torcer, isso tudo drena energia, não só minha, mas da aura pesada do nosso namoro.

Nunca me iludi, sempre soube quem ele é, mas talvez... Só talvez, eu não queira mais brincar de limpar a bagunça dele por todos os lados. Eu quero pensar que está tudo bem, mas lá no fundo, onde só eu escuto, uma voz continua me dizendo que isso não vai durar muito tempo.

O preço da sinceridade, nua e crua, nem sempre é doce. Só mais essa vez vou deixar o silêncio curar. Perdi as contas de quantas vezes dei últimas chances para o silêncio.

Calo meus pensamentos de uma vez por todas e deixo que a respiração dele me faça dormir nesse fim de tarde quente.

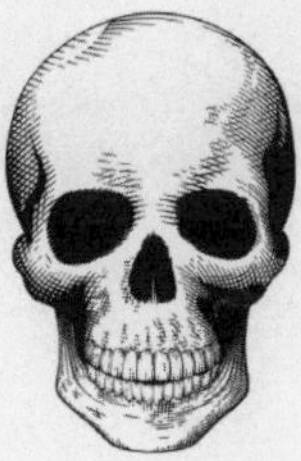

Felipe

(Terça 19h17min)

"Linda do jeito que é
Da cabeça ao pé
Do jeitinho que for
É, e só de pensar
Sei que já vou estar
Morrendo de amor
De amor"

♫ Coisa Linda – Tiago Iorc

"Oi Amanda! Td bem? É o Felipe =)"

"Oi, Lipe! Td bem sim e vc?"

"Tbm... vc tá sabendo da festa dos amigos do Thiago mais tarde?"

"Sim, a Becca me falou. Vc vai?"

"Não sei ainda... na vdd vai rolar um esquenta aqui em casa antes. A Becca tá aqui. Pensei q vc pudesse vir tbm..."

"Legal, posso passar aí daqui a pouco, mas acho que não vou p festa. Tenho que acordar cedo amanhã."

"Quer q eu te busque?"

"N Lipe, obrigada. Daqui a pouco apareço aí... bj"

"Bj =D"

Espero não perder o juízo até ela chegar.

Thiago está sentado no sofá tentando assistir ao jogo com sua mais do que manjada camisa quadriculada, enquanto Bruno e Rebecca sofrem com uma crise de risos de pelo menos dez minutos por não conseguirem jogar UNO como seres humanos normais. Normalmente, eu estaria tentando assistir ao jogo também, mas não consigo parar quieto no lugar.

— UNO! UNO! UNO! — Bruno grita bem mais alto do que eu sabia que ele conseguia, jogando aquela última carta em cima de Rebecca.

Em pé atrás do sofá, vejo toda situação acontecer. Thiago tenta salvar a cerveja dele quando Becca se joga perdendo o ar de tanto rir. É gostosa a sensação e acabo rindo junto. Bruno espalha todas as cartas ao seu redor, desistindo de uma vez por todas de tentar jogar direito. Ouço Thiago xingar por causa do impedimento do São Paulo, fazendo-me voltar a prestar atenção no jogo.

Eu me jogo no braço do sofá por que meu inconsciente diz que devo estar em alerta; Amanda deve chegar a qualquer instante e não posso perder tempo me sentando direito. Prendo o cabelo com o elástico que anda sempre no meu pulso, deve ficar melhor assim, e em menos de dois segundos pondero se deveria deixar solto. Desisto de deixar o cabelo preso já no final do processo e solto novamente. Estou nervoso. Acabo coçando minha orelha duas ou três vezes, mania que tenho desde criança quando estou agitado.

Mas, finalmente, apesar de não ter de fato demorado tanto, a campainha toca. Passo as duas mãos no cabelo, colocando tudo pra trás como se assim conseguisse respirar melhor.

— Oi... — tento ser natural, só que acabo perdendo o fôlego na frente dela.

Os cabelos compridos e de um loiro escuro estão presos num coque no topo da cabeça, deixando todo pescoço, ombro e colo expostos com a blusa branca sem alças. Deus, como ela faz isso comigo?

— Oi, Lipe! — me cumprimenta com aquelas covinhas e um beijo inesperado no rosto, quase na minha orelha branca. Estremeço.

— Oi, Amanda! — Becca grita do outro lado da sala.

Amanda sorri para todos de volta, parecendo tímida.

— Você também vai? — Thiago pergunta, surpreso, tentando alcançar a cerveja na mesa de centro.

— Não, eu só vim ficar um pouco aqui. — Ela parece sem jeito, fazendo-me querer torcer o pescoço do Thiago.

— Ah, tá. — Thiago toma da cerveja. — Perguntei porque se você fosse mesmo poderia ter vindo comigo e com a Becca quando saímos do seu apartamento. — Ele só efetivamente cala a boca quando me vê fazendo sinal ameaçador atrás dela. Thiago tenta disfarçar a cara de quem está falando demais nos goles que dá.

O fato do Bruno não conseguir parar de rir desde antes de ela chegar aliviou minha tensão. Não posso negar que é contagiante a icônica risada que só ele consegue dar, principalmente quando está rolando no chão para agarrar os pés de Thiago, deixando-o, talvez, um pouco mais sem graça do que eu.

Thiago, como esperado, esconde o rosto com uma das mãos. É raro ele sentir vergonha quando fala demais, mas ele sabe como eu me sinto em relação a Amanda, e acho que deve torcer tanto quanto Bruno para que eu vença de uma vez por todas minha insegurança.

Rebecca percebe tudo e volta a rir, desta vez sem som e quase suplicando por seus pulmões. Isso certamente é um esquenta, ou pelo menos é o tipo de esquenta que rola aqui em casa. Normalmente eu estaria embolado no meio dos três, batendo palmas de tanto rir, mas hoje estou longe de conseguir agir naturalmente.

Amanda não está muito acostumada com essa cena. Ela passa mais tempo com Becca e Chris, mas, como eu esperava que fizesse, acha graça de tudo, olhando-me por cima dos ombros com um sorriso largo.

Os três, sem muita demora, vão para a festa do amigo de um amigo do Thiago – é um nome e tanto para uma festa –, nos deixando a sós e constrangidos com o olhar de desconfiança que Rebecca nos lança.

Em menos de um minuto, todo o barulho que acontecia há pouco acaba com o estalar da fechadura da porta. Estamos a sós com o silêncio agora.

— Quer uma cerveja? — pergunto, pois não sei ao certo o que dizer.

— Quero — ela me responde com um sorriso.

Pânico? Talvez. Se não é, então está bem perto de ser. Limpo o suor das minhas mãos na calça jeans enquanto tento me lembrar de onde fica a geladeira dentro da minha própria cozinha. Antes de voltar, paro para observar o modo como ela solta os cabelos, sentada no meu sofá. Aqueles cabelos... Eu só queria colocar meus dedos ali e cheirá-los. Juro que me fez suspirar. Se eu pudesse me ver, com certeza estaria rindo de nervoso da minha própria cara.

Entrego a garrafa a ela e brindamos. Então dou o primeiro gole para me dar coragem de olhar em seus olhos e sorrir. Acho que meu sorriso diz algo como: "não sei como agir", "será que posso te beijar de novo?", "quando será que minha insegurança vai passar?". Entre estar ainda mais apaixonado e ter qualquer chance de poder beijá-la novamente, temos uma conversa leve, agradável e como se nenhum beijo tivesse rolado no dia anterior.

É incrível como o tempo passa rápido e como me sinto mais relaxado a essa altura, ou pelo menos, em comparação com a pilha de nervos que eu estava algumas horas antes, até que Amanda olha seu relógio de pulso e se assusta.

— Nossa, já são uma e vinte! — Ela ajeita a postura no sofá.

— Quer que eu te deixe em casa? — Ofereço, um pouco triste por nossa noite ter chegado ao fim. Amanda apenas aceita.

Já na portaria do prédio dela, sou pego de surpresa.

— Quer subir? — ela me pergunta num tom quase inocente ao piscar devagar os olhos castanhos.

Se quero subir? Não tem nada nesse momento que eu queira mais do que subir com ela. Não penso em mais nada além daquele beijo de ontem, o que me faz responder apenas um "sim" com toda urgência brotando em mim.

Enquanto destranca a porta, minha própria voz martela de novo e de novo na minha cabeça: "tome uma iniciativa, palhaço!"

Ao abrir a porta do apartamento simples que ela divide com Rebecca. Entro, quase tendo que me apoiar nas paredes por causa do nervosismo. E, de novo, coço a orelha.

Amanda coloca as chaves e o celular em cima da mesa de jantar e se inclina um pouco para pegar um elástico de cabelo jogado do outro lado da mesa. Posso sentir meu peito subir e descer quando chego mais perto dela e descubro um sinal na parte de trás do seu pescoço, algo que eu nunca tinha visto antes. Muito provável que seja um sinal de nascença, de um tom um pouco mais escuro do que a pele dela, com um formato oval e tamanho da ponta de um polegar.

Isso mexe comigo de forma diferente, porque tenho exatamente o mesmo sinal nas costas. Não é uma mancha de vitiligo, é uma marca de nascença. E por algum motivo se torna a ponta de coragem que estava me faltando.

Quando me dou conta, não deixo que termine de prender o cabelo. Viro Amanda pra mim e a seguro com as duas mãos, não só para beijá-la, mas também para ter certeza de que não vou cair. Vai acontecer. Toco os lábios dela que pareciam tão ansiosos por este reencontro quanto os meus. Meu pescoço formiga com a adrenalina de finalmente tomar uma iniciativa.

Amanda coloca as duas mãos delicadamente em volta do meu pescoço, me fazendo desejar estar tranquilo com o que está acontecendo. Até a tranquilidade dela nesse momento me excita, como se ela soubesse muito bem o que estávamos planejando desde o início da noite.

Mas, ao contrário dela, estou bem afobado. Esperei tanto tempo por esse momento e ele é tão melhor do que eu pensei que ainda estou desnorteado com as milhares de sugestões que surgem na minha mente agora. Decido apenas calar todas elas, toda as malditas sugestões, e procuro o apoio mais próximo, pois minhas pernas estão tão fracas que estou com medo de cambalear.

Andando em passos cuidadosos para trás, finalmente acho o sofá onde acabo me jogando e conseguindo pelo menos um segundo e meio para respirar. Amanda se senta em mim, com uma perna em cada lado do meu corpo, e voltamos a nos beijar ardentemente.

Seguro com certa firmeza os cabelos que há pouco desejei segurar e acabo apertando com mais força do que eu planejava depois que lembrei que estava de saia. Eu estou a ponto de explodir.

— Você tem camisinha? — ela pergunta buscando fôlego.

Puta que pariu! O que eu falo? Hum, não, eu não tenho camisinha porque não passo de um virgem! Contenho-me em responder apenas que não, puxando a mecha branca do meu cabelo para trás num puro gesto de frustração.

— Tudo bem — diz com um olhar que me tira o juízo. — Eu tenho uma no banheiro.

Ela então se levanta e vai buscar o preservativo enquanto eu espero no sofá com uma ereção e tanto entre as pernas. Tudo estava indo tão bem até agora, mas essa pausa me nocauteia. Não deveria ser eu a pessoa que tem a camisinha? Uma sensação esquisita toma conta. Não passou em nenhum momento pela sua cabeça andar com uma camisinha na carteira, Felipe? Será que ela vai pensar que eu não estava tão afim ao ponto de querer transar? Eu entro em desespero.

Só de pensar em como será quando Amanda, enfim, me ver sem roupas o desespero aumenta. Ela não estava acostumada. Ver meus braços e meu rosto era uma coisa, agora ver meu corpo inteiro, é outra. Meu peito, minha virilha, meu p... Deus! Não vou conseguir! Ela vai ficar chocada.

Amanda volta e me encontra de pé no meio da sala, tentando me acalmar.

— Tudo bem? — Seu olhar é de certa desconfiança.

E aí? Responde! Fala o que foi! Minha mente problemática tenta me convencer.

— Hum... Ahm... Na verdade, eu... Eu acho melhor ir pra casa agora.

O olhar dela para mim quase me mata. Eu sou mesmo um babaca.

Chris

"E eu tenho sido uma ameaça por muito tempo
Mas eu ainda não terminei, sou dedicado
E você sabe, e você sabe"

♫ Black Skinhead – Kenye West

Maio,

Cemitério Santa Luzia

Amanda descansa a cabeça em meu ombro enquanto, do outro lado, minha mãe faz pequenos círculos com o dedo em cima da minha palma. Ela costumava fazer isso em mim quando me botava pra dormir. Eu perdia a noção do tempo sentindo o carinho na minha mão e só assim conseguia pegar no sono. Engraçado fazer esse paralelo agora pois mais do que nunca preciso descansar. Não durmo há três noites depois que tudo isso aconteceu.

Do lado de fora do cemitério, um carro passa com uma música estrondosa. Ela é familiar e me chama atenção mais do que gostaria. É a mesma que tocava quando eu cheguei à festa do tal amigo de Thiago, que na verdade, sem eu saber, era o Bernardo.

Fevereiro,

Centro de Campinas

Um rap gringo toca a todo volume quando chego. Não pude ir para o esquenta na casa do Bruno porque prometi passar um tempo a mais com minha mãe hoje. Depois que assistimos a alguns episódios de Grey's Anatomy, recebi uma mensagem de Bruno dizendo que já tinha chegado. Não demorei muito para me arrumar, então um shortinho jeans rasgadinho e uma camiseta com nozinho na cintura compuseram o look que eu aprovei de imediato.

Mando uma mensagem para Bruno dizendo que cheguei assim que desço do Uber, e de imediato ele responde.

"Estou nos fundos guardando um lugar pra você no sofá. Vem pra cá"

Dou uma boa olhada em volta quando entro na sala desse lugar estranho. É uma casa pequena e velha, com móveis antigos e manchas nas paredes. Não gosto nem um pouco daqui. Atravesso todo o espaço , mas não vejo ninguém familiar. Um cheiro forte de maconha me incomoda antes mesmo de conseguir chegar aos fundos. Passando pela cozinha, um pessoal muito esquisito joga algum tipo de jogo de azar com cartas. Na mesa onde eles estão, pacotinhos pequenos com algo que parece farinha dentro saltam aos meus olhos.

Não. Não é possível. Penso comigo mesma. Tento passar despercebida por eles, certamente não vou foi ficar aqui muito tempo, isso tudo tem cara de encrenca.

— Que isso, gata? Aonde você vai linda desse jeito? — Um dos caras da mesa mexe comigo. Eu ignoro e continuo andando.

— A princesa não fala, não? — O cara insiste. — Veio sozinha?

Aquela voz estranha vai sumindo à medida que eu me afasto. Finalmente vejo Bruno sentado de modo desleixado num sofá rasgado de dois lugares, debaixo de uma árvore no final do quintal. Um alívio enorme percorre meu corpo quando o encontro ainda de longe. Os olhos dele estão mais arregalados que o normal e o modo como tenta parecer casual ali sozinho, enquanto eu sei que essa festa certamente não é o tipo que a gente gosta, me faz sorrir.

Não vou nem me sentar. Meu plano é resgatar o Bruno e me mandar daqui. Ele ainda não me viu e eu começo a andar na sua direção, mas, no meio do caminho, Bernardo me intercepta.

— Eu não acredito! Acho que hoje é o dia mais feliz da minha vida. — O bafo estranho que ele tem me acerta em cheio.

— Eu já estou de saída. Não fique animadinho — digo, tentando desvia-lo, mas, inesperadamente, ele me segura pelo braço.

Meu olhar vai da sua mão, calmamente, até o seu olhar desigual de quem já bebeu muito essa noite.

— Será que você pode me soltar? — Minha voz sai bem mais firme do que eu esperava.

— Qual é, Christina? — Ele pondera, torcendo as sobrancelhas feito um oito e jogando a cabeça para trás.

— É Christiane. — Eu reviro os olhos.

— Quando que você vai me dar uma chance? Poxa, eu sou um cara legal. Olha só a minha casa como está cheia de amigos meus. — Ele tenta não cambalear no final da frase, mas falha terrivelmente.

— Bernardo, querido, primeiro: se eu soubesse que essa era sua casa, eu não teria vindo. JAMAIS! E segundo, por que você não desiste de uma vez? Você nunca ouviu falar que NÃO é NÃO?

Digo isso segurando o pulso dele com minha mão fazendo-o enfim me soltar.

Ele parece ser atingido pela sobriedade e a cara de deboche que sempre o acompanha se torna algo ainda pior. Alguma coisa entre conformismo e raiva. Isso me faz, involuntariamente, arrepender-me um pouco das coisas que acabei de falar, mas não pelo fato de ter magoado os sentimentos dele, mas sim, por sentir medo. Bernardo é perigo, ninguém precisa me dizer isso.

Ele ainda me olha mais uma vez, descendo os olhos de forma lânguida por mim, e toma mais um gole da cerveja subindo o olhar novamente. Solto uma pequena quantidade de ar pelas narinas num simples gesto de incredulidade e balanço a cabeça em negativa. Sequer digo algo antes de, finalmente, desviar e continuar meu caminho até Bruno. Eu sinto que ele me segue com o olhar.

— Eu não acredito que você me chamou pra uma festa na casa do Bernardo, Bruno! Você comeu cocô? — Chego quase soltando fumaça pelos ouvidos.

— Quê? Casa do Bernardo? — Bruno deixa as sobrancelhas bem marcadas se contorcerem numa onda, tentando absorver essa informação.

— É, Bruno, casa do Bernardo! Você nem desconfiou? — Coloco as duas mãos na cintura, esperando uma resposta.

— Caralho, Chris. Eu não sabia. — Ele tampa a boca com a mão sem esconder o choque. — Eu não faria isso com você se soubesse... — A sinceridade na voz sua faz com que minha raiva, aos poucos, vá sumindo.

Sento-me ao seu lado no sofá, fazendo-o deslizar abrindo espaço com meu quadril, e entrelaço meu braço no dele pelo simples fato de me sentir mais segura assim.

— Vamos embora quando? — pergunto com o olhar perdido em algum ponto aleatório no chão.

— Vamos num instante — ele responde, quase terminando a cerveja.

Sinto o seu peito subir e descer lentamente, com um suspiro pesado.

— Chris, você... — Ele tenta formular uma pergunta. — Você acha que talvez aquele cara ali esteja olhando pra mim?

Imediatamente, volto meu olhar para ele, tentando não parecer surpresa com o fato de finalmente se sentir à vontade para falar sobre isso comigo.

— Que cara? — Faço uma pequena varredura com os olhos à nossa volta.

— O de jaqueta jeans perto da porta. — Bruno faz um pequeno sinal com o queixo.

— O bonitinho baixinho? — Minhas sobrancelhas levantam quase como se apontassem para o sujeito.

Ele ainda abre a boca para responder, mas acaba parando para reformular a resposta em sua cabeça.

— É. O baixinho. — Seus ombros caem.

— De que jeito você acha que ele tá te olhando?

Realmente o cara parece olhar em nossa direção a cada dez segundos.

— Sei lá... — Uma pausa longa faz com que Bruno termine a cerveja. — De forma estranha.

Queria muito que Bruno se abrisse pra mim. Achei que ele faria ontem, depois que me beijou lá em casa. Eu vejo uma faísca nele prestes a entrar em combustão, mas morro de medo de falar qualquer coisa que o deixe retraído. Tenho que esperar o seu tempo , ainda que hoje não toque mais no assunto.

— De forma estranha não, amigo. — Me aconchego um pouco mais ao seu lado. Quero que ele entenda que estranho não o define. — Acho que tá olhando como quem olha para um cara legal.

Rebecca

"Eu disse que te pegaria se você caísse
E se eles rissem, então fodam-se eles todos
E então eu te tirei do chão
Coloquei você de pé
Só pra você poder tirar vantagem de mim"

♫ Without Me – Halsey

Maio,

Eu não quero entrar, ainda não. Tem muita gente, muitos carros estacionados. Eu só não quero entrar agora.

Nunca pensei que tivesse que vir aqui, pelo menos não dessa forma. A essa altura, todos devem estar lá dentro e pondero se realmente sentiriam minha falta se eu simplesmente não entrasse. Não devo nada a ninguém e a vontade de jogar tudo para o alto é grande. A vontade que tenho é de continuar negando a realidade até o ponto de mudá-la.

Eu estou indo bem até agora e pretendo me manter assim, equilibrada, inspirando lentamente, raciocinando cada movimento, premeditando e analisando tudo antes de qualquer decisão. Estou bem. Por muito tempo eu "estive bem" segurando a barra dos outros, mas isso parece ser uma última bagunça que eu teria que limpar. É só mais um espetáculo que eu assistirei de camarote enquanto tudo à minha volta desmorona.

Mas eu estou bem.

Mantenho o olhar fixo no muro do outro lado da rua enquanto a enxaqueca me deixa tonta, mas eu não ligo, a dor é bem-vinda. Na verdade, acho que sempre foi e só eu não percebi, ou talvez lá no fundo até percebesse e a saudava em segredo, pois gostar da dor te deixa fora do eixo. Talvez fosse isso, um desvio puro e completo de alguém que nunca conseguiu perceber as lacunas dentro de si. Acho que, enfim, minhas lacunas são tantas que as confundi com plenitude. Eis aí o defeito do altruísmo.

Aquele muro, como em quase toda Campinas, é pichado e me faz lembrar da festa do Bernardo. Fecho os olhos desejando esquecer, mas é tarde, as lembranças vêm como trovões.

Fevereiro,
Centro de Campinas

— Vamos pro quarto, Becca? — Thiago me pergunta com a voz ainda mais rouca.

— Que quarto, Thiago? — Quase me insulto.

— Do Bernardo — responde, ainda com a boca no meu pescoço, escorregando uma das mãos pela minha coxa.

— Você tá falando sério, Thiago? Eu não vou transar no quarto do Bernardo.

Nossa! Por Deus! Eu já me arrependi tanto de ter vindo, esse lugar é um caos total. Bernardo mora num bairro estranho e afastado numa casa que não é nem república, nem alojamento. Os móveis são velhos e o cheiro de mofo que sai das paredes da sala é forte. Imagina como seria o quarto? Deus me livre!

— É, eu tô falando sério, você não percebeu ainda? — ele diz, colocando minha mão entre suas pernas. Eu já devia estar acostumada com essas coisas que ele faz, mas sentir minha bochecha queimar de vergonha é inevitável.

— Para com isso, Thiago! — Não consigo esconder o riso ao empurrá-lo com a mesma mão que tinha roubado.

Ele abre um sorriso pervertido de volta para mim, mas desiste quando eu viro meu rosto à procura da minha cerveja tentando evitar que ele me convença de qualquer coisa aqui.

— Que merda de festa... — ele reclama e, como de costume, se ajeita de maneira impaciente no sofá, colocando o pé com *All-Star* no acento. Isso faz com que quase todo seu joelho saia pelo rasgo da calça, me deixando com vontade de beijar aquele pedaço de Thiago.

— Olha, a Chris veio. — Aponto pra ela e Bruno conversando perto da porta, surpresa por estar aqui.

— Bruno deve ter chamado ela.

— Eles estão ficando? — pergunto, levemente confusa.

— Bruno e Chris? — Thiago confirma a pergunta, incrédulo.

— É.

— Não. Eles são só amigos. — Ele se justifica franzindo as sobrancelhas da maneira que eu adoro. Elas também ficam assim quando a gente transa. Coço a nuca tentando afastar esses pensamentos.

Uma onda quente me afoga nesse instante. Tomo um gole da minha cerveja, tentando afastar qualquer ideia de sexo da minha cabeça porque há o total de zero chance de ele me convencer a transar em qualquer lugar dessa casa.

— Hum... — resumo minha resposta, combatendo a sensação boa que surge na minha nuca quando Thiago começar a massageá-la com uma das mãos. Ele olha pra mim como se soubesse no que eu estou pensando.

— Thiago... — falo num tom de ameaça.

— Vamos para o banheiro, então — ele me pede no pé do ouvido.

Mais um pouco ele me convence, não tem como negar que eu também quero, mas odeio o fato de estar na casa do Bernardo.

— Vamos pra casa, então — sugiro, sendo um pouco autoritária.

— Ah! Qual é, Becca? A gente mal chegou!

— A festa tá uma merda mesmo, Thiago. Que diferença faz?

— Eu ainda nem falei com o pessoal, Becca!

— Que pessoal, Thiago? — Meu tom é de quem já perdeu a paciência e o tesão completamente.

— Meus amigos! — ele quase grita, mas eu não ligo.

— Então por que você não vai procurar seus amigos e quebra mais uma vez a sua promessa?

— Caralho, Becca! Você veio pra cá comigo! Isso não é quebrar promessa!

Eu estou de saco cheio dessa maldita festa e detesto o fato de ter cedido mais uma vez.

— Quer saber, Thiago? Já deu pra mim! — Levanto enfurecida, jogando a lata de cerveja de qualquer modo em cima na mesa de centro.

— Aonde você vai? — Ele se levanta junto comigo e segura meu pulso.

— Vou pra casa! Eu tô com sono e agora você está me irritando!

— Eu tô te irritando? Eu?! E você é uma santa, por acaso??!!! — Eu odeio quando é sarcástico.

— Sim! Eu sou uma santa por aturar você e seus amigos maconheiros por tanto tempo! — Quis devolver na mesma moeda, mas perdi a medida no meio caminho.

— Então vai! — Ele, nitidamente cheio da discussão, enfia a mão no bolso da calça, pega a chave do carro e joga em cima de mim.

A chave, pesada com o alarme do carro, acerta em cheio o ossinho do meu dedo quando eu tento pegar num puro reflexo.

— Você é mesmo um babaca! — Minha vontade é de dar na cara dele ali mesmo, mas me conformo em apenas jogar a chave em cima do sofá, na esperança de ele achar que iria jogar nele. Bom... Não funciona, pois permanece imóvel.

— Foda-se, Becca! — Ele parece rosnar antes de terminar a cerveja e sair, provavelmente à procura de Bernardo. Eu o odeio demais nesse momento.

Ele sequer volta para pegar a chave do próprio carro. Minha raiva é tanta que sinto meus olhos se encherem de lágrimas quentes. E na pura intenção de feri-lo, eu mesma pego a chave para ir embora em seu carro.

— Babaca! — grito alto o suficiente para ele e várias outras pessoas perto ouvirem. Inclusive Bruno e Chris.

Eles me alcançam quando já estou quase no portão e Chris me segura pelo braço.

— O que foi? — ela me pergunta, preocupada.

— O Thiago é um escroto! — Libero as lágrimas de raiva apontando para uma direção qualquer que ele estivesse.

Bruno e Chris se entreolham enquanto a mão dela sobe até meu ombro, alisando a região de maneira carinhosa. A vontade que tenho é de gritar, mas tampo a boca com as mãos, ainda segurando a chave dele. Nesses momentos sinto que estou à beira de um colapso emocional. Thiago ainda vai conseguir me destruir um dia.

— Vem, Becca. Você não está em condição de dirigir nesse estado — Bruno diz. — Me dá a chave que eu levo vocês.

Chris me abraça e me ampara com um cafuné rápido no meu cabelo fino e curto.

— Vamos, amiga. Vamos embora desse lugar. — Ela, junto com Bruno, me conduz até o carro estacionado não muito longe dali, e vamos os três embora.

Bruno

(Quarta 02h27min)

"A raiva me corrói por dentro
E eu não vou sentir os pedaços e os cortes
Eu quero tanto abrir seus olhos
Porque eu preciso que você olhe nos meus
Me diga que você abrirá seus olhos"

♫ Open Your Eyes – Snow Patrol

Sigo para o apartamento de Becca depois de deixar Chris em casa. O rosto inchado não consegue esconder o que acabou de acontecer, mesmo com sua respiração devidamente cadenciada agora. Minha vontade é de voltar na festa e acertar a cara do Thiago por continuar sendo um babaca com ela.

Ainda assim, percebo que ela olha o celular, quase que contra a própria vontade, a cada dez segundos, acho que na esperança de receber alguma mensagem de desculpas dele ou algo do tipo. Às vezes, sinto-me até assustado com a relação desses dois. Eles podiam pegar mais leve, ceder, sei lá... Quem sou eu, na verdade, para dar qualquer opinião sobre isso? Sequer consigo arrumar minha própria bagunça.

Becca me agradece com um abraço silencioso, encaixando o rosto no meu pescoço e me fazendo sentir seu nariz gelado. Retribuo com um carinho fraterno nas costas dela, alisando pra cima e pra baixo também em silêncio.

— Não diz nada pra ele, tá bom? — ela me pede, um pouco envergonhada, antes de destravar a porta do carro e olhar para os próprios pés.

Meu coração aperta com o pedido e por isso não consigo dizer nada em resposta antes que volte a me olhar. Só então lhe ofereço um sorriso apertado e retesado, fazendo minha boca quase sumir numa linha reta de conformismo.

Um leve sorriso no canto da boca é a última despedida dela.

— A gente se vê amanhã na aula? — pergunto depois que fecha a porta do carro, já do lado de fora.

— Sim.

Ela não diz mais nada, assim como eu, que apenas a espero entrar na portaria do prédio.

Mais tarde, já em casa e depois um banho morno, ouço a porta de entrada bater com tanta força contra a parede que faz a maçaneta arrebentar. Salto do travesseiro com o susto. Na hora penso que é Thiago, mas um grunhido de raiva que não parece ser dele acaba me fazendo cogitar: Felipe?

Levanto depressa, o coração batendo forte por causa do susto, e quando saio do quarto, vejo-o se trancar no banheiro. Sou pego de surpresa com o seu estado, nunca o vi desse jeito, com o rosto vermelho e os olhos cheios de lágrimas. Não parecia ser ele. Felipe estava tomado de ódio. O que foi que aconteceu? O que de tão grave o deixou assim? Meu peito aperta de uma forma que parece me sufocar.

A princípio fico inerte, sem saber o que fazer. Meus pés cravam no chão como se estivessem amarrados em bigornas e só depois de alguns segundos é que decido bater na porta. Porém, antes mesmo da primeira batida, escuto-o jogar alguma coisa contra a parede junto com mais um grito de raiva. O barulho se espalhou do lado de dentro como vidro quebrado. Em seguida outra coisa e mais outra... Um verdadeiro furacão. Somente depois que reconheço o som do espelho sendo estilhaçado é que me desperto do choque e tenho a reação de bater na porta.

— Felipe? O que aconteceu? — grito, com a voz quase falha, preso do lado de fora.

Ele não responde e continua com os barulhos de destruição.

— Fê!! Destranca essa porta! O que foi??

Tudo que ele diz é um "vai embora" seguido de um murro na porta e um choro abafado. Deus... O que aconteceu para ele ficar assim? Afasto-me como puro instinto ao escutar seu grunhido imperativo, deixando meu coração prestes a sair pela boca. O que eu faço? O que eu faço? É só o que consigo pensar enquanto ainda ouço sons de chutes e socos por toda parte do banheiro.

Não tem muita coisa a se fazer senão arrombar a porta se ele continuar assim. Peço, ou melhor, suplico que ele abra, mas, depois de um silêncio preocupante, escuto-o abrir o chuveiro.

— Felipe, se você não abrir essa porra eu vou arrombar, cara! Para com isso e abre logo! Você tá me assustando! — grito, já sem muita força na voz. Como nos pesadelos que mais nos assustam. E o meu, nesse exato momento, enquanto forço a maçaneta contra a porta no meio da madrugada, é não ser capaz de fazer nada para ajudar.

Perco completamente a esperança de ele atender meu apelo quando escuto seus soluços de choro. A partir de agora, não tenho outra escolha senão jogar meu peso com toda força contra a porta, ainda girando a maçaneta. Uma, duas, três tentativas e nada. Sei que isso vai doer mais tarde, porém com toda adrenalina do momento, não sinto nenhum dos solavancos, o que me faz tentar mais quatro vezes, mas agora com o pé, até finalmente conseguir.

Ao me deparar com a cena, por um segundo, desejo não ter feito aquilo, pois eu estou quase no limite de não suportar o que vejo.

Quando realmente nos damos conta do quanto nos importamos com uma pessoa? O Fê é especial demais para mim, é quase da família, e vê-lo nesse estado parte meu coração de uma maneira que me faz perder o ar.

Encolhido no canto do boxe, a água bate em seu corpo nu enquanto esfrega a bucha vegetal contra a pele com tanta força que já abre pequenas feridas. São as manchas. Aconteceu alguma coisa que foi a gota d'água.

Descalço, tento entrar sem me cortar com os cacos de vidro espalhados no chão e, devagar, entro no boxe. Puxo a toalha pendurada no gancho da parede e me sento ao seu lado sem fechar a água gelada. Tento ser cauteloso.

— Acho que você já pode me entregar isso agora... — anuncio enquanto tiro calmamente a bucha de sua mão, que aos poucos vai perdendo a força. A pele dele deve estar ardendo com a água e acho que foi isso que o fez ceder.

Envolvo-o com a toalha em um gesto acolhedor, e ao me aproximar mais um pouco, sinto um cheiro forte de bebida. Não sei ao certo o que dizer, e sinceramente, mesmo se soubesse, não diria nada. Eu só quero estar ao seu lado para carregar metade desse corpo pesado de frustrações. É tudo que consigo pensar agora, pois tanta coisa passa pela minha cabeça, e tão rápido, que não consigo por ordem em nada. Sequer sei por onde começar.

Ele finalmente relaxa o corpo tenso e trêmulo, ao passo que seu choro de ódio se transforma em algo que imagino ser um Felipe inocente e assustado de seis anos de idade. Enfim, aquele menino frágil que eu não conheço me abraça com somente um dos braços, apoiando a cabeça no meu ombro, deixando sair com as lágrimas tudo aquilo que tanto dói em seu peito.

Estou feliz por estar em casa e poder simplesmente me sentar ao seu lado, debaixo da água gelada, e chorar junto com ele.

Depois de alguns minutos desligo o chuveiro, esticando ao máximo meu braço para não deixar que Felipe saia do meu ombro, mas acabo falhando pelo fato de eu ser bem menor do que ele. Isso faz com que, de alguma forma, volte a si e de repente perceba o estado do banheiro a nossa volta.

— Meu Deus... — diz com a voz rouca e um pouco falha, enquanto enxuga os olhos — O que foi que eu fiz, Bruno?

Ele começa a se levantar, envergonhado tanto pela nudez quanto por toda situação, mas acho que não tanto quanto se estivesse completamente sóbrio. E não somente por esse motivo cambaleia ao ficar completamente em pé.

Eu o seguro pela cintura o mais rápido que consigo, tendo que fazer força para equilibrá-lo.

— O que foi que eu fiz? O que foi que eu fiz? — A angústia em sua voz aumenta em cada repetição.

— Tudo bem, Felipe, não se preocupe com isso. Se concentra só em conseguir ficar em pé — digo, apoiando a mão livre no azulejo úmido e escorregadio de dentro do boxe —, por favor, tá bom? — A última parte vem quase como uma suplica.

Ele apoia as duas mãos trêmulas na porta do boxe e perde o olhar confuso no chão. Parece chegar à conclusão de que não teria condições de atravessar o banheiro naquele estado sem se cortar.

— Tá certo, tudo bem — tento tranquilizá-lo, mas na verdade dirigi as palavras a mim mesmo. — Fique aqui, Fê. Por favor, tá bom? Eu já volto.

Ele, com uma feição levemente assustada, apenas balança a cabeça em concordância enquanto eu saio do banheiro como um acrobata, tentando desviar dos cacos de vidro. Corro até a área de serviço e pego a vassoura e a pá. Quando chego ao banheiro, Felipe está apoiado com o corpo todo na parede, numa postura de derrota, enquanto esfrega lentamente o rosto, acho que tentando voltar à sobriedade.

Com a toalha já amarrada no quadril, ele me pede desculpas mais uma vez, envergonhado e quase retomando ao choro.

— Está tudo bem. De verdade, não se preocupe. Eu estava acordado mesmo... Não precisa se desculpar. Eu tô aqui agora, tá bom? Eu vou te ajudar.

Tento limpar o chão do banheiro o mais rápido possível e junto a maioria dos cacos dentro da pá em um montinho considerável de pedaços menores ao lado dela. Em seguida, estendo minha mão para ele que, por algum motivo, parece um pouco mais estável em relação ao chão agora e, assim, eu não preciso mais fazer tanta força para guiá-lo até seu quarto.

Ele se senta na cama sem muita dificuldade e eu olho em volta, puxando meu cabelo para trás à procura de onde ele possivelmente guarda as sambas-canções. Acho o que preciso já na primeira gaveta do armário e o entrego, um pouco orgulhoso de ter encontrado tão rapidamente. Ele olha para a peça de roupa íntima e depois para mim, antes de passar as mãos pesadamente sobre o rosto.

Devidamente "vestido", ele se encolhe no colchão e funga como se tivesse uma crise de rinite.

— Tudo bem, amigo. — Puxo o cobertor embolado nos pés da cama até a altura de sua cintura. — Agora descansa.

Percebo as feridas que ficaram nos nós de seus dedos e sinto algo embrulhar no meu estômago. Queria tanto que ele não se sentisse assim.

Quando olho para seu rosto, ele já parece ter pegado no sono e eu saio, cauteloso, do quarto, mas não fecho completamente a porta. Passo os próximos quarenta minutos limpando todo o estrago que ficou no banheiro, tentando ao máximo não fazer barulho. Quando finalmente me deito, nem mesmo confiro as horas para não doer tanto na manhã seguinte.

Pego no sono em poucos minutos.

Amanda

"Se eu me deitar aqui
Se eu simplesmente me deitar aqui
Você deitaria comigo e esqueceria do mundo?"

♫ Chasing Cars – Snow Patrol

Maio,
Cemitério Santa Luzia

Mesmo só querendo boas lembranças, não tem como deixar de pensar na minha história com o Lipe e da noite que o chamei para subir. Ainda sinto um pouco de vergonha quando me recordo de como foi ser dispensada com uma camisinha na mão. No final das contas, o medo de minha mãe estar certa me inundou feito um tsunami devastador de arrependimento.

Ainda assim, nunca tinha passado pela minha cabeça que ele era virgem. Nunca.

Eu não fazia ideia de que o vitiligo mexia tanto assim com ele. Agora, em retrospecto, me dói pensar em como fui tola. Eu jamais seria capaz de julgar o peso que isso tinha para ele, sendo que eu nunca, saberei a real dimensão de algo que sempre esteve fora da minha bolha. Mas de repente, eu furo essa bolha e, mesmo assim, só me resta aprender, e não chegar a conclusões baseadas nas minhas próprias experiências de vida. Para ele, expor-se tinha um peso que eu nunca serei capaz de medir. Ainda assim, imersa na minha ignorância, eu teria passado aquela noite chorando de vergonha se Becca não tivesse chegado cedo da festa de Bernardo.

Fevereiro,
Apartamento da Amanda

— Você está bem? — A voz de Becca chega doce em meus ouvidos ao abrir a porta do meu quarto, provavelmente preocupada com o som do meu choro.

Encolhida de costas para porta, viro somente o rosto, depois de enxugar as lágrimas que chegam até meu nariz. Becca, com a cabeça encaixada numa pequena fresta da minha porta, sorri com os lábios apertados e testa franzida.

— Posso entrar? — com a voz ainda doce, ela pergunta.

Minha resposta vem somente com um balançar de cabeça, aceitando o convite do ombro amigo que acaba de me oferecer. Finalmente, viro todo meu corpo na sua direção, desvencilhando-me da parte molhada de lágrimas do travesseiro. Ela se senta próxima à cabeceira e eu me aninho em seu colo, com mais uns três soluços de choro.

— O que foi que o Felipe fez? — ela pergunta, não num tom de acusação.

Becca sabe o quanto eu gosto dele e do nosso beijo dois dias atrás. Acho que a expectativa dela de que a gente, finalmente, desse certo era tão real quanto a minha.

— Ele não fez nada — respondo pausadamente, tentando não despencar no choro novamente.

— Nada?

— Nada! Ele me trouxe pra casa, a gente se beijou, a coisa começou a esquentar e...

Minha vergonha do que aconteceu é tanta que escondo meu rosto com as duas mãos, choramingando em vez de continuar.

— Meu Deus, Amanda! O que foi que aconteceu? Ele fez alguma coisa que você não deixou?

— Não! Nada disso! Nós... Bom, eu... — Neste momento me sento de frente para Becca. Ela é minha melhor amiga, não tem o porquê de ficar assim na frente dela. — As coisas esquentaram muito e eu perguntei se ele tinha trazido camisinha. — Reviro os olhos, lembrando-me da forma como eu agi. — E ele disse que não, então eu falei que tinha uma no banheiro e me levantei pra buscar.

— Você disse que tinha uma camisinha no banheiro? — Becca pergunta, falhando terrivelmente em esconder o riso.

— Falei. — Minha expressão de derrota sai como um suspiro de alívio.

— A camisinha do Thiago que fica no banheiro? — Ela então sente ainda mais vontade de rir.

— Becca! — Dou um empurrãozinho no ombro dela por me fazer rir também.

— Mas e aí? Só foi isso? — Becca, com o olhar um pouco cansado, depois de se recuperar rapidamente da risada, incentiva-me a continuar.

— Bom, quando eu voltei com a camisinha na mão, ele disse que era melhor ir embora. E foi. Assim, do nada!

Acho que minha mãe estava certa o tempo todo. É incrível a forma como o arrependimento bateu depois da atitude dele de ir embora, que acabou significando tanta coisa. Eu sou mesmo muito ingênua. O que estava tentado provar pra mim mesma? Que sou independente, dona da verdade? Que seria tudo como nos filmes que tanto gosto, onde os mocinhos somente se olham e, de repente, sem nem mesmo dizer uma só palavra, já estão se entregando à melhor noite de sexo da vida deles?

Eu já tinha gostado de outros dois caras com quem eu, ocasionalmente e separadamente, tive uma noite de sexo, mas não da forma como eu gosto do Lipe. O primeiro deles tomou todas as atitudes, não precisei sequer perguntar da camisinha, mas foi algo furtivo e só daquela vez. O segundo demorou mais um pouco, depois de três semanas ficando com ele dei todas as dicas de que poderia avançar o sinal, o que acabou levando a uma noite mais longa e atenciosa, mas nada além disso.

Becca parece incrédula ao me escutar desabafar minunciosamente tudo que sai da minha cabeça, as coisas sobre minha mãe, sobre Lipe e até sobre o modo sujo que me senti depois de contabilizar quase três transas para minha longa lista de vergonha.

— Amanda, pelo amor de Deus! Por tudo que é mais sagrado! Você não é uma vadia por querer transar!

Solto uma bufada em forma de rosnado, escondendo novamente o rosto e caindo no travesseiro.

— A sua mãe não tem o direito de espelhar em você os traumas dela. São outros tempos, amiga! Você tomar a atitude no meio de um amasso não te faz vagabunda! Você consegue entender isso? — ela continua, já que eu não respondo nada: — E se o Felipe é do tipo de cara, apesar de eu nunca ter achado isso, que vai te julgar porque você tem camisinha em casa, então, está na hora de esquecê-lo, porque definitivamente ele não é pra você!

Eu deito novamente em seu colo antes de ela começar a alisar meus cabelos. O pior disso tudo é que eu não consigo imaginar o Lipe sendo esse tipo de cara. E agora que já desabafei meio quilo de ressentimentos no ouvido da Becca, sinto uma pontada no coração, como se eu estivesse perdendo alguma coisa importante. Talvez não tenha sido isso.

— Becca? — depois de um tempo em silêncio, concluo.

— Diz, amiga. — Sua voz tranquila vem como um suspiro.

— Acho que não foi por isso que ele foi embora, mas se realmente foi, você tem razão. Não está certo eu me sentir assim.

Ela sorri, satisfeita com minha resposta, ainda alisando meus cabelos num carinho gostoso. Sim. Eu mereço mais que isso. Acho que mereço também uma explicação, algo em que eu possa construir uma segunda chance para o que eu venho sentindo há tanto tempo por ele.

Entretanto, antes que Becca pudesse se aninhar comigo na cama, o celular dela vibra, fazendo meu coração palpitar, já que eu quase pegava no sono na esperança de entender o que aconteceu de verdade com o Lipe.

Becca olha para a tela do celular e um suspiro pesado faz com que pareça tentar se controlar. Ela rejeita a ligação e encosta a cabeça na cabeceira da cama, como um gesto de desistência. O celular vibra novamente e eu olho para ela na expectativa de entender o que está acontecendo.

— É o Thiago, não é? — pergunto, já sabendo a resposta ao ver, mesmo no escuro, os olhos dela equilibrando algumas lágrimas.

Ela assente com a cabeça, sem dizer nada, e deixa uma das lágrimas escapar. Sinto-me uma péssima amiga por não perceber que estava mal antes mesmo de ouvir os meus problemas, e raiva por Thiago, mais uma vez, acabar destruindo outro pedacinho da Becca.O celular vibra pela terceira vez e ela, em menos de um segundo, decide atender. A insistência dele me preocupa.

— O que você quer? — Uma breve pausa é feita antes de ela continuar: — Thiago, onde você tá?

Levanto do seu colo com a mudança brusca no tom de sua voz. — Tá tudo bem, Becca? — pergunto, preocupada com a espera longa demais por uma resposta dele.

— Thiago, você ainda tá no Bernardo? — Becca tampa o ouvido que não está o celular, na esperança de compreender o que ele fala, mesmo estando completamente silencioso dentro do meu quarto. Não demora muito para que ela se desculpe por não poder ficar comigo e volte para procurar Thiago. — Eu vou junto, espera que eu vou trocar de roupa.

Ela nega antes mesmo que eu pudesse me levantar, fazendo um gesto rápido com uma das mãos, indicando que eu continuasse na cama.

— Eu tenho que resolver isso sozinha.

Ela sai de forma diferente das outras vezes em que teve que acudi-lo. Algo entre conformismo e urgência. Acho que dessa vez deve ter sido a gota d'água.

Thiago

(QUARTA 03H07MIN)

"Agora tenho essa sensação mais uma vez
Não consigo explicar, você não entenderia
Não é assim que eu sou
Me tornei confortavelmente entorpecido"

♫ Comfortably Numb – PINK FLOYD

Rebecca é foda! Puta que pariu! Por que ela faz isso comigo? Sério? Agora eu que me sinto um otário por ter jogado as chaves em cima dela. Mas quer saber? Não estou nem aí. Ela me conhece e fica me provocando. Será que realmente espera que eu mude? Eu é que espero que pelo menos saiba que é perda de tempo tentar.

Pois é. Agora fico aqui, buscando não me sentir um lixo enquanto ela vai pra casa sozinha, e no meu carro, ainda por cima! Por que foi mesmo que a gente voltou? Caralho, Becca! Vou ligar pra ela. Ela vai ter que voltar, o carro é meu, porra! E a festa ainda nem começou. Atende o celular, Becca! Atende! Ah! Foda-se!

Vou embora! Vou atrás dela. Não dá pra gente ficar brigando assim o tempo todo.

— Ah, finalmente eu te achei! — Bernardo surge feito uma aparição na minha frente. Merda! — Tava aonde? — ele me pergunta, abrindo um dos braços e aguardando minha resposta.

— Cheguei agora.

— Rebecca veio? — O tom de voz de uma criança que vai aprontar é sutil.

— Não — minto. Mas agora não faz diferença.

— A mamãe te liberou da casinha? — Ele me provoca com uma risada arrastada. Eu só reviro os olhos em resposta. — Maravilha! Tá rolando uma festinha particular lá no meu quarto.

Bernardo, tentando me convencer a gastar dinheiro de novo, com certeza deve estar com a corda no pescoço. E eu, mesmo inquieto e puto demais para negar, recuso dessa vez.

— Tô tranquilo hoje, cara. — Coço a testa tentando disfarçar minha ansiedade de sair dali antes que ele me faça mudar de ideia.

— Porra, Thiago. Vai lá dar uma força, você não precisa comprar nada. Fica só um pouco.

Olho em volta na esperança de encontrar Becca, ou mesmo Bruno e Chris, numa tentativa inútil de sair dali, mas só encontro uma palpitação irritante que me tira do sério.

— Tá. — Esfrego os olhos, impaciente. — Daqui a pouco vou lá.

— Olha o Marcelo ali, vamos aproveitar pra ir com ele. Bora!

Fodeu. Agora vou ter que ir mesmo.

Quem eu estou enganando? Quero subir e ver o que tem lá tanto quanto ele.

Naquele quarto de paredes descascadas e janelas de madeira cheias de cupim, pelo menos dez pessoas se acomodam espalhadas pelo chão e pela cama. No centro de tudo, um lençol velho esticado com pelo menos três tipos de drogas diferentes. Vi cinco pacotes de seringas ainda fechados e salivei. Eu não devia ter vindo.

Ao fundo, uma música do *Pink Floyd* me pergunta onde mais dói. Tudo, é minha resposta. Tudo dói. O fato de ser um babaca com a Becca, minha incapacidade de sair desse quarto, o barulho insuportável dentro da minha cabeça toda vez que penso no meu pai e o fato de não poder fazer absolutamente nada em relação à minha raiva. É patológico.

Olha a cara desses universitários de merda, que nunca ao menos puxaram um baseado na vida. Os olhos deles brilham com a tão desejada independência, por estar num lugar como esse e não precisar dar satisfação pra ninguém. Eu sei como é. Já senti isso na pele. Se pudesse, dava uma surra em cada um deles agora. Ser drogado no primeiro ano da faculdade seria o auge para esses filhos da puta. Otários! Já fui como eles, agora tudo que quero é sair daqui sem ser notado, antes que a música me lembre de como é bom ficar *"confortavelmente entorpecido"*.

Mas sou fraco, sou um merda, patético e, no momento, doloridamente sozinho. Pego uma seringa ainda lacrada e recebo olhares de animação, acho que alguns até de medo, mas não me importo. Bernardo bate palma como se estivesse agitando uma festa antes de procurar um garrote para mim. Que merda estou fazendo?

"Uma fumaça de um navio distante no horizonte", eu odeio a letra dessa música. *"Seus lábios se movem, mas não consigo ouvir o que diz"*. Desculpa, estou confortavelmente entorpecido nesse quarto cheirando a mofo enquanto queria estar sentindo suas ondas em mim.

Suas ondas revoltas em mim. Dilacerando tudo quando você não está. E construindo de novo...

E de novo...

Becca...

Em poucos instantes, não dói mais e eu provavelmente deveria voltar agora. Acho que consigo ligar pra ela. Ainda está com meu carro, não está? Ela se foi com o recuo das ondas.

"Você poderia me mostrar onde dói?". Não. Não dói. Estou confortavelmente entorpecido e ficaria aqui por todo o resto. Para toda vida.

Escuto a voz de Becca e não sei se é no celular ou se finalmente me achou. Não me importo, na verdade. Só de saber que sua voz está por perto, basta pra mim. Fica comigo. Casa comigo. Não se afasta com as ondas. Fique e arrebente em minhas rochas. Não dói mais e está tudo bem agora, porque estou *confortavelmente...*

A risada do Bernardo parece a de um demônio perto de mim e sinto medo. Ele se afasta quando me ouve gemer, ou falar alguma coisa que deveria ter entendido, não sei...

Entorpecido...

O garrote afrouxa, não, acho que é o vômito de alguém perto de mim. Talvez Becca esteja chegando.

Flor...

"Vamos pra casa, Thiago."

Ela chega. Por favor, Becca, fica comigo.

Caio

(Quarta 09h09min)

"Eu continuo em frente, sim eu continuo blefando
Eu continuo imaginando
Mantenho você caçando pelo meu amor
Mas eu anseio por nós nos abraçando
Sim, eu fico faminta
Porque eu não posso admitir que você tem todas as cordas
E sabe como dar um puxão nelas"

♫ I Think I'm In Love - Kat

O certo, ou pelo menos esperado, seria devolver o livro, ser um cara simpático e esperar que ele aceitasse meu suposto convite para tomar um açaí pelo simples fato de estar quente, mas isso me parece uma pista tão valiosa de que o acaso me trouxe algo inesperado. Quero ler mais uma vez essa história de olhares subjetivos de Mil Rosas Roubadas e me encorajar em meio às mil borboletas azuis – não por acaso – que voavam no meu estômago.

Confesso que não foi tão difícil descobrir as aulas que dele hoje, pois ainda tenho o aval de ser o rapaz perdido que veio transferido. Só preciso de um olhar subjetivo, que ele me olhe, pois só assim saberei se devo arriscar ou simplesmente devolver o livro, depois voltar para a triste realidade onde não existia a magia do acaso.

Fico alguns segundos parado em frente à porta da turma dele, com os pés cravados no chão e uma vontade enorme de desistir pesando no consciente. Passo os dedos de forma rápida, mas cuidadosa, pelos fios cor-de-rosa e respiro fundo. "Só vai", convenço-me, ajeitando a mochila no ombro.

A aula que invado sem ao menos bater na porta é de Filosofia. A professora, com óculos pendurados na ponta do nariz e cabelos presos num coque desleixado orienta a turma em algum tipo de trabalho em grupo enquanto todos se organizam, arrastando as cadeiras, para começar. Entre uma aglomeração e outra, eu o vejo. Parece cansado, o cabelo mais desgrenhado do que no outro dia e olhos inchados. Pergunto-me em pensamento se sou a única pessoa que repara nisso. A camiseta branca escrito "I don´t care" em letras garrafais está com a manga dobrada somente em um dos lados. É uma pequena grande bagunça, mas eu, ironicamente, "não ligo". Estou magnetizado.

Com uma das mãos, puxo confiante a cadeira ao meu lado, segurando a mochila com a outra, e vou até o grupo formado por ele e mais duas garotas.

— Oi — digo, tentando ignorar o frio na barriga. — Posso me sentar aqui?

Ele, apesar de me encarar com curiosidade, não responde. Fica em silêncio, olhando-me fixamente, como se fosse achar a resposta para minha pergunta no meio da minha cara. Sim. É isso que eu quero. Ele pode olhar para dentro de mim e me despir da maneira que quiser com aqueles olhos inchados e cansados de uma noite mal dormida

— Pode... — enfim, ele se desvencilha do olhar perdido e cora. Quase confundo o rubor da timidez com a rosácea do seu rosto.

— Certo — diz uma das meninas, arrancando uma folha de caderno. — Christiane Paiva, Rebecca dos Santos, Bruno... Do que mesmo? — Ela aperta os olhos em tom de dúvida.

— Cardoso. — A voz um pouco rouca denuncia o cansaço.

— Certo. Bruno Cardoso, e você?

— Caio Andrade de Melo. — Abro meu melhor sorriso. — Não acredito que você é Bruno Cardoso! — Tento parecer o mais natural possível. Ele apenas levanta uma das sobrancelhas com um sorriso disfarçado no canto da boca. Está ficando cada vez mais difícil continuar confiante. — Encontrei isso no chão do corredor outro dia. — E lhe entrego, então, o livro que tiro da mochila.

Seu discreto sorriso se torna tenso no mesmo instante que paira o olhar sobre o livro. Posso perceber que tenta não arregalar os olhos. Te peguei! Não se tem um exemplar de Mil Rosas Roubadas com seu nome na contracapa e páginas com marcações favoritas sem ter ao menos a sensibilidade da dúvida. Ele estende a mão, ainda um pouco incrédulo com a situação, e pega o livro de volta, encostando o dedo médio no meu por debaixo pela contracapa. Meu olhar vai do toque para seus lábios que, nessa altura, solta um suspiro quase sem força.

— Você não é daqui, é? — a menina de tranças e pele negra me pergunta com um sorriso radiante.

— Não. Sou de São Roque.

— São Roque? — Bruno tenta se apropriar da conversa.

— Sim, São Roque — confirmo e recebo um "ahm" intimidador.

— Conhece? — Abro espaço pra ele continuar.

— Já ouvi falar. — Um silêncio constrangedor toma conta da nossa roda.

— Onde tem os vinhedos, né? — Bruno, enfim, decide que vai continuar.

— Sim, sim. É lá mesmo. — Queria saber falar qualquer outra coisa, mas aparentemente a voz dele me deixa confuso.

Ele passa a língua algumas vezes por dentro da boca, como se estivesse incomodado, e depois de sacodir o calcanhar algumas dezenas de vezes, enquanto a professora fala alguma coisa sobre ética e moral, passa o braço nos ombros de Christiane. Sinto raiva. Não. Raiva, não. Detesto essa palavra. Sinto... Inveja? Ciúmes? Ciúmes de algo que estava longe de ser meu.

Sinceramente, não gosto dessa atitude. Ele parece querer marcar território. *Sou o macho alfa desse grupo e todos devem saber.* Bruno não precisa disto. O que está fazendo? Talvez queira apenas me atingir, já que o tirei de sua zona de conforto onde lê livros de homens gays que nunca falaram abertamente sobre o assunto. Eu o incomodei e ele sabe que eu sei.

Bruno continua sua demarcação territorial, enrolando o dedo na trança com mecha verde-limão da amiga, e se arrepende de me olhar de canto de olho. Estou atento, feito tocaia. Ele cutuca mais uma vez a parte de dentro da boca com a língua. Está nitidamente incomodado.

— Você veio transferido? — Não gosto do tom que ele usa, mas respondo tentando quebrar o muro gelado que ele constrói entre nós:

— Vim da USP.

— Qual o problema do curso de Arquitetura da USP? — Ele provoca.

— Não faço Arquitetura, meu curso é Administração. — Percebo a besteira que falo assim que termino a frase.

— Você sabe que esse prédio é de Arquitetura, né? — Christiane me pergunta com olhos arregalados tanto quanto os de Bruno. Não tenho outra saída senão me fazer de sonso.

— Não acredito! — Sou um péssimo mentiroso.

— O prédio de ADM é do outro lado do campus. — Bruno faz questão de lembrar o que eu já sei.

— Poxa, então acho que foi muita sorte *sua* eu ter entrado justamente nessa sala e acabar te devolvendo seu livro. — Também sei provocar. Bruno fica sem reação e se ajeita na cadeira.

— Acho que não tem problema você ficar, Caio. — Chris, de forma simpática, oferece: — Quando acabar a aula, eu posso te levar até o prédio de ADM.

— Isso seria ótimo, Chris. — Opto pela intimidade de chamá-la assim.

Bruno apoia os dois cotovelos sobre a mesa, abre o caderno e começa a ler bem baixinho a matéria, os calcanhares cruzados balançam sem descanso. Por que está tão incomodado?

Observo como eles, com exceção da tal Rebecca, que ainda dorme sobre os braços, organizam as partes a serem distribuídas do trabalho. Uma brisa fresca entra pelas janelas antigas de basculante enquanto todos os alunos parecem concentrados. Eu, sem ter muito o que fazer, já que minha mentira foi parcialmente desmascarada, rabisco uma folha do meu caderno sem muita pretensão. Algum tempo depois, tenho meia dúzia de desenhos aleatórios, um breve rascunho dos meus gastos do mês e um *shipping*[2] estranhamente tímido no canto da folha.

BRAIO

Solto o ar com um sorriso manso, finalmente me dando conta do que acabo de escrever.

Depois da aula, estou pronto para desmoronar. Nunca achei que poderia ser tão confiante e sentir tanto medo ao mesmo tempo. Meu Deus! Agora só me resta rezar para que ele ache o bilhete que deixei marcando o que parecia ser sua página favorita, e que na verdade, agora, acaba de se tornar nossa página favorita.

2 *Ship* - ato de apoiar um casal ou uma amizade.

BRUNO

(QUARTA 13:24H)

"Você só tem que
Acender a luz
E deixá-la brilhar
Apenas mande na noite
Como o quarto de julho
Pois, amor, você é como fogos de artifício"

♫ Firework – KATY PERRY

"Em frente
ao carrossel, às 19h"

O que ele quis dizer com "em frente ao carrossel, às 19h"? Ele simplesmente deixa esse bilhete no meu livro e espera que eu vá? Sério? Que cara sem noção! Fala sério!

Se ele quer ir para um parque, por que não chama outras pessoas? Sei lá, convida de uma forma normal, pelo menos. Ele podia perfeitamente ter chamado a Chris e a Becca também. Eu não vou cair nessa. Acho que ele está sendo confiante demais para um cara perdido com sérios problemas com a cor do cabelo. Eu não vou mesmo!

Sem falar que eu passei a manhã toda caindo de sono. Não dormi nada na noite passada por causa da festa e do que aconteceu com o Felipe, e eu preciso muito descansar. É exatamente isso que vou fazer assim que chegar em casa: dormir! E de preferência com o celular desligado. Não quero ninguém me perturbando, fico sem paciência quando estou com sono.

Abro a porta do apartamento e quase dou de cara com Felipe pegando as chaves penduradas na parede do lado da porta.

— O que foi? — pergunto em reação a sua cara de assustado.

— Vou à farmácia.

Ao fundo, escuto alguém vomitar, provavelmente Thiago. Felipe levanta o olhar para mim, com a cabeça ainda baixa, e dá um sorriso amarelo como quem não quisesse conversar sobre a noite anterior. Eu apenas coço a cabeça e passo por ele fingindo não entender só para evitar qualquer desconforto.

Antes de entrar no meu quarto, olho a porta do quarto de Thiago, que está entreaberta, e vejo Rebecca pegando uma toalha limpa no armário e entrando novamente no banheiro da suíte. Não sei até quando ela vai aguentar isso...

Mesmo sem vontade nenhuma, vou até lá conferir até que ponto posso dormir tranquilo essa tarde. Vejo Thiago sem camisa, com a cabeça toda dentro do vaso, enquanto Rebecca o segura pelos ombros.

— Precisa de alguma coisa, Becca? — Empurro a porta do banheiro somente com a ponta dos dedos e a cabeça apoiada no portal de madeira. Ela me olha com um sorriso forçado, bem diferente do de ontem à noite antes da festa. — Felipe já foi na farmácia... mas obrigada mesmo assim.

Ela, então, volta a passar a toalha molhada no pescoço dele de maneira firme, mas cuidadosa. Mais uma vez, coço a cabeça sem saber o que dizer. Estou ainda tão cansado dessa madrugada que não consigo pensar em nada. Thiago vomita novamente dentro do vaso. Eu penso em me oferecer para buscar um copo d'água, mas vejo uma garrafa ainda gelada na pia do banheiro. Acho que sou mais útil para todo mundo se finalmente for descansar.

Cama, por favor.

Acordo achando o silêncio estranho e me dou conta de que já anoiteceu quando olho pela janela. Uma queimação bem desagradável borbulha na boca do meu estômago quando penso no carrossel e no garoto de cabelo rosa. Que horas são, afinal? Ligo o celular, 18h09min, se eu me levantar agora ainda dá tempo de chegar na hora.

Mas eu não vou, não é mesmo?! Não mesmo! Até parece! Sem falar que a Becca deve estar precisando de mim. Agora que já dormi, estou disposto a ajudar sem querer matar alguém.

— Cadê o sem noção?

— Becca, deitada no sofá, sabe que pergunto de Thiago. — Não fala assim dele... — E me lança um olhar torto.

— Tá, cadê o amor da sua vida? — Ela revira os olhos. — Dormindo.

— Você comeu alguma coisa? — pergunto, coçando a barriga e me esticando numa espreguiçada.

— Comi miojo.

— Ainda tem?

— Tem pra fazer. — Ela me olha com medo, sabendo o que vou pedir.

— Faz pra mim? — Deito em cima dela no sofá, como se fosse um gato manhoso e pidão. — Por favor?

— Ai, meu Deus! Eu não sei por que ainda frequento esse apartamento!

— Por favor, Becca! Se eu fizer o miojo, provavelmente vou queimar a água.

Ela bate no meu braço e se levanta, indignada. Penso duas vezes antes de pedir sua opinião sobre o convite que recebi hoje de manhã. Acho melhor não falar nada agora, ela deve estar com a cabeça cheia de outras coisas.

— Felipe tá em casa? — pergunto, com o desejo de que ele esteja melhor, mas não sei se Becca sabe sobre o que aconteceu com ontem.

— Acho que está no quarto estudando. — Ela olha para o corredor tentando ver se a porta dele está aberta. — E você? Vai ficar em casa?

Penso seriamente na resposta para essa pergunta, deitado onde Becca estava antes, e acabo perdendo meu olhar no nada, como de costume, e provavelmente com olhos arregalados.

— Bruno? — Ela insiste.

— Hum!

— Você vai sair?

Imediatamente meu estômago gela. É confusa a sensação de estar encurralado e ao mesmo tempo se sentir seguro para dizer o que realmente quer.

— Vou.

Vou?

— Eu vou dormir aqui hoje, viu?

— Viu — respondo no automático.

É, acho que vou, sim. Por que não?

— Você vai demorar? — Becca segue com o interrogatório.

— Não sei.

— Você tá pegando alguém e não me contou? — Sinto-a penteando meus cabelos com os dedos, mesmo sabendo que é inútil lutar contra eles.

— Quê? — Finalmente acordo do transe e olho pra ela erguendo somente uma das sobrancelhas. — Não! — E volto meu olhar para a TV.

Pelo menos, até agora, não.

— Teu miojo tá na panela — Becca diz, cansada, antes de ir para o quarto com Thiago.

Apesar de ser verão, em Campinas sempre esfria um pouco à noite, por isso jogo um agasalho de zíper em cima de uma camiseta qualquer. Não é nenhuma ocasião especial que eu precise me arrumar direito, e não quero que ele pense que eu me importo em como estou para encontra-lo. Sinceramente, nem sei por que vim, acho que só fiquei curioso em saber qual é a dele.

Será que eu deveria me preocupar com o que falar quando o encontrar? "E aí, qual brinquedo você quer ir primeiro?", e soltar um sorriso amigável? Só de pensar já sinto vergonha alheia. Eu mal o conheço, será que tenho que ficar sondando ele com perguntas genéricas só pra saber se temos algo em comum para conversar? Fazer um social?

Que merda! Esse cara já está me irritando e eu ainda nem entrei no parque. Tenho certeza de que vou me arrepender disso e que daqui a dez minutos estarei inventando uma desculpa qualquer para ir embora, como geralmente faço.

Enfio as mãos geladas dentro do bolso do agasalho e endireito minha postura como quem estivesse indo para forca. Os gritos que vêm da montanha-russa, junto com o barulho dos trilhos, me dão uma sensação nostálgica assim que passo os portões, fazendo-me lembrar dos meus pais e dos meus irmãos. Apesar de ter passado as férias todas com eles, sinto saudade. Um cheiro familiar e delicioso de pipoca me nocauteia e acabo comprando uma. É melhor chegar tendo alguma coisa pra fazer com as mãos do que ficar sem saber onde enfiá-las.

— Queijo? — o pipoqueiro pergunta depois de encher meu pacote.

— Sim — respondo. Esses pedacinhos de queijo, que certamente não são queijo, mas, provavelmente, isopor, tem gosto de infância e eu adoro.

Dou uma boa olhada em volta procurando o carrossel, e logo percebo sua localização. Faz sentido os brinquedos de crianças estarem perto da pipoca, do algodão doce e das maçãs-do-amor. Um pouco depois da fila de pais com seus filhos impacientes e animados, está ele, irreverente com uma bandana azul amarrada como faixa na testa, fazendo-me lembrar o Karatê Kid.

Ele me avista um pouco depois, exatamente quando as luzes do brinquedo, ironicamente, ficaram ainda mais brilhantes atrás dele, fazendo com que pareça algo valioso. Quase paro onde estou, mas alguma coisa me faz continuar, talvez seja o frio na barriga que sinto quando o vejo sorrir enquanto enrola um dos anéis no dedo. Eu não tinha percebido hoje de manhã como ele é alto, agora faz sentido ter dedos tão compridos. Uma voz constante e inconveniente dentro da minha cabeça me diz que eu não deveria ficar reparando em detalhes tão bobos como esses.

— E aí? — Tento não sorrir de volta, mas o semblante dele é contagiante.

— Oi! — Animado, tira o celular do bolso de trás para conferir alguma coisa, o que me deixa aliviado, pois acho que ia ser estranho apertar a mão dele. Fui salvo pelo celular.

Caio lê a mensagem fazendo seus cílios retesados se moverem rapidamente embaixo daqueles olhos asiáticos, e então, olha para mim com um sorriso que não consigo descrever de outro jeito senão como "inocente".

— Ela já chegou — ele me diz e sou pego de surpresa por certo incômodo com aquela frase.

— Quem?

— Chris — Caio responde como se eu já soubesse.

— Você chamou a Chris?

Acho que estou confuso.

— Chamei, ela não te contou?

— Não — respondo num tom levemente incomodado e coloco um punhado de pipoca dentro da boca.

Pode parecer coisa da minha cabeça, mas tenho certeza de que nesse instante o seu sorriso inocente torna-se... Charmoso? Atrevido, talvez? Não sei ao certo, mas combina com ele e com todas aquelas informações de que é feito. O cor-de-rosa do cabelo, a faixa azul, os anéis, o moletom branco de capuz e a calça tão rasgada que mal tem pano. Sem falar nos traços asiáticos que mais chamam atenção, pelo menos para mim, que sou de BH. Talvez, se eu fosse de São Paulo, isso nem fosse novidade.

— Chamei a Rebecca também, mas ela não pode vir. — Ele, então, pega com as pontas dos dedos pelo menos dez pipocas sem nem mesmo pedir. — Você não achou que seríamos só nós dois, achou?

Engasgo com a pipoca e tusso como um cachorro de rua. Graças a Deus Chris chegou antes que eu pudesse responder.

— Não foi difícil te achar com esse cabelo. — Ela o abraça e depois faz a mesma coisa comigo, só que mais forte, e isso alimenta meu ego. Caio sorri com o comentário dela, passando uma das mãos nos famigerado fios.

— Estão prontos? — ele diz como se fôssemos ter a melhor noite de nossas vidas. A confiança desse cara é realmente inabalável. Qual o problema dele, afinal? Apenas dou de ombros e considero isso minha resposta.

— Quero ir ao bate-bate primeiro! — Chris exige.

— Então é pra lá que vamos — Caio responde, sendo ainda mais gentil.

Por que ele está sendo tão legal com ela? Eu que sou o melhor amigo, não ele. Caio é apenas o cara perdido que assistiu à nossa aula por engano e que agora, sem nenhuma explicação plausível, está indo ao bate-bate com a gente.

O brinquedo está sem fila e, antes mesmo de entrarmos, ele tira o resto da pipoca da minha mão e vira o saco todo dentro da boca, mais uma vez sem pedir, e me diz com olhar sínico:

— Você não vai querer dirigir segurando isso.

Eu, completamente alheio ao que está acontecendo comigo, *meio que gosto*.

Caio

(Quarta 21h21min)

"E se, e se nós fugíssemos?
E se, e se fôssemos embora hoje?
E se, déssemos adeus para nos salvar?
E se, e se fôssemos difíceis de encontrar?
E se, e se nós perdêssemos a cabeça?
E se nós os deixarmos ficar para trás e eles nunca forem encontrados?"

♫ Youth – Troye Sivan

Engraçado como tudo à minha volta parece mais colorido, mais intenso, mais divertido e excitante. Eu me sinto como uma criança, poderia simplesmente me sentar e começar a desenhar com giz de cera e ficar feliz por apenas esse motivo. Eu acho... Bom, talvez eu esteja apaixonado.

Não posso deixar de sorrir ao ouvir meus pensamentos. Achei que isso fosse demorar a acontecer comigo de novo, ainda mais assim, tão de repente e tão... Sei lá. Sinto que alguém quer me provar que não existe o "acaso".

Forço-me a limpar os pensamentos e aproveitar o momento. Eu não preciso rotular nada ou mesmo antecipar nenhum sentimento, a única coisa de que preciso agora é tentar gravar na minha mente o modo como ele está rindo. Que risada! Que risada gostosa! Quase não acredito em como ele está gostando. Talvez tenha sido a presença de Chris ou porque só estava precisando de um "sacolejão" no bate-bate – o que me fez perceber seu instinto vingativo da maneira mais engraçada.

Bruno, na verdade, está indo muito bem em tudo, eu não sabia que alguém pudesse dirigir tão bem um carrinho desses, ou acertar todos os alvos com a espingarda de chumbinho ou mesmo fazer uma dancinha da vitória tão divertida quanto a que acabou de fazer. Eu poderia beijá-lo agora mesmo se não estivesse atribuindo a forma como ele está relaxado e entretido ao fato de estar completamente alheio às minhas intenções.

Chris, entretanto, já tinha percebido desde o momento em que nos encontramos no corredor do campus hoje cedo e eu a convidei para vir. Espero que Bruno perceba ainda nesta noite que sim, eu achei que seríamos só nós dois, mas estava com medo, e a verdade é que eu não o conheço, apesar de querer muito. Acho que a vida acabou me tornando mais receoso com as pessoas depois de um olho roxo ou dois no passado. Quero pelo menos poder segurar sua mão em algum momento dessa noite tão gostosa, mesmo que por um segundo, mesmo nesse jogo de olhares subjetivos, e fazê-lo entender que pode ficar tranquilo quando estiver do meu lado.

— Vamos comer alguma coisa — sugiro ao sentir o cheiro do cachorro-quente.

— Ah... — Bruno geme de maneira exagerada. — Tô morrendo de fome.

Ele tem um jeito de falar gostoso, que eu ainda não consegui identificar de onde é.

— Então — tento não falar de boca cheia —, esse sotaque é de onde?

— Minas. — Bruno parece fazer questão de falar com metade do lanche ainda dentro da boca.

Faz sentido agora que sei a resposta. Alguma coisa no contraste da pele branca com o cabelo preto deixa isso nítido pra mim, ou talvez pela forma de ele não falar quase nada enquanto come com o olhar perdido entre o ketchup e a mostarda. Peço desculpas depois de chutá-lo por debaixo da mesa, na tentativa de trazê-lo de volta para a vida real. Deixo um sorriso disfarçado sair sem querer, e ele acaba me esquadrilhando com os olhos mais abertos que o normal e com o canto da boca sujo de maionese. Por um momento, ele parece mais novo do que é.

— Limpa a boca, Bruno. — Chris passa o guardanapo para ele.

Ela é mais rápida que eu, que demoro muito ponderando se deveria limpar a maionese com meu próprio dedo. Seria realmente o ponto alto da minha noite, mas, pensando bem, acho que foi melhor assim.

Na roda-gigante, já no topo, ele e Chris se sentam na minha frente, fazendo-me agradecer secretamente por não precisar de nenhuma desculpa para olhar para ele. Realmente, acho que estou apaixonado, entorpecido. É como se eles rissem em câmera lenta, deixando cada etapa dessa gargalhada mais evidente.

Primeiro é o sorriso escancarado que mostra todos os seus dentes, e que sim, são levemente tortos e grandes, mas perfeitos para ele. Depois vem a mão para cobrir a boca, mas sem efetivamente tocá-la, talvez ele tivesse vergonha de seus dentes tortos, apesar de serem encantadores. E só então vem o barulho de risada, em parcelas, é claro, cadenciadas e ritmadas, já quase sem ar nos pulmões, o que o faz estapear a própria perna enquanto recupera o fôlego com a cabeça para trás. Essa, sem dúvidas, é minha parte favorita, pois é quando seu cabelo entra em cena. E por fim, mas não menos importante, a gargalhada em si, que imagino ser icônica entre seus amigos. Perfeita, simplesmente perfeita, em ritmo, timbre e tom – e também pureza.

— Preciso ir ao banheiro — Chris anuncia, de repente, na fila do Barco Viking.

— Mas nós já somos os próximos — Bruno argumenta.

— Não tem problema, sério, podem ir sem mim. — Ela sorri, já saindo da fila. — Eu tô muito apertada!

Chris fala de forma quase dramática, mas um pouco antes de ir me joga uma piscada. Sei muito bem que fez de propósito e sou grato por isso. A companhia dela é maravilhosa, mesmo assim, acho que passei a noite toda desejando um momento a sós com ele. Minhas mãos, automaticamente, vão para os bolsos da calça, não só por estar mais frio do que o início da noite, mas também por ser surpreendido por uma insegurança repentina, agora que estamos "sozinhos". Bruno a observa se distanciar com um olhar que eu imagino ser um desespero disfarçado e se vira para mim, esquecendo-se de desfazer aquele mesmo olhar perdido. Eu acho uma graça.

— Obrigado por ter vindo hoje — digo olhando bem em seus olhos. — Eu adorei ter conhecido vocês melhor.

Não quero parecer desesperado, somente sincero.

— Foi divertido mesmo. — Bruno passa a mão nos cabelos tentando arrumá-los ou bagunçá-los, eu ainda não sei, me lançando a metade de um sorriso. Tudo bem, por hoje eu aceito a metade.

Nossa vez no brinquedo chega e nos sentamos na última fileira com mais duas pessoas aleatórias.

— Esse é o meu preferido — ele diz quando o balançar do barco começa a gelar nossas barrigas.

O sorriso dele está iluminado quando, de relance, ele me joga um olhar furtivo e sincero, do mesmo modo como o meu deve estar. É como se eu escutasse sinos em toda parte, anunciando que eu tinha encontrado a minha alma gêmea. Eu sei. Não consigo evitar. Estou completamente entregue à emoção que corre em mim, mas isso de certo modo me permite aceitar tudo de braços abertos: as amizades, as paixões, mesmo as dores e perdas – que também fizeram de mim quem eu me tornei – e, principalmente, momentos como esse, quando nossos olhares se cruzam e não existe uma só barreira entre nós. Isso me torna mais vivo e mais gentil com as coisas simples.

Se o mineirinho de dentes tortos que gosta de ler me der somente um sinal, tenho certeza de que vou me desfazer nesse jogo já perdido. Se ele me quiser, certamente me terá por completo.

Mas então, sem um pingo de exagero quando digo que realmente fui pego de surpresa, nossos dedos se tocam quando levantamos os braços para o alto, enquanto gritamos de diversão do brinquedo e medo da noite, da eletricidade que corre entre nós e desse sentimento engraçado de que agora vai ficar tudo bem, porque ele está aqui.

Bruno me surpreende ainda mais quando me deixa deslizar os dedos pelos dele até encaixar minha mão por completo atrás da sua. Vejo que não recua enquanto mantemos os braços levantados, então, fecho meu dedão em volta da sua mão, que somente agora percebo ser tão menor do que a minha.

Ele me deixa ficar assim, mais do que o suficiente, mais do que necessário. Penso nas várias possibilidades de coisas que eu poderia fazer agora, guiado puramente pelo impulso, como, por exemplo, descobrir se me deixaria colocar a mão em alguma outra parte do seu corpo sem que ninguém a nossa volta percebesse. Eu até vacilo, ligeiramente, na vontade de levá-la até sua coxa, mas decido parar. Com ele é diferente, tem que ser devagar.

Bruno parece um passarinho assustado, desses que voam para longe com qualquer movimento brusco. Eu quero que confie em mim, que deseje que eu esteja por perto. E algo entre o fato de ele me deixar segurar sua mão e ser grosso comigo na aula hoje cedo me diz um pouco sobre o seu medo e curiosidade. Essa dualidade deve estar o matando por dentro.

Eu quero ser a pessoa com quem possa ser única e exclusivamente ele mesmo. E, agora, finalmente tenho o sinal que tanto queria.

Chris

"Eu estava ouvindo o oceano
Eu vi um rosto na areia
Mas quando eu o toquei
Ele então foi varrido de minhas mãos, lá embaixo
Eu tive um sonho no qual eu tinha sete anos
Escalando em uma árvore
Eu vi um pedaço do céu
Esperando, impaciente por mim, lá embaixo"

♫ Runaway – Aurora

Maio,

Cemitério Santa Luzia

Por mais que eu lute contra as lembranças daquela noite e todos os pequenos detalhes que a tatuaram em mim – os meninos, a boate, a chuva – aos poucos, recupero cada mínimo fragmento daquele quebra-cabeça que, por algum motivo, sinto a necessidade de montar. Talvez assim eu ache a pessoa que deixei de ser no meio do caminho, no meio daquela noite que desejo simplesmente apagar da minha vida.

Se antes eu procurava alguém para culpar pelo que aconteceu comigo, agora procuro apenas um culpado por este enterro. Mas estou aquém de julgamentos. Aquém de qualquer leitura subjetiva das entrelinhas e, mesmo assim, continuo revivendo, recontando cada passo, cada atitude... Como naquele dia em que conheci Caio.

Ele entrou sem bater na porta, durante a aula já começada de Filosofia, e só não chamou mais atenção por causa da bagunça que fazíamos com as cadeiras, o barulho dos pés enferrujados contra o piso de cerâmica me doía os ouvidos. Eu podia jurar que foi amor à primeira vista, os jeans rasgados mais que o necessário no joelho, o cor-de-rosa desbotado dos cabelos e os olhos que mais pareciam um par de vírgulas bem-feitas. Tudo isso num andar confiante que vinha em minha direção. O que não passou pela minha mente naquele exato instante é que Caio já estava apaixonado àquela altura. Não era ao meu encontro que ele caminhava.

Bruno sequer havia notado em como o rapaz, até então misterioso, media-o com os olhos. Eu não teria a menor chance. Quando me dei por si foi como um *click*. Eu apenas soube que Caio seria dono de uma das amizades mais especiais que já tive. Talvez fosse o conjunto de todas as coisas inusitadas de que é feito ou simplesmente somente o cheiro de shampoo de neném que vem dele. Não sei. Mas alguma coisa entre isso e aquilo o faz uma pessoa completamente única.

Talvez, se eu não tivesse levado essa amizade adiante, nada disso tivesse acontecido. Ou talvez tivesse, não sei... A lembrança do carrinho bate-bate me vem à tona. As risadas, o algodão doce, a fila interminável do Barco Viking. Lembro-me também de quando Bruno e Felipe disseram que eu estava "uma graça" vestida de tequila na festa do início das aulas. Um sorriso brota em meu rosto quando lembro da menina que beijei naquela noite.

Meu peito dói com as memórias que vêm como ondas ritmadas e constantes, devolvendo-me os momentos felizes que tive com essas pessoas. Permito-me, somente dessa vez, recebê-las e revivê-las. As incansáveis festas, as risadas, as horas no salão para mudar as cores das minhas mechas e a satisfação que sentia quando era elogiada. A viagem pra Caraguá, o cheiro de areia molhada, as bebidas...

Então, engulo em seco. Lembro-me das luzes refratadas nos pingos de chuvas e o barulho de carros espalhando as poças d'água. Aquela noite sempre vai me perseguir, não importa quantas boas lembranças eu tente resgatar. Tudo que estiver ligado a essas pessoas me levará de volta para o dia que quero apagar e eu não sei mais o que fazer.

Tento ignorar o fato de sentir a respiração dos meus pais atrás de mim. Sequer me sinto à vontade de olhar para o lado. Mas não importa, não agora. Acredito que, assim como eu, ninguém queira falar nada. Só desejo voltar para as lembranças boas que me fazem sorrir e me perder nessa tentativa estranha de barganhar uma troca de sentimentos.

Thiago

(Quinta 14h56min)

"Ei, espere! Tenho uma nova reclamação!
Para sempre em dívida por seu conselho inestimável"

♫ Heart-Shaped Box – Nirvana

— Você está um lixo! — Bruno faz questão de pausar o jogo somente para enfatizar o comentário.

— Eu me sinto um lixo. — Insolente, me jogo no sofá apenas de cueca e ainda com a pele úmida do banho gelado.

— Você parece melhor que ontem. Não se sente melhor? — Felipe, sem tirar os olhos do *OverWatch,* já sabe a resposta que vou dar.

— Estou melhor que ontem. — Não quero me vitimizar.

Felipe, então, me olha do mesmo jeito tranquilo de sempre, deixando claro que se importa. Para ser sincero, eu gosto que se importe. Gosto de saber que nossa amizade ainda é a mesma, embora eu tenha pisado na bola com mais frequência ultimamente. Nós moramos juntos desde o primeiro período da faculdade. Bruno chegou um ano depois e eu ainda não me lembro muito bem de como ele acabou morando com a gente.

Recordo-me perfeitamente que depois de dois tempos no primeiro dia de aula já nos tornamos melhores amigos. Não por mérito meu, claro. Acho que Felipe é a única pessoa que conheço que se dá bem com todo mundo. Mas de alguma forma a nossa amizade – e a de Bruno também – preenche algo dentro de mim que eu ainda não sei ao certo o que é. Talvez seja o vazio que o babaca do meu pai deixou depois de anos me subjugando. Acho que, pelo fato de morarmos juntos, sinto que faço parte de uma estranha família formada por nós três, em que eu finalmente me sinto acolhido.

— Que porra aconteceu com o espelho do banheiro? — pergunto e imediatamente percebo o olhar dos dois como se os pegasse no flagra.

— Eu vou comprar outro amanhã. — Felipe coça a orelha branca. — Eu quebrei sem querer ontem.

Eu tenho certeza de que tem algo a mais. Por que esconder de mim se vou acabar descobrindo de qualquer forma? Bruno é muito mais suscetível a quebrar as coisas sem querer do que ele. Olho novamente para os dois e, depois de uma longa pausa sem que ninguém fale nada, eu começo:

— Bom, vocês falaram de mim, mas são vocês dois que estão com a maior cara de cu. — O silêncio continua. — Não? Não estão? Quem é que vai falar primeiro? Ninguém?

Felipe parece desconfortável com a situação ao se ajeitar no sofá ainda com o *joystick* nas mãos, e Bruno me olha de canto de olho como um camaleão assustado.

— Certo! — continuo. — Então me deixe adivinhar. Felipe tá estranho há dois dias, por que será? Vamos ver o que aconteceu dois dias atrás... Hum... Sim, já sei! — Uso meu tom irônico. — Só pode ter acontecido alguma coisa depois que saímos pra festa do Bernardo.

— Começou... — Felipe revira os olhos, pressionando a têmpora como se soubesse que iria se aborrecer.

— Sim, é claro! Você não foi à festa com a gente porque ficou aqui sozinho com a Amanda. Olha só que coisa, não é mesmo?

Bruno, ainda segurando o controle do *PlayStation*, arregala os olhos como se pego de surpresa.

— O que aconteceu depois que a gente saiu? — pergunto como se fosse dar uma bronca ou um castigo.

— Nada aconteceu. — Felipe fecha a cara e volta a jogar.

— Nada aconteceu?

— Nada aconteceu — dessa vez é Bruno.

— "Nada aconteceu", porra nenhuma! Ninguém vai me contar, então?

— A gente só tomou algumas cervejas e eu a deixei em casa — Felipe explica sem nem mesmo me olhar.

— E?

Agora é Bruno quem pausa o jogo, prestando atenção no que Felipe vai dizer.

— E nada. Ela subiu e eu fui embora.

O silêncio toma conta novamente da sala e vejo Bruno alternar o olhar entre Felipe e eu, freneticamente. Apoio os cotovelos nos joelhos e abaixo a cabeça, quase desistindo de ter essa conversa com eles, o que me faz coçar os olhos na pura tentativa de reiniciar o meu estado de espírito.

— Então você não vai me contar que foi embora e a deixou sozinha com uma camisinha na mão? — Jogo a bomba ali mesmo e bato uma palma que reverbera um tom grave. Os dois me olharam surpresos.

— Como você sabe disso? — Felipe, na mesma hora, fica pálido.

— Garotas falam, Felipe — digo o óbvio, me recostando no sofá novamente.

— Pelo jeito, garotos também. — Bruno finalmente consegue construir uma frase por si só e eu acabo dando risada por isso.

— O que aconteceu? — Tento pela última vez. Felipe prende os cabelos com a liga que tem no pulso e então respira fundo, rendendo-se.

— Eu entrei em pânico porque sou virgem, tá bom? — Ele bate as duas mãos nas pernas para enfatizar o desabafo. — Era isso que você queria ouvir ou você também já sabia?

Mais uma vez o silêncio se instala e eu, pra variar, sinto-me um babaca por forçar a barra.

— E daí que você é virgem? Todo mundo já foi virgem. — Tento não criar grande caso.

— Thiago, eu tenho vinte e dois anos.

— Eu também tenho vinte e dois anos. — Bruno completa, trazendo a atenção para si como se aquilo fosse o máximo de apoio moral que ele poderia dar.

— E desde quando você é virgem, Bruno?! — Meu olhar de impaciência fuzila o projeto arquitetura mineira.

— Bom, sou virgem em algumas coisas... — O comentário solidário e o olhar perdido em algum canto da sala causam nossas risadas. — Pelo que Becca me contou, Amanda tá achando que você não quis transar por causa da atitude dela. Pelo que eu entendi, certamente não é isso, então sugiro que você esclareça a situação.

— Puta que pariu... — Felipe esfrega o rosto. — Não acredito que ela tá pensando isso. Cara, que merda que eu fiz?

— Não é porque você é virgem, ou porque tem vergonha disso ou de qualquer outra coisa sem sentido, que te dá o direito de deixar ela sem entender o que tá acontecendo.

— Eu sei... Eu sei, cara. Você tem razão.

— Na maioria das vezes eu tenho razão mesmo. — Não posso deixar de fazer esse comentário e dar um tapinha incentivador em seu joelho.

Bruno, por sua vez, *despausa* o jogo como se todos tivéssemos nos esquecido dele e da forma como reagiu ao meu comentário anterior e volta a jogar. Quase o ouço rezar para que eu não toque no assunto agora. Apenas dou o mesmo tapinha em sua perna e então deixo os dois em paz. Não acredito que Becca me convenceu a ter essa conversa com eles.

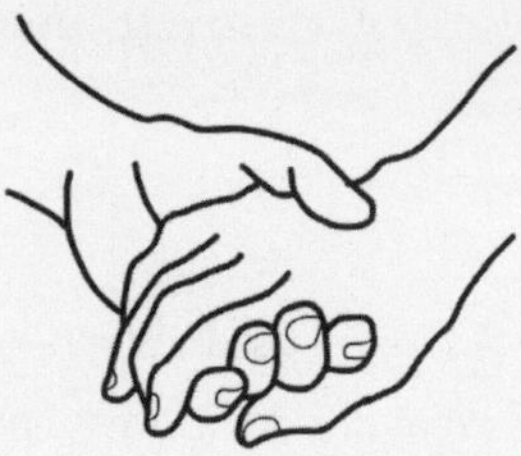

Rebecca

"Tão natural quanto a luz do dia
Mas que preguiça boa
Me deixa aqui à toa
Hoje ninguém vai estragar meu dia
Só vou gastar energia pra beijar sua boca"

♫ Céu Azul – Charlie Brown Jr

Maio,

Ainda do lado de fora do cemitério, finalmente percebo que estou com o olhar perdido entre as pichações no muro quando uma brisa gostosa parece me despertar. "Tão natural quanto a luz do dia", diz uma das pichações, fazendo menção à canção do Charlie Brown Jr. Sinto algo dentro de mim pulsar forte, como se ainda houvesse um coração pra bater, pois lembro que escutava essa música na tarde que tudo começou a desmoronar.

Março,
Campinas

— Tá acordada? — Thiago entra de fininho em seu quarto e me vê deitada de bruços na sua cama, praticamente dormindo.

— Eu estava... — Minha resposta sonolenta vem acompanhada de um sorriso.

Ele fecha a porta ainda tentando não fazer barulho e se aconchega ao meu lado na cama, os cabelos cacheados ainda úmidos do banho e a pele fresca repousada sobre a minha. Ele me abraça com uma das pernas e beija meu ombro antes de apertar as duas mãos debaixo do travesseiro, com um suspiro gostoso e relaxado. Em resposta, eu estico os braços na tentativa de me espreguiçar, mas acabo desistindo no meio do caminho, quando encontro meu celular debaixo do travesseiro.

Checo a tela e vejo algumas mensagens de Amanda. Leio cada uma delas sem pressa, ainda sentindo o olhar de Thiago sobre mim.

— Felipe tá em casa? — pergunto com a voz levemente rouca.

— Tá.

— Vocês conversaram?

— Sim.

— Você falou com ele sobre o que Amanda me contou, não é? — Aperto levemente os olhos em tom de cobrança. Em resposta, Thiago tira uma das mãos de debaixo do travesseiro e leva até minhas costas, fazendo um carinho quase imperceptível.

— Falei — ele responde e fecha os olhos, com um pequeno sorriso de satisfação.

— E ele?

— Ele vai resolver, Becca. Não se preocupe.

Thiago, querendo encerrar o assunto, leva a mão que antes estava nas minhas costas até meu rosto, passando o polegar levemente na minha sobrancelha, numa forma simplista de me dizer que vai ficar tudo bem. Ele, então, tira meu celular da mão e começa a digitar algumas coisas, o que me deixa um pouco incomodada. Normalmente, detesto quando pega meu celular, principalmente sem me avisar antes, mas hoje, de tanta preguiça e de tão bom que o clima está, eu simplesmente deixo pra lá.

Não demora para que "Céu Azul" comece a tocar e ele deixe meu celular entre nós sobre a cama. A letra da música parece fazer tanto sentido nesse instante, que é como se estivesse sendo tatuada em mim a cada letra cantada, assim como a imagem de Thiago cantarolando baixinho, com os olhos novamente fechados. Os meus, em contrapartida, ainda inchados do dia anterior, permanecem abertos, registrando tudo, "numa preguiça boa" que "nos deixa aqui à toa".

Eu queria poder guardar essa versão dele pra sempre, desarmado. Acredito que queira somente se permitir descansar de tudo que o torna o Thiago que eu conheço. Sempre distante, sempre na defensiva. Ao contrário disso, ele está em paz, tranquilo, da maneira que eu poderia me apaixonar mais umas quinhentas vezes.

Ele enrola, preguiçoso, o indicador no meu cabelo num ensaio de cafuné, e então acaba dormindo. Sinceramente, eu desejo poder ser assim sempre. Seríamos nós dois contra o resto do mundo e nada mais nos destruiria, mas o que me preocupa e me arrasta aos tapas desse sonho tão fora de alcance é o fato de essa luta não ser minha.

Thiago trava uma batalha sozinho contra ele mesmo, e por mais que tenha a plena certeza de que pode se controlar, que sabe a hora de parar, tem momentos que parece impossível se preparar quando o vício, silencioso e astuto, já se instala entre nós. Sinto que já é tarde demais e que só me resta ser forte por ele, pois a recaída parece ter chegado pra ficar.

Pego no sono. Algumas horas devem ter passado antes de acordar com um barulho estranho dentro do quarto. Abro os olhos devagar e espero minha vista se acomodar à pouca claridade do fim de tarde que ainda entra no quarto. Olho para meu lado na esperança de encontrar Thiago lá, mas não me surpreendo quando vejo que não está. Apoio-me nos cotovelos para ter uma visão melhor e imediatamente o encontro sentado no chão, com as costas apoiadas na porta do armário, provavelmente provocando o barulho que escutei momentos antes.

Ele cedeu. Cedeu mais uma vez ao vício que aos poucos vem matando nós dois. Num sobressalto, saio da cama me desvencilhando atrapalhadamente das cobertas antes de ir a sua direção. A agulha ainda está presa contra sua pele e Thiago parece estar bem longe daqui, pelo modo como deixa escorrer um fio de saliva grossa pelo canto da boca, bem diferente da versão que eu admirava antes de pegar no sono.

Não acredito que eu acabei dormindo. A culpa foi minha. Ele ainda não está em condição de ficar sozinho. Esses pensamentos invadem minha mente enquanto eu jogo fora a seringa. Eu deveria ter acordado. Ele não pegaria uma dose de heroína escondida no próprio quarto sem ponderar, ou ficar inquieto e arisco antes. Mas esses últimos dias foram tão cansativos e desgastantes pra mim que eu sequer o senti sair dos meus braços enquanto dormia.

Acho que o fato de ele esconder uma dose por perto foi a forma que encontrou de reafirmar pra si próprio que tinha o controle, que estava tudo bem e que ele era mais forte que isso. Mas, pelo jeito, estava errado. Do mesmo jeito errado que eu me sinto ao tentar trazê-lo de volta com um banho. E assim, a noite se estende por uma madrugada ainda mais difícil. O corpo dele precisa de mais.

Depois que Thiago percebe que eu não vou ceder ao esconder a chave do quarto com nós dois dentro, ele se ajoelha na minha frente e começa a implorar por mais. Apenas um baseado. "Liga pro Bernardo resolver", ele diz pelo menos cinco vezes seguidas antes de entrar em desespero e começar a chorar. Isso me atinge de maneira tão visceral que preciso me sentar na cama, talvez pela perda de fôlego, talvez por tentar proteger a chave escondida embaixo do colchão. É a primeira vez que o vejo assim, se debulhando em lágrimas agarrado em meus pés enquanto, ainda sentada, limpo o suor de cheiro forte que sai dos poros dele. Mesmo assim, ele pede por Bernardo.

Tenho vontade de ligar pra casa, falar com meu pai, minha mãe. Pedir ajuda. Mas desisto quando penso na possibilidade de qualquer pessoa ver ele nesse estado, tremendo, chorando e completamente vazio de qualquer coisa que poderia se aproximar de ser seu espírito. Uma vergonha toma conta só de pensar em meus pais o vendo dessa forma. Então deixo o celular onde está e guardo esse momento pra mim, acho que na pura teimosia de manter a imagem dele ainda preservada, mesmo sabendo que eu preciso expô-la se quiser salvá-lo.

Depois de um tempo, ainda sentado no chão, encolhido entre minhas pernas, ele confessa de forma apática:

— Eu só queria saber quando eu vou poder usar de novo. Só pra conseguir respirar melhor. — E deixa mais algumas lágrimas caírem em cima das que já haviam secado, sem nem mesmo mover um triz do seu rosto.

Eu só queria dizer, "então pense quando poderá usar de novo, se isso te faz melhor", mas não posso, não tenho esse direito.

Ele se sente doente ao querer estar sadio e o desespero toma conta ao ter a sensação de que isso nunca acontecerá.

Não tem muita coisa que eu possa dizer para fazê-lo se sentir melhor, então, só me resta esperar passar e limpar o vômito esverdeado ao lado da cama.

Amanda

"Porque eu sou um tolo por você
E as coisas que você faz
Eu sou um tolo por você e as coisas
As coisas que você faz"

♫ Fool For You – ZAYN

Maio,
Cemitério Santa Luzia

Sigo pensando, pois é apenas o que me resta nessa tarde cinzenta e quente. Não quero falar, tampouco me desvencilhar do braço de Chris, que me acolhe enquanto eu tento ainda me manter firme por ela, pela Becca... Bem, por todos.

Penso no que perda significa pra mim, já que, de tão de perto, ela toma forma nesse velório. Além de dor, das lágrimas, da saudade que deixará, além de tudo isso que assusta e que já se espera, acho que perda é olhar para o seu *eu* que ficou para trás e dizer: "vamos lá, siga em frente".

Afinal de contas, perda, acima de tudo, é sobre quem fica. Eu... Eu fiquei, então me convenço a seguir em frente da melhor maneira.

Março,
UNICAMP

— São quinze reais — digo, aparentemente para o último freguês do dia na barraca de xerox do seu Jorge.

Recebo uma nota de vinte e rapidamente devolvo o troco pesado em uma quantidade absurda de moedas pequenas. Seu Jorge olha pra mim por cima dos óculos, como se agradecesse por me livrar um pouco das moedas de cinco centavos que já não tinham lugar na caixa registradora.

— Quer ajuda pra fechar hoje, Seu Jorge? — pergunto antes de pegar minha mochila debaixo do balcão.

— Se não for te atrapalhar, Amanda, eu agradeço.

Ele tosse de forma demorada e reclama um pouco de dor nas costas. Realmente deve ser puxado, para alguém da idade dele, ficar tantas horas em pé dentro desse quiosque.

— Se o senhor quiser ir embora, eu fecho sozinha. Amanhã antes da aula eu passo aqui para devolver a chave — digo.

Primeiramente, Seu Jorge faz um gesto em negação, mas em seguida outra tosse o interrompe, convencendo-o a aceitar minha oferta.

— Obrigado, Amanda — ele diz, me dando um tapinha de leve no ombro e me lembrando de não esquecer de desligar os computadores.

PC 1, PC 2 e agora PC 3 desligados. Olho com cuidado para não esquecer nada. Desligo também os ventiladores, apago a luz e puxo a primeira folha de aço enrolada acima do balcão, trancando com um pequeno cadeado por dentro. Para a segunda, tenho que me esticar mais um pouco, devido às pilhas de caixas de papel que mensalmente se acumulam aqui. Dobro um joelho por cima de uma delas, tentando ficar mais alta, e quando já estou quase alcançando, vejo uma mão muito difícil de se confundir puxando a ponta da folha de aço até minha altura.

Meus olhos descem até a mancha em formato de coração no antebraço dele e num sobressalto encontro seu olhar em mim.

— Oi. — Timidamente ele abre um sorriso de um lado só, mas logo o desfaz. E eu compreendo o porquê. Aquela noite mal resolvida tirou alguma coisa de nós. Como esse sorriso que ele tomou de volta.

— Oi, Lipe. — Tento sorrir, mas meu olhar vai parar em algum lugar do balcão já organizado.

Por alguns segundos, penso que ele não vai dizer nada, pela forma como me olha como se esperasse que eu dissesse alguma coisa. Mesmo se eu quisesse dizer algo, não saberia por onde começar.

— Você vai fazer alguma coisa agora? — Ele fecha os olhos, franzindo o cenho como se corrigisse sua própria fala. — Digo, quando sair daqui?

— Não. Nada, na verdade. Só estou terminando de fechar e vou pra casa.

— Você quer uma carona? — ele oferece, mas no instante seguinte desvia os olhos de mim.

Honestamente, fico sem saber o que dizer. Nem sei ao certo se quero aceitar essa carona, pelo menos não antes de ele me dar um motivo plausível o bastante para eu voltar a confiar nele.

— Acho que não precisa, Lipe. Obrigada — digo, sendo direta demais, mesmo agradecendo no final pelo fato de não conseguir ser grossa num nível aceitável. Mesmo assim, consigo terminar de fechar a folha de aço por cima do balcão, deixando-o esperar no lado de fora.

Suspiro pesadamente quando faço isso, e somente por saber que ele não pode me ver, abaixo a cabeça sentindo uma pontada mais forte no meu peito.

— A gente pode conversar? — ele pergunta, colocando o rosto para dentro, já em pé do lado da portinha de alumínio, sendo ela a última coisa que falta para fechar.

Eu me viro de lado para o balcão, onde apoio meu braço e ficando a sua frente. Tenho certeza de que meu semblante diz para ele continuar, já que não respondo nada.

— Eu acho que te devo uma explicação.

— Também acho — digo, sem efetivamente olhar para ele.

Lipe parece engolir em seco ao me ouvir.

— É... Eu precisei ir embora mais cedo aquela noite porque eu... — Antes de continuar, ele apoia as duas mãos na cintura e desvia o olhar de mim, tentando achar as palavras que parece ter perdido. — Eu... Fiquei com vergonha de te mostrar meu corpo.

Se eu esperava por isso? Nem de longe. Por que ele teria vergonha do corpo dele? Só por causa das manchas? Qual o problema delas?

— Lipe, eu... Eu não sabia que você se sentia assim. — Balanço levemente o rosto, tentando reafirmar minha negação.

— É, eu, na verdade, nunca... Ahm. Nunca... — Ele começa a gesticular longos círculos com a mão, querendo dar continuidade para o que vai dizer: — Você sabe. Eu nunca...

Sinto meus olhos abrirem um pouco mais, tentando entender o que ele quer me contar.

— Você nunca? — Repito, mas então, logo em seguida, percebo. — Oh, entendo. — E acabo ficando um pouco mais sem jeito agora.

— Eu nunca tive coragem de me mostrar por inteiro para alguém — ele assumi, fazendo um pequeno gesto de derrota com os ombros.

Um alívio inusitado toma conta de mim.

— Então você não foi embora por causa da... — Parece que agora trocamos de lugar. — Você sabe... da camisinha? — Sinto, imediatamente, meu rosto queimar.

— Não, Amanda. — A forma como ele diz isso, com as duas mãos desleixas no cós da calça e com uma expressão quase de súplica nas sobrancelhas, me diz o tamanho do mal-entendido daquela noite, fazendo com que algo reacendesse dentro de mim.

— Eu fui embora porque entrei em pânico — ele completa.

Solto uma pequena risada com o seu comentário e logo depois respiro fundo quando o vejo se aproximar com receio.

— Eu queria muito que você me desse outra chance, eu juro que não sou idiota assim o tempo todo. — O sorriso no rosto dele me faz lembrar do Lipe que sempre gostei de ter por perto.

— Bom... Já que você está jurando... — Tento manter o mesmo nível agradável entre nós com uma risada sincera.

Ele se aproxima mais um pouco e pega minha mão, fazendo-me parar de sorrir na mesmo hora que percebo como ela está suada e gelada. Minha vontade é de abraçá-lo e dizer que vai ficar tudo bem, que nós podemos ir com calma se ele quiser e que eu serei gentil e especial. Mas escuto meus pensamentos e me sinto tola. Ouço, lá no fundo, aquele martelinho chato chamado *mãe* em meu consciente. Por que parece que ela está me boicotando mesmo estando tão longe?

Eu aperto sua mão como se dissesse tudo aquilo que penso, e tento passar pelo meu olhar, de alguma forma, o que quero fazer. Quero guiá-lo, quero que confie em mim e que jamais, em momento algum, sinta vergonha do seu corpo. Muito menos na minha frente. Queria poder falar muitas coisas, mas me falta coragem, portanto, espero que entenda pelo menos metade disso tudo com a forma como estou prestes a beijá-lo.

Levo minha mão livre até seu antebraço e não deixo de fazer carinho na mancha em forma de coração, em seguida continuo subindo até seu rosto, e antes mesmo de acariciá-lo, ele se inclina e me beija primeiro. Um beijo tímido, despretensioso, que me faz desejar mais à medida que ele continua com os lábios fechados. Lipe me faz sentir como se eu estivesse no controle, e por mais que isso soe estranho, só me dá ainda mais vontade de mostrar pra ele como tudo pode ser tão bom.

Puxo mais um pouco sua nuca até mim, fazendo com que seu corpo se encoste ao meu por inteiro contra o balcão e sua boca finalmente se abra sobre a minha. Demoramos tanto tempo para tomar qualquer iniciativa por causa de medo, insegurança, timidez e agora tudo parece tão certo.

Lipe pressiona o quadril em mim, e logo depois, tira a mochila das costas de forma atrapalhada. Posso sentir como ele tenta disfarçar o nervosismo nas mãos trêmulas quando as leva novamente para meu rosto, aprofundando ainda mais nosso beijo. Eu poderia ceder aqui mesmo, na barraca de xerox do Seu Jorge, sem nem mesmo me sentir culpada por isso. Mas algo no modo como mantem suas mãos ainda no meu pescoço me diz que nada além disso vai acontecer.

De repente, percebo o silêncio que faz dentro da minha cabeça. Nenhuma voz me dizendo o quão difícil eu tenho de ser, ou o quão vadia eu sou por estar no controle. E como um estalo, solto um pequeno sorriso, mais confiante dessa vez, aflorando certa natureza imperativa em mim.

— Fecha a porta, Lipe — digo, sem nem mesmo tentar inocentar meus olhos.

Ele me obedece em menos de um segundo e volta a me pressionar contra o balcão, fazendo com que sua ereção roce contra minha barriga, mas logo solta em forma de suspiro:

— Eu não tenho camisinha. — A voz dele sai como se doesse.

Mais uma vez estamos no mesmo ponto.

— Tudo bem, Lipe — digo, trocando de lugar com ele.

Vejo a forma como se delicia com a surpresa, apoiando os dois cotovelos no balcão atrás de si. Depois de desabotoar o jeans sem pressa, sequer pondero ou recuo. Ainda assim, Lipe procura qualquer reação negativa da minha parte ao finalmente se expor, mas não acha nada além de desejo em meu olhar.

Eu o envolvo com os lábios, do jeito que eu imagino que vá gostar. Sua mão repousa na minha nuca, quase ditando o ritmo. Não demora para que Lipe chegue ao seu limite, tentando de verdade não se pressionar contra minha boca, mesmo com a intensidade do clímax. Ele estremece mais uma vez, percebendo que eu não deixei restar uma gota sequer, depois que abri um sorriso de pura satisfação.

Caio

(Sexta 16h16min)

"Você é o sol que iluminou outra vez a minha vida
Uma reencarnação dos meus sonhos de infância
Eu não sei o que é esse sentimento
Ainda estou sonhando?"

♫ Euphoria – BTS

A tarde está quente e eu me arrependo de não ter colocado um boné.

Ele ainda não chegou. Será que esqueceu? Ou será que é desses que chega atrasado? Talvez Bruno simplesmente não venha, afinal, estava meio estranho essa manhã na faculdade. Queria poder estar no mesmo curso que ele, só para que pudéssemos passar mais tempo juntos.

Passo a mão no rosto, tentando afastar minha ansiedade, e sinto meu anel raspar na pele. Acho que ele não vem. Seria menos patético se eu apenas tomasse meu açaí e fosse embora, pois já tem meia hora que estou sentado aqui sem fazer o meu pedido. Não dá para simplesmente levantar e sair.

Olho no relógio, 16:16h. *Até quando as horas iguais vão me perseguir?* Recuso-me a abrir o Google para saber o significado desta vez. Peço à garçonete um açaí de tigela com banana e leite condensado quando olho pela milésima vez meu celular. Ele tem meu número, se quisesse mandar uma mensagem, já teria mandado. Essa demora está acabando comigo, então, apenas me rendo. Abro o navegador e digito: "significado de horas iguais". Meu coração parece sair pela garganta quando vejo o que é.

16:16 - Alguém quer loucamente um beijo seu, em segredo.

Tento manter a calma e não acreditar tão facilmente em qualquer coisa que vejo na internet. Talvez ele não queira nada comigo, pode muito bem ser isso, afinal, ninguém é obrigado a gostar de mim sempre, ou talvez até tenha cogitado alguma coisa, mas acho que acabei estragando tudo naquele dia no parque.

Nossa, como eu fui imbecil! Só de lembrar tenho vontade de abaixar a cabeça e me esconder entre meus braços. Eu só queria segurar no ombro dele na hora de me despedir e dar um "abraço de amigos", Chris estava bem ali do nosso lado, eu não ia fazer nada demais, mas minha mão, aparentemente, tem vida própria e ao invés de ir para o ombro, ela foi para nuca! Nuca! Meu Deus do céu! Esfrego mais uma vez o rosto ao me lembrar de como foi constrangedor o modo como se afastou achando que eu iria beijá-lo.

— Oi. — Ouço, já no final da minha tigela de açaí. Bruno para em pé ao lado da mesa, usando óculos de grau, e com os lábios comprimidos em uma expressão de desculpas.

— Oi!

— Desculpa te fazer esperar — ele diz.

— Tudo bem. — Levanto. — Eu estava distraído.

Que mentira descarada! Já estava quase chorando.

Não vou cometer o mesmo erro hoje, então ao invés de fazer qualquer movimento que invada sua zona de conforto, decido apenas abrir um sorriso, mas, ironicamente, percebo que já estou sorrindo,, então o escancaro mais ainda. Espero não o assustar com isso.

Bruno olha em volta, passa a mão no cabelo, como de costume, e se senta à minha frente.

— Quer pedir o seu? — Olho sem graça para minha tigela vazia e lhe estendo o cardápio. Ele dispensa e pede um açaí com leite em pó, leite condensado e paçoca, sem nem mesmo olhar as outras opções.

— Quer um pouco? — ele me oferece, finalmente, quebrando o silêncio constrangedor da espera, porém me olhando de maneira bem natural por cima dos óculos.

— Sou alérgico ao amendoim. — Tudo que eu queria agora era que ele me estendesse uma colherada de açaí com amendoim, mas fatalmente minha garganta fecharia se eu fizesse isso.

— Sério?

— Sério.

Minha ansiedade começa a aumentar porque quero conversar sobre o que aconteceu no parque, mas não sei como começar. Meus cotovelos apoiados na mesa e calcanhares inquietos entregam meu nervosismo. Mudo de posição para não causar a impressão errada, eu sei que às vezes eu posso parecer intimidador, mas essa, definitivamente, não é minha intensão.

"Desculpa por pegar na sua nuca naquela noite no parque", "por que você pegou na minha mão?", "você acha que nós poderíamos tentar ficar juntos?", "eu gosto de você". Tudo isso passa pela minha cabeça, mas não consigo escolher uma frase decente para começar.

— Caio... — Ele decide começar e me surpreende. — Desculpa por te deixar sem graça aquele dia no parque.

Meu coração quase para.

— Não, de jeito nenhum, a culpa foi minha. Eu tenho essa mania de tocar nas pessoas e às vezes perco a noção.

— Mas eu não precisava ter me afastado daquele jeito. — Ele parece realmente estar arrependido e envergonhado, pois sequer levanta o olhar para mim.

— Aquele dia foi ótimo. Vamos só nos lembrar das coisas boas, tá bom? — digo depois de uma longa pausa.

Ele me olha e sorri. O Sol já está quase se pondo quando começamos a caminhar pelas ruas quentes. A cada passo, nossa conversa flui um pouco mais. Natural e indolor, como eu queria que fosse. Ele me conta de sua família e o quanto ela é especial para ele, dos amigos que deixou em BH, do fato de nunca ter namorado ninguém, pois nunca se apaixonou, e que ainda não sabe por que segurou minha mão daquela forma no Barco Viking, mas que gostou.

Estou absurdamente grato por ouvir todas essas coisas, acho que é por isso que as pessoas gostam tanto dele, por ser tão sincero e aberto.

— Também gostei quando você me deixou segurar sua mão, queria que tivesse durado mais tempo — confesso, quase sem acreditar no que finalmente estou dizendo. Sinto que meus passos ficam mais lentos e meu corpo, mais leve.

Abro a garrafa d'água que trouxe comigo, pois essa conversa está tirando todo meu fôlego e três goles longos e gelados descem garganta abaixo. Então, paro, por não ter a simples habilidade de caminhar e beber ao mesmo tempo, e vejo que estamos em frente a um arbusto enorme de hibiscos amarelos, que me encanta na mesma hora. Bruno parece sem graça. Ele coloca as mãos no bolso da bermuda jeans enquanto eu ainda olho para uma das flores amarelas, tendo a certeza de que ela vai ficar gravada em minha memória.

Escuto o barulho áspero que ele faz com um pequeno chute em forma de raspão pela calçada, enquanto me espera pacientemente terminar de admirar as flores. Sinto-me em paz, tranquilo e como se meu lugar fosse exatamente aqui, ao seu lado, nessa tarde quente em Campinas. Ao voltar meu olhar para ele, vejo que ainda procura formigas vermelhas para matar enquanto mantém a cabeça baixa, raspando a ponta do tênis no chão, simplesmente por estar tímido. Ou com vergonha. Ou inseguro. Ou, talvez, o Google esteja certo e ele só esteja querendo me beijar desesperadamente, em segredo.

Então, antes de levar a garrafa à boca novamente, olho desconfiado para dentro dela.

— O que é isso? — digo, aproximando a garrafa do olho dele.

— O quê? — Ele, curioso, coloca o olho próximo ao gargalo, da forma como eu planejava.

Confesso que a satisfação de apertar o fundo do plástico espirrando água em seu rosto é enorme! Ele dá um grito que mais parece um rugido e sua reação de segurar a garrafa com as duas mãos para sacodir sobre mim é bem mais rápida do que eu esperava. É tudo o que eu queria, esse exato instante em que não medimos forças para molhar um ao outro perto dos hibiscos amarelos.

De repente, é como se todas as borboletas azuis tomassem conta de mim, e porque não, dele também, pois sua risada, na qual eu já estou viciado, está tão gostosa quanto antes. Gostaria de parar no tempo e fazer com que esse momento durasse para sempre. Mais uma vez, sinto-me como se eu apenas pudesse ser eu mesmo ao seu lado, sendo isso o suficiente.

Pego seus óculos molhados, ainda entorpecido pelas gargalhadas que demos, e o limpo em minha camisa branca. Antes de colocar de volta em seu rosto, percebo algo diferente no seu olhar. O sorriso cede lugar para uma expressão tensa e confusa, que faz minha respiração acelerar, e me dou conta de que tenho todos os sinais que queria e muito mais. Tenho tudo de que preciso para criar coragem de finalmente beijá-lo. Esse é o momento, eu sei. Apenas sei que ele também quer.

Puxo-o para perto do arbusto e suas mãos encontram minha cintura naturalmente, fazendo-me acreditar que nosso beijo se encaixaria de imediato, o que de fato acontece, como se tivéssemos planejado tudo para que fosse assim, entre os hibiscos amarelos, entre a dúvida e a certeza e entre tudo o que me fez chegar até este momento.

Eu não me importaria que durasse por toda vida.

Thiago

(Terça 19:27h)

"Eu nunca quis começar um incêndio
Eu nunca quis fazer você sangrar
Eu serei um homem melhor hoje
Eu serei bom, eu serei bom
E eu amarei o mundo, como eu deveria
Sim, eu vou ser bom, eu vou ser bom
Por todas as vezes que não pude"

♫ I'll Be Good – Jaymes Young

Gozo bem mais rápido que o normal. Os últimos dias tem sido um verdadeiro inferno pra mim e me sinto cada vez menos o homem que eu deveria ser. Becca me dá um beijo como quem não se importasse de ter durado menos de um minuto e alguns poucos solavancos mal investidos. É a primeira vez que a gente transa depois da minha abstinência duas semanas atrás, e eu não estou nem perto de ser quem eu era.

— Desculpa... — digo, ainda ofegante, sentindo minhas pernas formigarem.

Ela apenas sorri, alisando meu cabelo para trás. Deito ao lado do seu corpo nu e passo a mão pelo girassol que tem tatuado no quadril. Perco as contas de quantas vezes pensei nessa flor quando estava chapado. Tiro a camisinha, ainda frustrado com minha performance de merda, e dou um nó antes de jogar fora no cesto do banheiro. Ligo o chuveiro de Becca, que sem dúvida é bem melhor do que o meu, e deixo a água ficar gelada para tomar banho.

Pouco tempo depois, ela entra silenciosa, arrastando a porta do boxe com cuidado e fechando logo em seguida atrás de si, para só depois abraçar minhas costas. Sentir seu corpo colado ao meu, ainda quente do fogo que eu não apaguei, é quase tão bom quanto estar dentro dela. Às vezes me pergunto se realmente a mereço na minha vida.

— Tudo bem? — ela se certifica.

— Sim... — faço uma pausa enchendo minha boca com água para depois cuspir na direção do ralo — e não.

— Vai ficar tudo bem, você vai ver. — Queria ser otimista como ela.

Puxo-a para perto porque só quero senti-la em mim. Ela muda a temperatura da água para morna e depois quente, fazendo minha pele parecer que vai cair, mesmo assim, não reclamo, pois começa a passar as mãos nas minhas costas, subindo e descendo, fazendo-me perceber que não existe nenhum outro lugar no mundo que eu deseje estar agora.

— Sabe o que eu acho? — ela pergunta, manhosa.

— O quê? — respondo, quase em transe, com o carinho gostoso.

— Acho que deveríamos viajar. O que você acha?

— Viajar? — Abro, inevitavelmente, um sorriso. Ser pego de surpresa com algo que te faz genuinamente sorrir é como um presente. Tenho acumulado tantos momentos de merda ultimamente que me esqueci como é fazer planos com coisas simples que gostamos de fazer.

— Sim, todos nós. Eu, você, os meninos, Amanda, Chris... Vamos pra Caraguatatuba. Seus pais ainda têm aquela casa de praia lá, não têm?

— Caraguá? Nossa... Nem me lembro da última vez que estive lá. Acho que a casa ainda existe, não sei te dizer.

Certamente ainda está lá, mas sei muito bem o problema que me impede de ir.

— Acho que seria uma boa — ela reafirma, pegando o sabonete e passando na esponja.

— Também acho, Becca. O único problema é que eu tenho que pedir para meu pai. Se esqueceu?

— E?

— E que eu não tô afim de falar com ele.

Estava tudo tão bom, por que tivemos que tocar nesse assunto?

— Por que não? — Ela, como sempre, parece me desafiar.

— Você sabe por que, Becca. Toda vez é a mesma coisa.

— Mas você tem que fazer uma força. Afinal, qual foi a última vez que você falou com a sua mãe?

Puta que pariu. O pior é que ela tem razão. Eu não posso ficar tanto tempo assim sem falar com minha mãe, sei que ela sente minha falta. Talvez, mas só talvez, se eu não ficar o tempo todo na defensiva, eu consiga ter uma conversa decente por mais de cinco minutos com meu pai.

Eu ia gostar de passar um fim de semana em Caraguá com o pessoal. Acho que vale a pena tentar.

Isso me faz lembrar da última vez em que tive uma conversa sincera com minha mãe. Deve ter sido no meio do terceirão. Ela entrou no meu quarto com um saco de gelo para meu olho.

— Por favor, me promete que nunca mais vai deixar chegar a esse ponto. — Ela se referia à briga feia que tive com meu pai naquele dia.

— Como ele pôde, mãe? Como? — eu perguntava, tentando controlar um choro patético de um moleque de dezessete anos.

— Thiago, meu filho. Não podemos ficar contra ele, somos uma família.

— Sim, exatamente! — Lembro de ter levantado minha voz pra ela. — Somos uma família! Yan também era da família! Como ele teve coragem de devolvê-lo para aquela merda de orfanato?!

Minha mãe não disse nada. Não tinha o que dizer. Depois de quase dois anos de burocracia numa fila de espera interminável para adoção, meu pai teve a coragem de devolver Yan para a assistência social depois que pegou o Rolex dele no meio das coisas do menino. O que ele queria, afinal? Yan tinha seis anos na época, era filho de drogada e vivia em situação de rua. Ele não sabia o que era confiança, não sabia o que era pedir, nem que daríamos tudo o que precisasse.

Ainda estávamos com a guarda provisória, era um momento de adaptação para todos nós. Mas o puto do meu pai nunca entenderia. "É isso que dá pegar filho de drogado pra criar!". Nunca consegui lavar essa frase imunda da minha cabeça.

Conheci Yan quando eu tinha uns quinze anos. Fui num rolê com Bernardo, onde puxei meu primeiro baseado. O coitado devia ter uns três anos, ainda usava fraldas e servia de puro recurso apelativo para a mãe pedir esmola. Encontrei a coitada mais de uma vez fumando crack enquanto o filho, sentado no chão sujo, brincava com o lixo qualquer que encontrava.

Eu só queria poder dar um futuro melhor para ele, não sei por que aquilo mexeu tanto comigo na época. Talvez, de alguma forma, tenha sido um reencontro. Meu pai, até hoje, não tem nem noção de quanto dinheiro já dei para a mãe do garoto antes de finalmente conseguir mandar Yan para uma casa de adoção. Ele sempre foi contra, nunca foi segredo, mas achei que faria aquilo pela minha mãe, que não podia mais ter filhos.

No final das contas, percebi que aquela frase cheia de ódio era na verdade um desabafo emocional. "Isso que dá criar filho de drogado". Mesmo devolvendo o Yan, ele ainda estaria criando um viciado e essa talvez fosse toda a sua resistência.

Lembro-me de chegar da escola e encontrar a cama do Yan, que ficava ao lado da minha, sem lençol e minha mãe com cara de choro. Sinceramente, minha vontade era de matar o filho da puta, mas a única coisa que estava ao meu alcance era partir pra briga. Nunca achei que meu próprio pai revidaria com tanta força.

Por mim, nunca deixaria de ser um drogado só para ele não se esquecer de quem é a culpa.

Talvez Yan tivesse feito de mim uma pessoa melhor e eu agora não estaria com medo de ir pra casa e ver meu pai ameaçar me internar pela segunda vez. Não importa. A merda toda já foi feita. Três anos se passaram e eu nunca mais vi meu quase irmão. Lembro-me de ter quebrado a porra do Rolex com o batedor de carne da minha mãe naquele dia. Mas, por ela e por Becca, vou tentar mais uma vez deixar isso de lado. Dizem que o tempo cura todas as feridas e talvez essa já esteja seca quando eu, enfim, arrancar o curativo.

— Tudo bem, Becca — digo, afastando todos esses pensamentos. — Amanhã eu passo na casa deles.

Chris

"Somos verso e poesia
Outono e ventania
Praia e carioca
Somos pão e padaria
Piano e melodia
Filme e pipoca ah"

♫ Dois Corações – Melim

Maio,

Cemitério Santa Luzia

Sinto as articulações dos joelhos doerem quando levanto, e o estalo alto que um deles faz me lembra do som de gravetos quebrando. Preciso de água e ar. O cheiro dos cravos está me sufocando e eu só quero sair um pouco daqui. Meus pais se levantam atrás de mim, mas peço para ir sozinha. Não tenho para onde fugir.

— Só vou beber água. — Minha voz sai num sussurro e minha mãe assente com a cabeça depois de sutilmente averiguar tudo ao meu redor.

Passo direto pelo bebedouro só por sentir o sangue circular melhor pelas minhas pernas. O cemitério é bonito, o gramado verde e bem cuidado me passa um ar de tranquilidade e paz. Ando entre os túmulos enquanto leio suas lápides. Carlos, João, Jurema, Matheus... Recuso-me a olhar as datas de nascimento e morte. Basta uma vida terminada precocemente por hoje. Tenho a estranha sensação de que tudo vai passar, como aqueles espectros de famílias e amigos que um dia sofreram e choraram aqui por essas pessoas, mas que agora apenas resistem numa atmosfera tranquila. Roubo um pouco dessa paz para mim, para meus pulmões, e a devolvo devagar.

Ali, sozinha, eu choro. E depois de mais alguns poucos passos tentando aquietar meu coração, ouço atrás de mim:

— Chris? — Reconheço a voz de imediato e um alívio me envolve com sua presença. A voz de Bruno é como um abraço que tem o dom de curar. Nos olhamos e ele vem ao meu encontro. É como se soubesse, sem eu ao menos falar, que mesmo me afastando eu precisava que viesse atrás de mim e me chamasse pelo nome, só pra me lembrar o quanto eu ainda sou importante pra alguém.

Março,

Campus da Unicamp

— Chris? — Bruno sussurra durante a aula de Arquitetura 2.

Olho para ele com as sobrancelhas arqueadas, tentando não fazer barulho, porém o incentivando a dizer o que quer.

— Lembra do Caio? — Ele continua.

— Claro que me lembro do Caio. — Fico sem entender a pergunta, pois o vimos essa manhã.

— Então... — Bruno apoia o queixo nas mãos fechadas sobre a mesa, tentando chegar mais perto e falar ainda mais baixo. — A gente foi tomar açaí, sabe? — O semblante sério dele não condizia com o que estava me contando.

— Foi mesmo? — pergunto, já desconfiada do rumo que nossa conversa irá tomar.

— Foi.

Espero por mais alguma informação àquela frase aleatória, mas ele não diz mais nada e apenas perde o olhar no completo nada.

— Foi legal? — Tento fazê-lo continuar.

— Foi.

— Que bom. — Abro um sorriso.

— Sim... Foi bom — ele diz, quase sem som, e se resume apenas nisso.

— Ele é um cara muito legal. Gosto dele. — Tento, de alguma forma, o incentivar a continuar, pois acho que sei aonde ele quer chegar.

— Sim. Também gosto dele. — Bruno me olha rapidamente com o canto de olho, analisando por um segundo minha reação.

— Ele é muito bonito também — digo, esquadrilhando a sua reação, e recebo um olhar como se o pegasse no flagra.

— Você... Você acha? — Ele tenta disfarçar. — Não reparei.

— Não reparou? — pergunto voltando o olhar para a lousa, como se não fosse nada demais.

— Não tem por que reparar nele, Chris. Só é um cara legal — diz bem baixinho, começando a copiar a matéria somente agora.

— Tem certeza que não tem um porquê? — Arrisco.

Bruno, em silêncio, perde o olhar de novo. Reparo, então, que seus olhos grandes começaram a ficar vermelhos e cheios de lágrimas. Acho que... Está prestes a chorar?

— Bruno? Tudo bem?

Ele aperta os lábios e nega com a cabeça, deixando uma das lágrimas escapar.

— Amigo... — Meu coração aperta e quase esfarela aqui mesmo. — Vem, vamos para o banheiro.

Levanto sem nem mesmo esperar Bruno concordar com a ideia, mas quando toco levemente em seu ombro, ele se levanta sem muita demora, já que parece estar à beira de um choro difícil de cessar. Um pouco sem graça, passamos pela professora e eu peço licença com um olhar bem explicativo enquanto conduzo Bruno pelo braço. Ela faz um pequeno gesto com o queixo, concordando com nossa saída inesperada no meio da aula.

Certifico-me de que ninguém nos vê entrando juntos no banheiro feminino antes de nos trancar em uma das cabines. Sentado no vaso, ele chora compulsivamente, feito uma criança. Meu coração parece sumir por completo na frente dele. Fico, por um tempo, sem saber ao certo o que dizer. Coisas do tipo "me conta o que aconteceu" e "vai ficar tudo bem" acompanham, sem muita pretensão, o carinho que faço em seus cabelos rebeldes.

Bruno, quando finalmente recupera o fôlego, olha-me com o rosto já inchado e confessa feito um tiro:

— A gente se beijou, Chris. — Vejo a confusão e desespero em seu rosto marcado por uma vermelhidão nada comum dele.

— Você e Caio? — Isso, nem de perto, é surpresa pra mim.

— Sim! — E volta a soluçar.

— E qual o problema? Você não gostou?

— Não! O problema é justamente o contrário! Eu gostei pra caralho! E só penso nisso agora — ele fala, tentando enxugar as lágrimas e secá-las no próprio cabelo. — Minha vontade é de ir agora mesmo procurar ele só pra gente se beijar mais um pouco, porque as duas horas que ficamos juntos ontem não pareceu suficiente pra mim!

— Então por que está chorando, amigo?

— Chris, eu nunca beijei um cara antes! — A urgência na voz dele parece somente precisar ouvir alguém dizer que não tem problema nenhum nisso.

— Eu sei, Bruno. Mas tá tudo bem. — Continuo alisando seus cabelos como uma irmã coruja faria, e ele, acho que aliviado com isso, descansa a cabeça na minha barriga enquanto eu o escoro com meu corpo.

— E o que eu faço agora? Sou gay? Sou bi? O que eu sou, afinal?

— E tem importância descobrir isso agora?

— Eu tô muito confuso, Chris. Muito. — Sua voz, já menos descompensada, vai sumindo à medida que fala.

— Bruno, amigo. Tá tudo bem. Você não precisa rotular nada agora. Você tá se descobrindo. E isso é fantástico! Não acha?

Ele olha pra cima, como um gatinho manhoso. Bruno nega sua sexualidade há tanto tempo que acho que deve estar confundindo o peso que tirou dos ombros com culpa.

— Bruno, é afeto. É só afeto. — Tento deixar as coisas mais simples. — Tudo vai ficar bem. Eu prometo. Ficou tudo bem pra mim, não ficou? E olha que eu ainda nem te conhecia quando me descobri bi. Não tive esse colinho gostoso pra chorar. — digo sorrindo.

Abraço metade do seu corpo, ali mesmo na cabine do banheiro cheio de pichações aleatórias.

Ele diz pra mim no meio daquele abraço o quanto me ama, e o quanto nossa amizade tem sido importante na sua vida. Bruno é o irmão que nunca tive e, vê-lo dessa forma é ao mesmo tempo consumidor e empolgante. Finalmente, ele se abriu pra mim. No tempo dele. E agora, eu espero poder ser a amiga de verdade que ele vai precisar. Espero poder cuidar do seu coração partido na primeira vez que ele se sentir oprimido por andar de mãos dadas com outro garoto na rua, ou reconfortá-lo quando um parente fizer algum comentário homofóbico perto dele. Talvez eu esteja me subestimando, porque eu sei bem que nada que eu fale vai fazer com que ele passe por momentos como esses de uma maneira mais leve, pois somente o tempo cura feridas desse tipo. Quando curam. Mas, eu estou aqui, Bruno. Eu estou aqui. Digo baixinho algumas vezes até sentir sua respiração se acalmar numa promessa de cumplicidade.

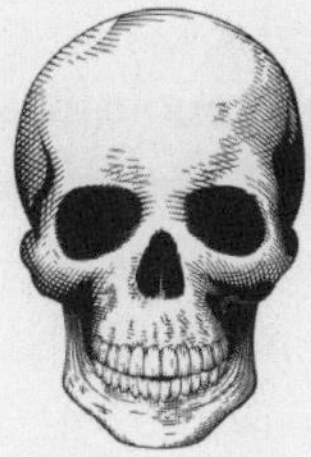

Felipe

(Sexta 14:00h)

"Chama, você veio até mim
Fogo encontra gasolina
Fogo encontra gasolina
Estou queimando viva
Eu mal posso respirar
Quando você está aqui me amando
Fogo encontra gasolina
Fogo encontra gasolina
Eu tenho tudo que eu preciso
Quando você vem atrás de mim"

♫ Fire Meet Gasoline – Sai

"Oi Lipe! Td bem?Vc tá em casa? Eu tô precisando de ajuda com um negócio aki mas Becca e Thiago não apareceram desde ontem..."

"Oi, Amanda! Sem problemas... Quer q eu vá agora?"

"Se vc puder..."

"Ok... estou indo."

Meu sangue ferve só de lembrar aquele dia na banca da xerox. Posso jurar até a morte que nunca imaginei que aquilo fosse acontecer da forma como aconteceu. Amanda é uma mulher incrível e eu estou começando a ponderar se dou conta de ser a pessoa que vai ficar ao seu lado. Ela me fisgou com um olhar doce há tanto tempo e realmente me arrebatou com seu jeito sincero de falar sobre nós dois.

Naquela tarde, eu a quis. Nossa, queria muito levá-la para casa e pelo menos tentar fazê-la sentir o que ela faz comigo. Porém, eu mal consegui andar quando enfim saímos da banca do Seu Jorge. Encontrá-la na faculdade nos poucos dias depois disso foi quase uma tortura. Ver Amanda andar em minha direção, nos corredores cheios de todas as possíveis juventudes subversivas que nos cercam e saber que a minha e a dela finalmente se encontraram, é de verdade algo que faz meu coração quase parar de bater.

Quando eu chego ao seu apartamento, a porta está entreaberta e eu entro chamando seu nome.

— No meu quarto! — ela responde lá de dentro.

Sinto uma onda de calor borbulhar em meu corpo ao abrir a porta do seu quarto e ver Amanda somente com uma camiseta velha, que termina onde suas coxas começam. Os cabelos de um loiro quase castanho estão enrolados num único cacho na frente do corpo. Suspiro tão fundo que meu peito dói.

Só depois consigo reparar que os móveis estão todos amontoados em cima da cama, cobertos por um lençol, e o chão, forrado com jornais. Entre nós, pelo menos cinco pequenos baldes de tinta de cores diferentes estão abertos.

Para que tantas cores? Sinto que algo está prestes a acontecer, mas eu não digo uma só palavra, quero apenas ver onde isso vai acabar.

— É melhor tirar os sapatos — ela diz de maneira nada natural. *Meu Deus, será que eu estraguei tudo?* —, e a camisa também.

Nesse instante, gelo dos pés à cabeça. Ela me lança um olhar de mil vidas atrás e eu sinto como se tivesse sido dela todas as mil vezes. Ainda assim, , a vergonha de tirar a camisa toma conta da situação de novo. *O que tem de errado comigo? Ela já te viu, Felipe! Ela já sabe como você é!*

Ela perde o olhar por alguns segundos quando me vê tirar os sapatos e hesitar com as roupas. Percebe, naquele instante – que seguro a barra da camisa –, que para nós, a minha insegurança será um processo. Mas é também ali, no momento em que se perde em meio a minha insegurança, que se dá conta de um sorriso desenhado no próprio rosto. Um sorriso cândido que me faz formigar e ela o oferece a mim e a todas as manchas que me fazem o cara por quem se apaixonou. Bem no canto de seus lábios em forma de confissão, meu coração derrete, e a sensação é de chegar em casa e estar seguro. É quando Amanda vem até mim com um dos pincéis melado de azul, passando a tinta de maneira sensual por toda extensão do meu antebraço.

— Não quero que se envergonhe, Lipe — e traz o olhar para cima encontrando o meu —, tua pele é poesia.

Minha respiração se torna ridiculamente ofegante ouvindo isso ao mesmo tempo em que sinto a tinta gelada em mim. *Como consegue?* Devagar, Amanda segura a barra da minha camisa e levanta de maneira tímida, como quem pedisse ajuda. Nesse ponto, só quero poder arrancar a minha roupa e a sua antes que eu vire apenas combustão.

Ela molha os dedos de amarelo e passa pelo meu abdômen nu, contornando os desenhos que as manchas formam. Cada toque me faz querer suplicar por mais, e assim, Amanda continua com o vermelho, o verde, o preto, o laranja, tirando meu cinto, minha calça, minha cueca...

Estou entregue ao momento mais erótico de toda minha vida e sequer nos beijamos ainda. Ela tira a camiseta, revelando que não veste nada por baixo, me fazendo engolir em seco. De repente, entendo que não preciso mais ter medo. Ela está entregue e eu também, não quero mais sentir vergonha. Não quero mais ser o cara que se dá bem com todos, mas que não se envolve com ninguém, quero ser intenso, completo, verdadeiro com meus sentimentos e conseguir levar isso adiante.

Seguro seu rosto com as duas mãos e o trago até o meu, num beijo cheio de desejo e vazio de medo. Nada poderia ser mais especial do que isso. Não reconheço mais minha pele ou a dela, somos apenas parte de um quadro, escorregando os braços de modo carinhoso entre a tinta e o desejo.

Olho em volta e então, um pouco desajeitado, trago-a para o chão coberto por jornais, como se a convidasse para se deitar. Ela vem e eu tremo. *O que deveria fazer agora?* Tento me ajeitar ao seu lado, ignorando completamente o fato de o jornal estar grudando em mim por causa da tinta.

Sim, em cima. Eu deveria ficar em cima dela, teoricamente.

É isso que tento fazer. Beijo Amanda mais uma vez, na esperança de desacelerar meu coração, porém, quem eu quero enganar? Nada me deixaria calmo agora. Minha mão desliza, insegura, do seu ombro até seu seio, onde me reservo um pouco mais de tempo ali. Ela geme. A tinta em sua pele faz com que esse toque seja ainda mais gostoso, me arrancando um suspiro mais alto que eu planejava soltar.

O ar quente sai entrecortado dos meus lábios quando, enfim, levo a mão até nosso encaixe, sentindo o quanto estamos prontos. Eu estou quase lá. Fecho os olhos tentando me controlar, mas já tenho certeza de que não vou conseguir durar nem mesmo dez segundos.

— Lipe, a camisinha.

— Quê? — Certifico-me do que ouço, como se acordasse de um transe.

— Você se esqueceu de colocar a camisinha.

Não! Não acredito que mais uma vez estou sem camisinha! Sinceramente, não sei o que há de errado comigo. Solto um gemido de frustração que logo é surpreendido pelo mais belo e reluzente pacotinho que já vi na vida.

— Não se preocupe, eu tenho uma aqui — ela diz.

Sequer consigo disfarçar o sorriso de alívio. Minhas mãos tremem com a força que faço para não deslizar os dedos ao abrir o pacote do preservativo. Enfim, consigo, e ela coloca em mim. Agradeço em segredo por isso, pois não conseguiria colocar sozinho. Quando percebo, estamos novamente naquele instante em que analiso o que devo fazer.

Pense! Sim... Em cima. Era onde estávamos. Solto uma risada sem graça quando ela vê o quão tenso estou. Acho que posso estar prestes a deixar tudo um pouco constrangedor pelo tamanho do meu nervosismo.

Ela impede que eu prossiga e coloca suas mãos em meu peito. Eu fico sem entender.

— Deixe comigo. — Ela, mais uma vez, me tranquiliza.

Juro que não mereço isso tudo. Amanda, mais uma vez, toma o controle. Lábios, dedos, pele, olhos... Seu quadril em cima do meu, suas mãos em meu peito e minha boca aberta no que eu quase penso ser dor, mas é além, é muito além. É o céu e o inferno num único instante, fazendo-me tremer ao fechar os olhos com força quando, enfim, chego lá. Nunca imaginei que fosse assim, desse jeito. Acho que me tornaria viciado nessa sensação facilmente.

Somos, finalmente, um, e sentir o corpo dela desabar por cima do meu em meio a tanta tinta e suor me faz querer isso todos os dias. Amanda me faz sentir como se eu realmente fosse feito de poesia.

Bruno

(Domingo 15h09min)

"É tão particular o meu encontro quando é com você
O meu sorriso quando tem o teu pra acompanhar
As minhas histórias quando você para pra escutar
A minha vida quando tenho alguém pra chamar
De vida"

♫ Singular – AnaVitória

— Gol! — Abro os braços na pura satisfação de saber que sou melhor que o Felipe no FIFA.

— Puta que... — Ele passa a mão no rosto em completo desanimo antes de blefar. — Tava impedido, cara! — Como de costume. E como de costume eu caio na gargalhada.

Percebo Felipe rir da maneira como eu me irrito facilmente com uma discórdia desse tipo. Acabo também rindo antes de tomar um gole de cerveja e voltar a jogar.

— Thiago tá em casa? — Estico o pescoço, tentando enxergar seu quarto.

— Acho que ele tá dormindo.

Quando Thiago está em casa, só tem duas coisas que ele certamente está fazendo: dormindo ou transando. Como até agora não escutei nada que lembrasse uma cabeceira de madeira batendo contra a parede do quarto, chego à rápida conclusão de que ele deve mesmo estar dormindo.

Ouço, porém, uma mensagem chegar ao celular do Felipe, que pausa o jogo quase de imediato e desliza o dedo pela tela. Sem perceber, ele sorri.

— Você e a Amanda se acertaram? — pergunto, despretensiosamente, já sabendo da resposta.

— Sim. — O jeito tímido dele não esconde a cara de felicidade. Sinceramente, ele não precisa me dizer mais nada.

— Você tá com cara de apaixonado.

— Eu acho que estou mesmo...

Ele sobe, ligeiro, o olhar só para ter certeza de que eu percebo o sorriso que ele abre e então deixa o celular na mesinha de centro. Estou, de verdade, feliz por eles dois e por mim também, porque eu não aguentava mais ver esse cara sofrer calado enquanto quase todo mundo sabia que os dois se gostavam. Isso me faz pensar na noite que ele destruiu o banheiro. Não faz muito tempo, apesar de parecer que já se passou uma eternidade. Acho que Amanda realmente é uma garota especial, e se ela o faz se sentir inteiro, isso já basta pra mim.

Também queria me sentir assim, inteiro. Para mim, os últimos tempos têm sido algo muito semelhante a um quebra-cabeça incompleto, antes mesmo de conhecer Caio. Não saber por que nada além de uma norma social me obrigava a ser quem eu nunca realmente fui, fazia-me cogitar que alguma coisa dentro de mim estava quebrada. Não é normal ficar pensando "que horas isso vai acabar?" no meio de um amasso, e por mais triste que isso seja, era só o que acontecia comigo.

Acho que foi por isso que cedi tão rápido quando conheci Caio. Se a razão pela qual toda essa bagunça dentro da minha cabeça fosse pelo fato de só sentir meu coração palpitar de verdade quando penso em homens, então o que eu tinha a perder? Caso eu estivesse errado, beijar Caio seria só mais um amasso com prazo de validade vencido.

Para minha surpresa – pois o conformismo em sentir absolutamente nada já me carregava no colo –, beijar Caio foi como riscar um fósforo. Não tinha mais volta. E sequer tive medo de queimar os dedos. A única coisa que conseguia pensar era: "isso pode durar para sempre...".

— Golaço!!!!! — Felipe grita, quase dando um pulo do sofá, me fazendo perceber que eu sigo no piloto automático.

Pauso novamente o jogo e suspiro.

— Acho que também estou — digo, sem a menor intenção de ser ouvido, ainda olhando para o *joystick*.

— O quê? — Ele paralisa sua expressão no meio da comemoração ao escutar a minha declaração mais do que improvável.

Engraçado como eu tenho a sensação de que ninguém esperava que eu, algum dia, fosse me apaixonar. Acho que até eu duvidava disso. Mas então, da maneira mais improvável, aconteceu, e eu sinto como se tivesse sido atingido por uma bala de canhão.

— Você sabe... Apaixonado — esclareço, pois Felipe parece ainda não ter acreditado.

Talvez ele já tenha percebido. Talvez até mesmo já soubesse antes de mim, mas algo na minha cabeça acha extremamente necessário que *eu* conte. O medo da forma como vai reagir existe, não posso mentir, mas o medo de ele saber por qualquer outra pessoa que não seja *eu*, é ainda maior, então entre falar de uma vez e esperar para ver no que dá, eu prefiro ser o amigo que sempre fui e abrir meu coração. Acho que é importante que ele saiba por mim.

— É mesmo? — Sinto que ele tenta ser discreto. — E eu sei quem é?

— Não.

— É da faculdade? — Ele segue atento com as perguntas.

— Sim... Mas... — Faço uma pequena pausa e respiro fundo. Tento prestar atenção no que meu coração está me dizendo agora e um bombear ritmado aquece meu peito. Estou seguro aqui. — É um cara – digo e me sinto leve.

E como se eu já esperasse por isso, apesar dos segundos de silêncio que parecem uma eternidade, ele apenas continua jogando com o semblante tranquilo e diz:

— E?

Meu coração, então, volta a bater.

— E nada... — Dou de ombros, mas não consigo parar de sorrir. Acho que deveria agradecer mais vezes pelos amigos que tenho.

Escuto a porta do Thiago se abrir lentamente e o vejo sair de lá com cara amassada e uma samba-canção quadriculada, com um furo num lugar nada apropriado.

— Vocês ainda estão aí? — A voz rouca de sono quase não sai. — Não têm nada melhor pra fazer da vida?

Aparentemente não, apesar de ter pelo menos dois trabalhos da faculdade atrasados pra fazer.

Dessa vez é o meu celular que toca, fazendo meu corpo inteiro estremecer com uma onda de choque quando vejo que é Caio. Felipe pausa o jogo e me olha, curioso. Acho que não consigo disfarçar minha cara de pânico.

— É ele?

— É — respondo, ainda encarando o celular.

— Então atende! — Felipe quase grita pra me despertar do choque.

Meu sorriso bobo ao atender o telefonema petrifica quando percebo que Thiago e Felipe me olham atentos, esperando para ouvir o que eu diria em seguida. Levanto o dedo nada educado para eles e vou para meu quarto. Certamente a essa altura Thiago também deve saber e eu me sinto ainda mais leve por isso.

Trancado no quarto, perco-me no tempo conversando com Caio.

Thiago

(QUARTA 18H01MIN)

"Eu tento não pensar
Sobre a dor que eu sinto por dentro
Você sabia que era meu herói?
Todos os dias que você passou comigo
Agora parecem tão distantes
E parece que você não se importa mais"

♫ Perfect – SIMPLE PLAN

Checo minha cara de acabado pela segunda vez no espelho do retrovisor.

— Se olhar mais uma vez, fatalmente vai encontrar um defeito. — Becca faz pouco caso da minha ansiedade, sentada no banco do carona.

— Eu tô cheirando a maconha? — pergunto, puxando minha camisa mais arrumada até o nariz.

— Você não fumou maconha, Thiago. – Ela revira os olhos.

— Sei lá... Minha roupa não está cheirando a maconha? – Minha voz vacila um pouco.

— Não, Thiago. Está com cheiro de amaciante.

— Eu preciso fumar um cigarro antes — confesso, antes de deixar o nervosismo tomar conta de mim.

Ela revira os olhos depois que acendo o cigarro já saindo do carro. Do lado de fora, reparo na rua limpa e iluminada do condomínio fechado que meus pais moram, e eu acabo pensando no Yan.

Becca desce do carro, ajeita o vestido quase formal que está usando e passa a mão pelos cabelos curtos. Ela está linda pra caralho e isso faz meu estômago gelar por alguns segundos. Jogo a bituca no meio-fio e respiro fundo. Tá na hora de começar a consertar as coisas. Pego a mão de Becca como uma criança que aprende a andar.

Ainda na entrada, vejo as luzes de quase toda a casa acesas e uma música baixa de algum jazz antigo vindo da sala de estar. Uma nostalgia me abraça e eu luto contra uma vontade louca de sentir falta desse lugar.

Entramos sem nem mesmo bater na porta.

— Mãe? — chamo no hall de entrada, puxando Becca atrás de mim. O cheiro da casa me nocauteia de memórias. Deve fazer mais de um ano que não venho aqui.

Dona Rosane desce as escadas, radiante, com algum perfume caro que eu nunca saberia dizer qual é, e me recebe com um abraço, tentando disfarçar a lágrima no canto do olho.

— Eu quase não acreditei quando você falou que vinha! — A voz dela está trêmula. Mais um beijo no meu rosto e um olhar carinhoso pra Becca.

— Essa é Rebecca, mãe.

— É um prazer finalmente conhecê-la, dona Rosane.

— O prazer é todo meu, minha querida. — Minha mãe me lança um olhar de cumplicidade. — Como ela é bonita, Thiago — diz como se Becca não pudesse nos escutar. Solto uma risada, levemente constrangido.

— O seu pai já deve estar chegando — ela diz rapidamente como se precisasse dar satisfação sobre meu pai e logo continua. — Eu fiz lasanha! Ainda gosta de lasanha, não gosta, meu filho?

— Gosto, sim, mãe.

— E Rebecca, também gosta?

— Sim, ela também gosta — respondo feito um adolescente com vergonha dos pais.

Na sala de jantar, somos acomodados nas poltronas acolchoadas de uma mesa cuidadosamente posta.

— Como vai aquele seu amigo Felipe?

— O de sempre, mãe.

Sinto a mão de Becca suar e acabo passando sua palma na minha calça algumas vezes, por debaixo da mesa. Está nervosa.

— Está tudo bem? — pergunto sem emitir som algum. Ela balança a cabeça dizendo que sim e me fazendo perceber que talvez esteja querendo causar uma boa impressão para minha mãe. Queria poder dizer para ela relaxar e apenas ser ela mesma, mas não acho uma brecha para isso sem a deixar sem graça.

— Gosto desse seu amigo, parece um ótimo rapaz — minha mãe diz, voltando da cozinha com uma travessa enorme de lasanha e em seguida uma garrafa de vinho. Ela enche nossas taças quando meu pai, enfim, chega, fazendo com que eu inevitavelmente arrume minha postura na cadeira.

Sinto um nó na garganta.

— Boa noite — ele cumprimenta a todos de uma só vez.

Levanto por educação, apesar de querer permanecer sentado. Ele me dá um forte aperto de mão e precisamente dois tapas nas costas, que fazem o som reverberar feito tambor.

Cumprimenta Becca de forma polida e tenta desviar o olhar quando repara nas tatuagens no seu braço antes de subir para se lavar. Tento não fazer grande caso disso em vez de me arrepender de ter vindo.

O jantar segue sem muito assunto. As notas da faculdade e a preocupação da minha mãe com a higiene do apartamento que estou morando são basicamente os temas centrais da mesa. Até que, enfim, a bomba.

— Como tem lidado com... Você sabe... — Meu pai escolhe as palavras com cuidado enquanto acena de forma esnobe com o garfo. — Sua situação.

Respiro fundo antes de responder.

— Que situação, pai?

— Você sabe, Thiago. Quero saber se tem controlado seus vícios.

Sinto Becca passar a mão na minha coxa, como se me pedisse para que eu pegasse leve.

— Vai muito bem. — Tento fingir que a pergunta não teve profundidade e volto a comer.

Meus pais se olham como se entendessem que não quero falar sobre o assunto, mesmo assim, ele continua:

— Tem visto Bernardo?

— Não, pai. — Olho pra Becca, na esperança de ajuda. — Não tenho visto Bernardo, nem fumado maconha, nem bebendo até me acabar. — Acho que até hoje eles nunca souberam da heroína.

— Thiago tem se esforçado muito. — Becca me defende. — Não tá sendo fácil, mas ele tem dado conta.

Meu pai, com olhar de preocupação, escuta atento as palavras de Becca – algo que eu não estou acostumado a ver – e balança a cabeça concordando com o que ela diz. E então completa:

— Ele é um rapaz esperto. Vai fazer o que é melhor.

Não esperava por essa. Vejo minha mãe abrir um sorriso orgulhoso para ele e me lembro, enfim, que foi por esse homem que ela se apaixonou. Alguma coisa de bom deve ter nele. É uma trégua, eu deveria aproveitar.

— Eu estava pensando em passar um final de semana com a Becca na casa de Caraguá — finalmente digo, ao perceber que o clima permanece estável. Dois olhares de surpresa me esquadrilham. Mas a surpresa ainda maior foi a minha quando meu pai, sem muita demora, concorda.

— Não vejo problemas. O que acha, Rosane?

— Acho ótimo! — ela rapidamente responde, limpando a boca com o guardanapo de tecido e balançando assertivamente a cabeça.

Becca sorri pra mim enquanto termina sua taça de vinho e eu me sinto finalmente bem-vindo na minha própria casa. Pelo jeito, se formos superficiais o bastante, talvez volte aqui mais vezes.

Amanda

"Ela tinha expectativas do mundo
Mas este escapou de seu alcance
E ela capturou as balas com seus dentes
A vida continua, fica tão pesada
A roda corrompe a borboleta
Cada lágrima, uma cachoeira
Na noite, na noite de tempestade, ela fechou os olhos
Na noite, na noite de tempestade, ela voou para longe
E sonhou com o
Para-para-paraíso"

♫ Paradise – Coldplay

Maio,

Cemitério Santa Luiza

Chris retorna de braço dado com Bruno e minha primeira reação é sorrir. Por um segundo solto um riso, esquecendo-me completamente desse velório. Acho que a amizade de todos nós se tornou ainda mais importante depois do que aconteceu. Agora que estão todos aqui eu só quero que fechem logo esse caixão.

Vejo Chris abraçar Caio, ainda do lado de fora, e ele beija sua testa demoradamente e a acolhe nos seus braços. Acho que aquela noite acabou unindo os três de uma forma difícil de separar.

Queria tanto que Lipe estivesse aqui comigo... Tenho certeza de que tudo seria mais fácil com ele, e isso me faz lembrar da vez em que estávamos todos juntos e nossa única preocupação era escolher o sabor da pizza...

Março,

Apartamento da Amanda

— Amor... — digo, sem nem mesmo pensar antes. — isso, desse jeito. — Minha voz sai arfante com os lábios grudados no pescoço do Lipe.

Ele, com a calça jeans aberta somente o necessário, segura minhas coxas tão forte que parece ter se esquecido de que estou sentada na pia do banheiro.

— Eu tô quase lá — diz, investindo um ritmo mais rápido contra meu quadril, me fazendo gozar muito antes do que eu imaginava que iria.

Ele abafa o barulho do meu gemido com uma das mãos e solta uma risada pelo fato de Bruno, Caio e Chris estarem na sala. Lipe beija a minha bochecha de forma carinhosa e continua com as investidas ritmadas, mesmo quando ouvimos a campainha tocar.

— Eu não acredito... — diz, quase perdendo a voz e começando a rir mais uma vez.

É nessa hora que eu tampo sua boca também e sinto a pele do seu rosto ferver, assim como todo o resto. Do lado de fora, ouço a voz de Thiago e Becca chegando com a pizza e me dou conta de que agora todos os nossos amigos devem saber que estamos transando no banheiro.

A forma como a mecha branca do seu cabelo sai, inocente, do rabo-de-cavalo me faz pensar que vou chegar lá outra vez, mas ele finalmente solta minha boca, apoiando as duas mãos na bancada da pia. Eu não inibo a minha vontade de enfiar meus dedos em seus fios e puxar para trás, enquanto solta um gemido perigosamente alto de prazer.

Nossos dias tem se resumido muito bem assim. Quando não estou na aula, ou na banca de xerox, estou com ele, e quando estamos juntos é realmente muito difícil não estarmos transando. E, Deus que me perdoe, mas eu não consigo ficar um minuto sem pensar nisso. Lipe parece ter sido feito sob medida pra mim, e a cada dia que passa aprende alguma coisa nova que me surpreende.

Eu sei que o que nós temos não é só sexo, é algo a mais. Não sei explicar, mas o fato de ele ser diferente dos outros caras que eu já conheci, não só por fora, mas por dentro, me faz pensar que eu tirei a sorte grande. Sem falar que o efeito colateral que causa em mim é como se calasse todos os meus medos de não poder ser quem eu sou debaixo desse estereótipo de uma menina-moça recatada.

— Vocês dois podem andar mais rápido aí dentro?! — Thiago grita, batendo na porta do banheiro. — Eu quero mijar!

Eu escondo o rosto nas duas mãos, tentando, ainda, não fazer barulho no lado de dentro depois que Lipe grita:

— Mija no tanque!

— Você não vai mijar no meu tanque, Thiago! — Becca grita da sala, quase em desespero.

Do lado de dentro, Lipe joga a camisinha fora e fecha a calça enquanto eu o observo, ainda entorpecida.

— Você me chamou de amor, percebeu isso? — Lipe me pergunta e depois dá um beijinho de leve na ponta do meu nariz, segurando meu rosto com as duas mãos.

— Percebi — respondo com um sorriso ainda maior no rosto.

— Eu adorei — ele confessa e beija meus lábios.

Teria dito mais uma vez se Thiago não fizesse outro escândalo na porta do banheiro.

Assim que saímos, Thiago entra feito um raio, soltando pelo menos três palavrões diferentes. Na sala, Becca e Caio arrumam a mesa de jantar tentando fingir que não estão rindo dessa situação toda. Minha amiga de anos me manda uma piscada quase orgulhosa enquanto distribui os talheres sobre a mesa. Chris e Bruno conversam sobre alguma coisa no sofá enquanto mexem no celular. Isso tudo e mais a forma como Lipe me abraça por trás e beija de leve o meu ombro me faz acreditar que, de alguma forma, essa é minha família.

— Isso tudo é fome? — Lipe, ainda me abraçando, acha graça das três caixas de pizza tamanho grande.

— Depois que não sobrar nada, você pode reclamar! — Bruno retruca e vem para mais perto, fazendo um carinho sutil no ombro de Caio.

Com todos à mesa, pego-me reflexiva, observando tudo. Thiago e suas milhões de facetas, Becca ainda apaixonada por ele, Chris sendo a mulher mais linda que eu já vi e Bruno e Caio, ou BRAIO, como Lipe, divertidamente, joga no ar. Uma grande família disfuncional e perfeita que eu tanto amo.

— Qual você vai querer, amor? — Me falta um pouco de ar ao ouvir isso pela primeira vez. Percebo que Lipe falou sem pensar ao ficar com o rosto corado, tentando esconder o sorriso bobo. Bruno e Caio percebem e se olham, achando graça da situação.

— Ai, amor!! Eu vou querer de calabresa, A-MOR! — Thiago, tirando sarro, estende o prato para ele.

Debaixo da mesa, passo a mão nas coxas de Lipe na pura intenção de deixá-lo menos vermelho. Ele me dá um beijinho na orelha em troca.

— Tenho um convite pra vocês — Thiago anuncia, quase me fazendo acreditar que está de bom humor. — Vou para casa de praia do meu pai em Caraguatatuba no próximo final de semana e quero que todos venham comigo.

A animação com o convite toma conta do ambiente, com exceção de Bruno, que fica confuso por não saber onde fica Caraguá, mas logo Caio explica de forma doce em seu ouvido. Um final de semana na praia com todos seria exatamente o que estava faltando.

— Meu pai liberou a casa e a caminhonete para irmos todos juntos — Thiago continua.

Mais uma vez a animação toma conta. Queria guardar esse momento numa caixinha de música para sempre. Cada sorriso frouxo que meus amigos trocam e cada valioso pedacinho de felicidade que essa noite está me presenteando. Queria poder fazer com que todos os dias fossem assim.

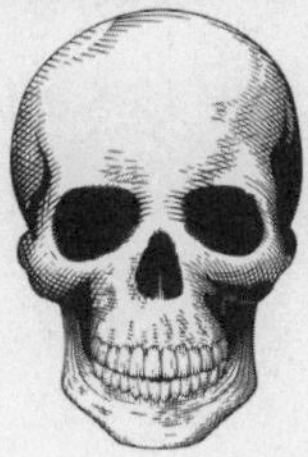

Felipe

(Quinta 9h30min)

"Contos de um coração eterno
Amaldiçoado é o tolo que se dispõe
Não podemos mudar nosso jeito
Estamos a um beijo de distância de nos matarmos"

♫ River – Bishop Briggs

— Cara, você tem uma mala pra me emprestar?

— Mala? – Ele parece não dar muita atenção.

— É. — Faço um gesto aleatório com as mãos. — Mala.

— Tem o Bruno lá em casa, serve? — Thiago não consegue deixar a oportunidade passar e eu tento não dar risada no meio da aula de cálculo avançado. — Devo ter uma sobrando em cima do armário. É pra sábado?

— Sim. — Estou animado para nosso final de semana em Caraguá, de verdade, mesmo com a prova de segunda-feira. — Você vai ter que fazer a prova na segunda comigo, Thiago. Sério!

— É em dupla? — ele me pergunta, anotando alguma coisa no caderno.

— É! — respondo um pouco indignado, pois sei que ele sabe disso.

— Beleza, cara. Relaxa.

Thiago não precisa se preocupar com esse tipo de coisa. A genialidade dele é um dos grandes mistérios da humanidade. Nunca vou entender como consegue ser o primeiro da turma sem estudar absolutamente nada! Nada!! Se ele não resolver queimar todos os neurônios fumando maconha, provavelmente, será laureado ou algo parecido quando a gente se formar.

Formatura... Não vejo a hora. Só mais um ano e pronto! Formado! Thiago e eu temos alguns planos de nos mudarmos para São Paulo depois que pegarmos o diploma. Conseguir um bom estágio, quem sabe abrir uma microempresa e tocar a vida. Nos meus cálculos, seria tempo o suficiente até Amanda se formar para que eu possa me estabilizar. *Não consigo esconder meu sorriso quando penso nisso.* Aparentemente, agora faço planos levando em conta que Amanda ainda estará comigo.

Sou despertado de um futuro não tão longínquo, com o barulho do celular de Thiago vibrando ao meu lado. Ele olha, franze o cenho e recusa a ligação. O celular vibra novamente poucos segundos depois. Dessa vez, Thiago desliga o celular. De repente, parece irritado, coça o nariz, depois os olhos, em seguida a cabeça e as pernas inquietas fazem barulho contra a cadeira.

— O que foi? — A inquietação dele começa a me incomodar.

— Nada — ele responde sem parar de roer uma das unhas, olhando o relógio em seguida. — Você pode avisar Becca que eu a encontro mais tarde? — Thiago, então, me pede.

— Por que você mesmo não avisa? — Ele simplesmente não pode mandar uma mensagem?

— Porque senão ela vai me fazer um monte de perguntas chatas e eu vou acabar não fazendo o que tenho que fazer. Você pode, por favor, fazer isso pra mim?

Penso duas vezes antes de concordar. Talvez ele consiga enganar a Rebecca, mas não a mim. Tenho quase certeza de que sei o que "tem pra fazer" e, provavelmente, não é coisa boa. Queria poder dizer qualquer coisa que o fizesse mudar de ideia em relação a isso, qualquer coisa, mas fico com medo que perca a confiança em mim e isso me faz me sentir um péssimo amigo, pois sei que o melhor pra ele seria uma repreensão e não um ato cúmplice.

O professor nos dispensa da aula e Thiago levanta mais rápido que o normal. Sem muito tempo para pensar o que eu poderia fazer, apenas o chamo.

— Thiago!

— O que foi? — Ele olha pra trás, esperando minha resposta.

— Estou animado pra sábado. — E solto um sorriso que diz muito mais do que isso.

É a única coisa que consigo pensar em poucos segundos, mas acho que foi o suficiente. Talvez ele entenda nas entrelinhas que eu espero que não estrague tudo até lá. Mas só talvez.

No final da tarde, encontro Amanda em seu apartamento. Todos os dias essa tem sido a hora que eu mais anseio. É só o que quero. Ficar com ela. Minhas tardes livres se estendem como uma eternidade, esperando o horário que ela sai da banca de xerox para que a gente possa se ver.

Eu não sou o mesmo desde quando perdi a virgindade, não pelo sexo em si, porque somente ele não me tornaria inteiro, mas o fato de finalmente entender que ele também faz parte do meu processo de aceitação. Me enxergar na vida de outra pessoa por inteiro e não "apesar das manchas". É uma leveza inesperada, uma vontade engraçada de tirar a roupa, de mostrar pra ela quem eu sou e saber que está tudo bem, que vai gostar de mim mesmo assim. *"Mesmo assim"*.

Acho que Amanda tirou de mim não apenas o garoto inseguro que tinha medo de virar chacota, mas também uma inércia esquisita que não me deixava seguir em frente. Penso nisso todas as vezes que me deito com ela.

Quando me dou conta, já estamos a meio caminho da cama sem nenhuma peça de roupa. *Só para constar, não esqueço mais as camisinhas.* Engraçado como a quebra de expectativa funciona muito bem regendo a natureza. *Dou risada ao pensar isso.* Quando eu era virgem, achava que sexo se resumia em uma bela performance atlética e dominadora do homem que levaria a mulher, inquestionavelmente, à loucura. Percebi que não é assim, e que na verdade está bem longe de ser isso. Prestar atenção nos detalhes, nos olhares, nos beijos, na forma como a mão te segura ou uma maneira diferente de mexer o quadril... Tudo isso conta muito mais do que apenas transar.

Não quero ser o macho alfa dominador, quero me entregar e quero que ela se entregue também. Mutuamente. Sei que não tenho muita experiência e acho que tenho muito o que descobrir de mim mesmo ainda, mas só de saber como eu não quero ser, me deixa a meio caminho de um lugar que eu julgo me pertencer.

Percebo já ser noite quando acordo de um sonho muito bom. Meu estômago gela, pois o sonho não chega nem perto da realidade quando vejo Amanda também despertando em meus braços.

— A gente dormiu muito? — ela me pergunta com a voz manhosa.

Tiro o celular debaixo do travesseiro e vejo que são quase dez da noite.

— A gente dormiu muito — digo um pouco mais alto enquanto me espreguiço.

Ela se estica, preguiçosa, ainda nua debaixo do lençol e volta a me abraçar em seguida, mas nossa paz é interrompida por um vendaval chamado Thiago e Becca. Os dois chegam ao apartamento batendo a porta da entrada e jogando as chaves num canto qualquer da sala. Aparentemente, ela descobriu o que ele foi fazer depois da aula. O estranho é que já estou tão acostumado com o tom da briga deles que dessa vez percebo algo diferente. Parecem não estar dispostos a levar a briga adiante. Escuto Rebecca dizer que está cansada, que não aguenta mais. "É demais pra mim", repete ao menos cinco vezes. O tom de Thiago também não é o mesmo, acho que pode até mesmo estar... chorando? "Por favor, Becca. Não faz isso comigo. Por favor, eu não sou nada sem você, nada...".

De repente, a briga cessa e só consigo escutar alguns sussurros confidenciais entre os dois e alguns gemidos de choro. Nada de sexo dessa vez. O silêncio permanece e eu finalmente levanto da cama. Preciso muito ir ao banheiro. Abro a porta e dou de cara com Rebecca entrando em seu quarto enquanto Thiago vai embora. Ela só me diz um "oi" sem me olhar nos olhos.

Não sei o que aconteceu dessa vez. Não pareciam brigados, mas também não pareciam estar juntos. Acho que estão mesmo cansados de toda história que eles arrastam há tanto tempo. Não julgo Rebecca por não aguentar mais, embora deseje que os dois se acertem, Thiago parece ser alguém melhor quando está com ela, já mudou tanto... Seria realmente uma pena jogar tudo para o ar agora.

Thiago

(Sábado 16h09 – Caraguatatuba)

"O que eu sou agora? O que eu sou agora?
E se eu for uma pessoa que não quero por perto?
Estou desabando de novo, desabando de novo, desabando"

♫ Falling – Harry Styles

O Sol não é mais amarelo, mas, sim, laranja, e arranca meu fôlego levando com ele um pouco da dor e do barulho. Isso tudo nunca foi sobre as drogas, as bebidas ou mesmo meu pai. Eu só queria acabar com o barulho, insuportável e constante, que eu nunca fui capaz de calar sozinho. E sempre foi muito barulho.

O vento que bagunça meu cabelo na caçamba da caminhonete me torna um pouco mais vivo. Ainda sinto meu corpo fraco por causa de ontem à noite e acabo puxando, sem perceber, as mangas compridas da camisa branca com as pontas dos dedos, como se buscasse confiança por apenas querer sorrir. Estou feliz agora, nesse exato momento, mas um sentimento filho da puta continua insistindo dentro de mim que eu deveria me sentir culpado por querer sorrir.

Bruno e Caio estão sentados na minha frente e não param de rir e fazer piadas um com o outro. Felipe acelera na areia molhada da praia de Massaguaçu, que reflete o sol no tom de dourado, nos fazendo balançar ainda mais na parte de trás. Chris, do meu lado, se levanta para segurar no apoio da caçamba, jogando a cabeça para trás e deixando suas tranças pesadas dançarem como ondas ao vento. As tranças que hoje estão azuis, o mesmo azul do cabelo do Caio.

Acho graça ao mesmo tempo em que sinto meu coração apertar com a amizade que cresce entre eles. *Estou deixando esses momentos escaparem entre meus dedos...* O rapaz novo do cabelo rosa, que agora está azul, mudou completamente a vida de um dos meus melhores amigos, que apenas sorri de volta, apaixonado. Bruno acaricia o braço de Caio e me faz perceber que ele quer apenas se certificar de que aquilo é real.

As risadas são contagiantes, igual ao grito que Chris solta como se quisesse que as nuvens escutassem, seguido de Bruno, Caio e Becca que, sentada no banco de trás, me olha receosa sempre que pode pela pequena janela traseira.

Normalmente, pensaria em como poderíamos transar no banco de trás, mas minha mente doentia está vazia e transbordando ao mesmo tempo, e minha barriga gela como há muito tempo não acontece. A única coisa que consigo prestar atenção agora é a linha brilhante em volta da maçã do rosto de Becca, fazendo meu peito apertar ainda mais, fechando minha garganta.

Ela descobriu ontem à noite a porra da maconha que eu comprei. Eu fui muito trouxa em deixar o bagulho no bolso da minha calça. Na verdade, eu sequer tinha a intenção de usar, queria mesmo – e mais uma vez – ajudar Bernardo, que estava com a corda no pescoço. Um baseado de vez em quando não ia me afundar ainda mais. Às vezes, me sinto mais seguro só de saber que tem um por perto, mesmo que eu não vá acender. Becca ainda não consegue entender isso e acho que ninguém a minha volta conseguiria, com exceção de Bernardo, por mais fodido que isso pareça. Eu fico triste, afinal, sou feito de carne e osso, mas também me deixa puto por essa porra toda fazer de mim um descontrolado.

Ainda dói muito, mas ao menos hoje consigo respirar fundo e sentir qualquer outra coisa que não seja agonia. Becca me mudou, ela finalmente conseguiu. E mesmo com raiva, ódio, cansaço e todas as coisas ruins que eu constantemente causo nela, apesar de toda essa merda, ela veio com a gente pelo simples fato de saber que esse final de semana me faria bem.

E agora eu entendo, como jamais pensei que fosse entender. Eu a amo e preciso que ela fique comigo mais do que preciso de ar, pois eu nunca serei capaz, nunca serei forte o bastante sem as infinitas *pequenas grandes* coisas que sempre fez questão de fazer por mim e que eu nunca demonstrei importância. Agora que ela me priva de tudo que a torna minha – com exceção apenas da sua presença – é que me dou conta do quão imbecil eu tenho sido. E ainda assim, ela me olha e sorri com os cabelos bagunçados no rosto.

Tenho vontade de chorar e deixar que as lágrimas levem o homem que eu fui até agora. Eu quero um espírito novo como essa tarde, como as mãos entrelaçadas de Felipe e Amanda, como a gargalhada de Chris, como os olhares entre Bruno e Caio e com a esperança de ser perdoado por Becca mais uma vez.

Ontem à noite foi pior que tentar ficar sóbrio. Sair do apartamento de Becca sem saber o que ela estava pensando foi como sentir uma faca atravessar meu peito. Pela primeira vez o seu olhar estava vazio. Não era raiva, nem paixão, e ela sequer me xingou quando, desesperado, me ajoelhei na sua frente e implorei que ela não me deixasse.

Sinceramente, não sei o que deu em mim. Nossas brigas sempre foram a pólvora da nossa relação e ver Becca simplesmente jogar a toalha me fez perder as forças das pernas. Eu queria que me batesse bem no meio da cara, me mandasse para o inferno e dissesse que não queria ver minha fuça nunca mais. Ao invés disso, ela disse que estava cansada e simplesmente desatou minhas mãos, que seguravam seu quadril contra meu rosto.

Ela vai me deixar de vez. Eu sinto isso. Não somos mais como antes. Ela está escapando de mim cada vez mais e isso normalmente me deixaria com raiva, ansioso, com medo... Mas hoje não, pois acho que finalmente compreendo. A verdade é que sempre compreendi, transparente e nítido. Não sou burro, apenas me faço de desentendido, pois quanto mais compreendo as coisas da vida, mais eu me aproximo de quem sou.

Sempre preferi fingir não entender as coisas importantes como desculpa por continuar imaturo. Mas, enfim, meu siso desponta. Não posso prender Becca a mim só porque preciso, ou porque sem ela sou absolutamente nada. Agora só me resta ser grato e permitir que seja feliz com quem for, pois eu já provei mil vezes que não cheguei nem perto disso. Só torço para que nunca me odeie e que, pelo menos, eu possa estar por perto para ver a forma como o sol perde o brilho ao lado dela.

Espero poder ser um homem melhor hoje e, quem sabe, amanhã também.

Caio

(SÁBADO 19H19MIN)

"Você não tem que dizer eu te amo para dizer eu te amo
Esqueça todas as estrelas cadentes e todas as luas de prata
Temos feito tons de roxo juntando vermelho e azul
Enjoativamente doce como mel, não preciso de dinheiro
Tudo o que preciso é você"

♫ For Him – TROYE SIVAN

— Eu ainda não acredito que vamos ficar com esse quarto só pra gente.

— Eu também não — respondo, deixando meus pensamentos arrepiarem minha nuca.

— Ainda bem que a cama é de casal, odiaria te ver dormir no chão. — Bruno me lança um olhar travesso por cima dos ombros enquanto anda pelo quarto. O humor dele está ótimo hoje.

— Se fosse uma cama pequena, a gente teria que dormir bem coladinho, só isso. Você não me deixaria dormir no chão, não é? — Sento na cama, esperando uma resposta engraçada.

— Isso não seria nada mau.

— Dormir no chão? — pergunto espantado, mas de forma divertida.

Ele ri do jeito que eu já aprendi a amar e vem para perto de mim, ainda um pouco tímido, como um adolescente que flerta pela primeira vez, me fazendo puxá-lo pelo bolso da calça jeans. Eu só o quero um pouco mais perto de mim.

— Eu costumo dormir só de cueca — informo, blefando, mas deixando nítido a leveza nas palavras ao acomodá-lo entre minhas pernas.

Bruno me segura pela nuca e reparo que suas mãos estão geladas antes mesmo de me responder que também prefere dormir assim. Eu sei que sou o primeiro homem na vida dele, então imagino que esse deve ser o motivo do nervosismo, da timidez e do silêncio que uma vez ou outra ele me dá no lugar de uma resposta.

— A gente não precisa fazer nada agora se você não quiser — digo.

Ele me beija, carinhoso, na bochecha.

— Eu sei.

— Mas se você quiser, não tem problema. — Juro que estou tentando ir devagar. Mesmo assim, ele não aguenta segurar o sorriso tímido que se torna uma risada gostosa.

— Eu adorei seu cabelo dessa cor. — Ele muda de assunto e eu não insisto.

— Ah... — Passo a mão nos fios agora azuis. — Aquele cor-de-rosa estava desbotado demais.

— Combinou com você.

— Combinou?

— *Uhum...*

Bruno alisa meu rosto como se eu fosse algo precioso – ao menos é assim que me sinto quando estou com ele –, e me beija do modo que acredito ser só nosso. Eu queria muito dizer que pode confiar em mim. Mas eu não posso simplesmente pedir por sua confiança, ele tem que me dar por conta própria e isso me assusta um pouco. Espero poder oferecer o que eu nunca tive na minha primeira vez e deixar que se apoie em mim toda vez que tiver medo.

Minha ansiedade aumenta a cada pensamento, assim como a vontade que toma conta de mim. Eu só quero sentir toda a extensão dessa pele branca e áspera, de quem cresceu brincando descalço na rua, roçando contra a minha.

Nosso beijo ganha vida, me fazendo esquecer que esperam por nós no andar de baixo. Deslizo as mãos da sua cintura para o abdômen e me pergunto por que não tinha feito isso antes. Juro que reviro os olhos sem nem mesmo ter a intenção. Não vou fazer nada agora, não posso ter pressa. Não com ele. A gente precisa de tempo, de carinho...

Ainda assim, Bruno parece querer tanto quanto eu, apesar de permanecer prostrado no mesmo lugar onde o coloquei momentos antes.

— Daqui a pouco a gente vai sair pra comer. — Sinceramente, não sei por que falo isso.

— Eu sei — ele diz me beijando, as mãos tremendo levemente em volta na minha nuca. Elas parecem contradizer a segurança na forma como me beija.

— Bruno, eu não posso fazer isso com pressa... — digo a verdade, mas ele parece querer me torturar, levando minha mão para dentro da sua calça enquanto me encara com um certo tom de inocência em seu olhar.

Isso eu posso, e Deus, como eu quero! Seu toque, seu gosto e seu desejo da maneira mais íntima que eu poderia imaginar. Quase arranco o botão da calça no desespero de saborear o que eu mais queria conhecer, me fazendo esquecer completamente que deveria ser especial, romântico, delicado... Mas acho que terei que deixar isso tudo para hoje à noite, porque agora eu só quero me perder no seu gosto.

Bruno respira fundo e parece prender a respiração quando se deita na cama, levantando um pouco a barra da camisa. Ele leva as duas mãos ao rosto, abafando um breve gemido entrecortado quando sente a minha boca em sua pele sensível. Eu me acomodo entre suas pernas e puxo um pouco mais sua calça para baixo.

Por um breve segundo, ele levanta o rosto para me olhar, e eu acabo deslizando a mão pelo seu abdômen até o peito, onde entrelaça nossos dedos num suporte mútuo de confiança. Isso me faz pensar que ele divide comigo o medo do novo e ainda espera proteção no meio desse turbilhão de sensações. Volto a sentir seu gosto em minha boca e não demora muito para que sua outra mão segure meus fios azuis, acompanhando e quase ditando o ritmo que eu já investia.

Um barulho alto de saliva sendo sugada sai da boca dele como aprovação do que faço. Vamos deste modo até que, enfim, ele está quase lá...

— Bruno, o que você acha... — E então, Chris entra em nosso quarto sem bater antes. — Oh, meu Deus! — Ela tampa os olhos rapidamente. — Desculpa! Desculpa! – e repete inúmeras vezes enquanto tenta fechar a porta com os olhos ainda fechados – Eu não vi nada!

A voz de Chris vai sumindo do lado de fora enquanto, do lado de dentro, eu me dou conta de que deitei em cima de Bruno no puro impulso de ser pego no flagra. Bruno não consegue rir direito com suas mãos tampando completamente seu rosto.

— Meu Deus! — Ele solta um suspiro depois de recuperar o fôlego e pergunta: — Será que ela viu alguma coisa?

Eu saio de cima dele e fecho sua calça deixando um beijo delicado no seu umbigo.

— Acho que não deu nem tempo de ver nada. — Dou mais um beijo no seu queixo e, então, outro no nariz. — Não se preocupe.

Reparo na forma como a discreta rosácea se destaca em seu rosto, assim como a vermelhidão nos seus lábios finos. Se é possível, acho que me apaixono um pouco mais, sabendo que é assim que o rosto dele fica depois de gozar.

Bruno beija minha boca de forma suave e demorada antes de se permitir mais alguns instantes recuperando o fôlego.

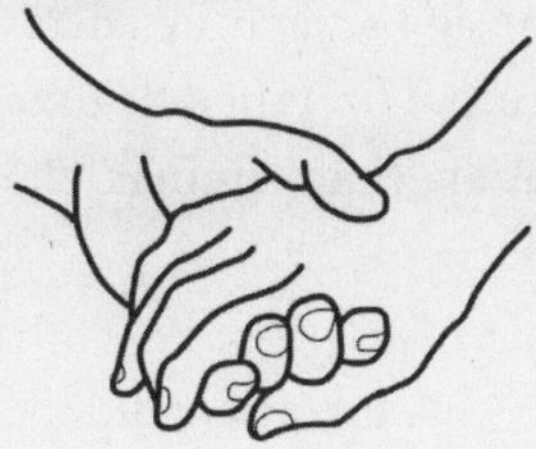

Rebecca

"Tenho medo de tudo que eu sou
Minha mente parece uma terra estrangeira
O silêncio ressoa dentro da minha cabeça
Por favor, me leve, me leve, me leve para casa"

♫ Arcade – Duncan Laurence

Maio

Ainda na entrada do estacionamento do cemitério, sinto-me presa, as pernas pesadas e o estômago ainda embrulhado. Quero entrar e terminar logo com isso, mas é como se não dependesse de mim e aquela sensação de ter esquecido algo importante permanece como uma goteira desagradável em dia de chuva. Passo as mãos pelo bolso de trás da calça jeans – mais destruída que o normal – à procura das chaves do carro. Será que tranquei?

Não encontro as chaves e fico confusa. Olho com letargia, tentando enxergar onde o estacionei, mas depois de me deparar com uma longa fila de carros estacionados no meio-fio, simplesmente desisto e não dou tanta importância. Queria que os meus pais estivessem aqui.

Uma caminhonete preta com os vidros baixados entra no estacionamento do cemitério e o barulho familiar do motor a diesel me chama atenção. Em algum lugar perdido na minha mente, encontro esse mesmo som e imediatamente cogito de quem pode ser. É a caminhonete dos pais de Thiago, a mesma que pegamos para viajar para Caraguá. Dona Rosane, elegantemente, usa preto em respeito e esconde quase metade do rosto por trás dos óculos escuros de marca. Seu Paulo, pai de Thiago, está dirigindo e eu quase não consigo reparar que é ele quando, enfim, a caminhonete atravessa o portão.

Finalmente, consigo me mexer e me apoio um pouco desajeitada no muro, antes de começar a andar com passos lentos para a entrada. Já quase no portão, ouço uma voz familiar.

— Rebecca! — Felipe me chama e sua voz parece ressoar dentro da minha cabeça, como se estivesse submersa.

Olho para trás e o vejo andar em minha direção. Eu só consigo reparar nos detalhes do seu rosto. As manchas do olho, queixo e orelha que sempre fizeram dele uma pessoa inconfundível estão tão discretas que me pergunto se minha visão também está comprometida com tudo isso.

— Felipe... — digo, de forma quase inaudível.

Ele, então, chega até mim e para a dois passos de distância. Sua presença aqui me deixa confusa e triste ao mesmo tempo.

— Você... — Tento organizar tudo na minha cabeça. — A gente não devia estar aqui fora, Felipe...

Quase que de imediato, seus olhos enchem de lágrimas, mesmo com um sorriso torto e retesado no canto da boca. Ele respira fundo e abre os lábios para dizer algo, mas desiste e desvia os olhos para um ponto qualquer da rua ao nosso lado.

— Eu... — continuo como se, enfim, entendesse. — Eu sinto muito... — digo e libero o choro que venho prendendo desde cedo, e que agora parece ganhar força o suficiente para ficar.

Ele se aproxima e me abraça. Sinto seu corpo contra o meu como uma bateria que me carrega de vida. Felipe alisa minhas costas pra cima e pra baixo, enquanto eu aperto sua camisa com minhas mãos.

— Não foi culpa sua, Rebecca — ele diz dentro do abraço.

— Foi, sim! — Rebato de imediato. — Foi, sim! Eu devia ter prestado mais atenção!

— Shiiiii... — Felipe me aperta mais um pouco em seus braços.

— Me perdoa, Felipe. Por favor, me perdoa...

Ele segura meus ombros, a fim de olhar bem nos meus olhos, e ergue meu queixo para que eu o olhe também.

— Você mudou a vida dele — começa a dizer de maneira firme e traz meu rosto de volta pra ele quando eu balanço a cabeça freneticamente em negativa, querendo fugir de suas palavras. — Você mudou a vida dele, Rebecca.

— Eu mudei a vida de todo mundo, Felipe!

— Não, Rebecca! Não é assim! Você mudou a vida dele antes disso tudo. Antes! — Ele, ainda firme, me encara com as sobrancelhas torcidas.

Fecho os olhos, deixando escapar mais lágrimas acumuladas nos cílios e, deixo meu rosto cair. Assim, ele beija minha cabeça e me aninha em seu peito. Abro os olhos e vejo no chão ao nosso lado a caixinha branca de papel, que reconheço ser a mesma que eu segurava momentos antes. Inspiro o ar, sendo interrompida por um soluço, e me afasto um pouco dele.

Felipe percebe o que vejo, dá um pequeno chute na caixinha com a ponta do pé e solta uma discreta e contida risada. Olho rapidamente de volta para seu rosto e ele então sorri. Assim, eu apenas entendo.

Sorrio de volta, com metade do corpo mais leve, agora que tenho a sensação de que finalmente lembrei o que estava me esquecendo.

— Se cuida, tá? — ele diz, colocando as mãos nos bolsos.

Meu olhar aos poucos vai caindo, como se em cada mínima descida eu entendesse mais.

— Você não vai ficar, não é?

— Não posso.

— Certo... — digo, sentindo um fluxo engraçado de coisas boas dentro de mim.

Felipe solta uma piscada amigável e sorri de forma sincera enquanto começa a andar para trás. Ele se afasta na direção de onde veio, mas ainda fala algo antes de se virar e seguir seu caminho:

— Acho que podemos culpar a caixinha, afinal. — E sorri tranquilo antes de se virar completamente de costas para mim.

Sim, sinto um breve sorriso nascer em meu rosto com o que ele diz. Acho que a culpa pode ter sido da caixinha.

Chris

"Descobrimos do que somos feitos
Quando nos chamam para ajudar nossos amigos necessitados"

♫ Count On Me – Bruno Mars

Março,

Caraguatabuba

— EU NUNCA! — Felipe grita, bem mais alto que o normal, quando chegamos na casa de praia depois da pizzaria.

Estamos todos cheios, empanturrados e semiembriagados, mas claro que não podemos deixar passar uma rodada de EU NUNCA num momento como esse. Acho que é a primeira vez que fazemos uma partida com todos nós reunidos, mesmo assim, todas elas foram motivo de boas risadas e declarações memoráveis.

Felipe e Thiago puxam uma mesa grande e pesada de madeira mais para o centro do grande quintal coberto nos fundos da casa. Amanda e eu passamos um pano de prato limpo na superfície e noto várias marcas antigas de latas de cervejas deixadas ali em outras ocasiões. Cada um pega sua cadeira sem nem mesmo se incomodar com o barulho dos pés de madeira arrastando no chão, enquanto Bruno, irreverentemente, mija no canteiro do jardim.

Caio ajuda Rebecca e Felipe com as bebidas que deixamos no freezer antes de sairmos para comer e em um instante a mesa está cheia de *Budweiser* e *Smirnoff*.

— Eu nunca mijei no jardim do meu amigo! — Bruno começa, sendo o palhaço que é, com a voz já um pouco arrastada e dando o primeiro gole da rodada.

Ninguém mais o acompanha, mas caímos todos na risada.

— Eu nunca fiz xixi numa garrafa de cerveja no meio de um show! — Becca emenda no assunto sobre urina.

Minha risada sai alta demais, pois lembro exatamente desse dia, e tendo ela, Amanda e Bruno como testemunhas oculares, sou obrigada a também dar um gole de cerveja.

— Eu nunca servi de porta de banheiro no show do Shaw Mendes! — Bruno grita, apontando o dedo pra mim, relembrando daquele dia incrível e caindo na risada junto comigo.

Nós dois tomamos nossas bebidas enquanto o resto do pessoal nos acompanha nas risadas. Minha barriga e bochechas já estão doendo, principalmente pelo fato de Bruno parecer perder o ar de tanto rir.

Caio enxuga uma lágrima no canto do olho, ainda tentando recuperar a sobriedade, e tira o celular do bolso.

— Tem um aplicativo de EU NUNCA. Deixa eu ver aqui se acho. — Ele, então, desliza os dedos rapidamente pela tela do celular e logo completa: — Aqui!

— Eu não acredito que isso existe! — Felipe diz rindo alto.

— Puta que pariu... — e Thiago solta o palavrão no meio da risada antes de tomar mais um gole de sua água. Ele não está o mesmo hoje, achei que a essa altura já estivesse caindo de tanto beber, porém, até agora, foi o único que ficou só na água.

— Olha só isso! — Amanda nos chama atenção. — "Eu nunca fui para aula de ressaca".

Todos, sem exceção, bebemos sem nem mesmo contestar. Amanda continua passando o dedo pelo botão do aplicativo.

— "Eu nunca terminei com alguém e me arrependi depois" — ela diz, achando graça.

Imediatamente, Thiago toma sua água com o olhar fixo em Becca, que continua encarando a própria lata de cerveja. Um silêncio constrangedor toma conta da nossa mesa, me fazendo escutar uma coruja piar ali por perto. Becca, finalmente, levanta o olhar devagar para ele, mas não diz absolutamente nada. Muito menos bebe.

Felipe, então, pigarreia e se ajeita na cadeira, o que me chama atenção. Por algum motivo, ele puxa a camiseta bordô pra baixo, como se fosse o próximo plot da história.

— Minha vez! — anuncia e, de repente, é como se todos esquecêssemos o climão que ficou antes. Felipe pega o celular de Caio das mãos de Amanda, mas antes faz questão de deixar um beijo discreto e rápido na sua bochecha.

— Eu nunca... — Então continua como se lesse algo no celular. — Pedi uma garota em namoro em Caraguatatuba.

Quê? Meu rosto se acende num sorriso com a surpresa. Todos nós olhamos de uma só vez para ele, quase que prendendo a respiração. Com a boca e olhos abertos, procuro de imediato os olhos de Bruno, que já esperavam os meus com exatamente a mesma expressão.

— Ai, meus Deus! Eu não acredito nisso! — finalmente consigo gritar e fico sem saber se tampo a boca ou os ouvidos com os gritos de Bruno ao meu lado.

Felipe então se levanta e tira um pequeno saquinho de veludo preto de dentro da bermuda jeans, deixando todos eufóricos. Caio quase não consegue se segurar na cadeira e abraça ainda mais forte uma das pernas de Bruno apoiada nele.

Amanda cobre a boca com as duas mãos e ri de nervosismo quando Felipe deixa o saquinho aveludado sobre a mesa a sua frente, com todo cuidado, e toma mais um gole de cerveja depois de fazer um sinal com a latinha para que ela abra. Nessa hora, quando Amanda, ainda nervosa de vergonha e surpresa, começa a abrir o saquinho, eu reparo novamente em Thiago. O olhar perdido dele entre a garrafa d'água e sua mão espalmada na madeira da mesa é discretamente analisado por Becca, que mesmo tentando parecer feliz por nossa amiga, ainda parece abalada com sua própria atitude de momentos antes.

Amanda e Felipe, já com as alianças de compromisso nos dedos, se beijam e meu coração quase explode de alegria.

Thiago, do outro lado da mesa, coça a testa impaciente e tira uma carteira de cigarros do bolso de trás da calça. Ele se levanta e vai em direção à piscina, sentando-se sozinho em uma das espreguiçadeiras.

— Quer dividir a cama comigo hoje, Chris? — Becca pergunta com um sorriso cansado quando se vira pra mim antes de se levantar. O tom que usa me faz perceber que precisa de colo.

— Bora. — Aperto seu joelho num gesto carinhoso. Meu coração deseja tanto que ela fique bem.

Na verdade, o que eu queria mesmo era que entendesse que não precisa passar por tudo isso. Que essa ligação de dependência que eles têm um com o outro não é nada sadia e o quanto ela poderia ser mais ela mesma se estivesse sozinha. Eu queria que encontrasse nela mesma esse alguém que parece ter tanta necessidade de cuidar.

— Amiga, — continuo ainda um pouco pensativa — você é maravilhosa, sabia?

Ela me olha do mesmo jeito de antes e apenas pisca devagar, pois se fizesse rápido, provavelmente choraria.

— Você é tão incrível, tão forte e esperta... — digo, ainda com o tom baixo. — E eu queria tanto que você enxergasse que sofrer dessa forma por causa de um relacionamento como o de vocês não é normal.

Becca funga o choro disfarçado, coça o nariz e tenta mais uma vez fingir que está tudo bem.

— Vem, Chris. — Ela finalmente se levanta, puxando minha mão para acompanhá-la. — Vamos dormir. Eu tô exausta.

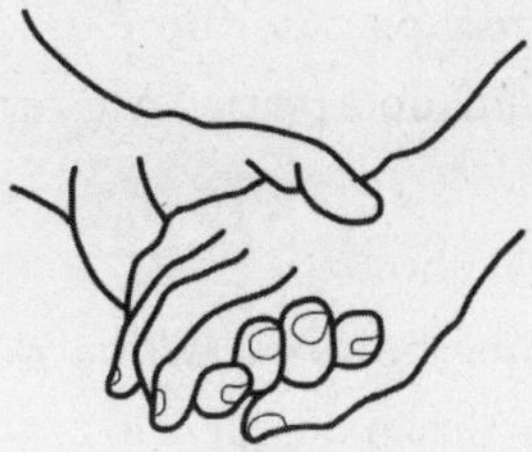

Rebecca

"Tudo está cinza
Seu cabelo, sua fumaça, seus sonhos
E agora ele é tão desprovido de cor
Que ele não sabe o que isso significa
E ele é triste
E ele é triste"

♫ Colors – Halsey

Março,
Caraguatabuta

Subo as escadas da casa de praia de mão dada com Chris. O cheiro de maresia da Martim de Sá, logo ali, depois de duas quadras, fica mais acentuado à noite, e o barulho da areia raspando entre os chinelos e o piso antiderrapante me nocauteia de modo cruel. Era pra ser um final de semana feliz, especialmente pra ele. Por que tudo tem que ser tão difícil? Por que eu não consigo simplesmente terminar e ficar tudo bem?

Thiago, com o passar dos anos, fez de nós o pior tipo de droga. Não está bom comigo, e ficará ainda pior sem mim. E o que mais me acaba nessa história é que, mesmo querendo, não sou capaz de sair isenta daqui. Ou mesmo ilesa. Isso também foi culpa minha. Por mais que me doa dizer e por mais que minha razão me puxe para fora desse naufrágio. Continuo sofrendo nessa gangorra de culpa e abstenção, passando várias vezes na minha cabeça o que eu falei de errado, ou o que eu deveria ter dito de certo. Talvez eu tenha sido dura demais com ele quando soube que tinha comprado a porra da maconha e, agora, descer e pedir desculpas soa como o melhor a se fazer.

Nunca vou saber se ele faz isso de propósito, como se quisesse mesmo me ferir, ou se é realmente tão apaixonado por mim a ponto de não ser capaz de me perder. Já me conformei em não ter essa resposta e acho que tentar sempre me convencer de que a primeira opção é puramente fruto da minha imaginação já se tornou uma praxe irrevogável.

Por mais que minha única vontade nesse exato instante seja ficar com ele, sentir a mão de Chris segurar a minha me faz apenas continuar arrastando o chinelo contra a areia no piso.

Um banho relaxante depois de arrumarmos a cama de casal para dormir é tudo de que eu precisava para resgatar a sobriedade que eu estava à beira de perder. Mesmo assim, uma dor de cabeça não me deixa em paz.

— Você tem Aspirina, Chris? — pergunto esfregando os olhos.

— Hum, deixe eu ver... — Pacientemente, ela pega uma bolsinha dentro da mala e revira todos os objetos que tem dentro até chegar à conclusão de que não tem.

— Será que Bruno tem?

— Ah... Seu eu fosse você não entrava lá, não. — Chris gesticula de forma sugestiva para a porta do quarto e acaba rindo em seguida.

— Por quê?

— Eles acabaram de entrar e fechar a porta — ela diz, ainda rindo.

— O que é que tem? É só bater.

— Amiga, não! Por favor — a risada dela fica ainda mais frouxa —, eu entrei lá hoje à tarde e flagrei os dois num boquete superlouco! É melhor você ver com a Amanda.

Não consigo manter minha boca fechada ao escutar isso, tendo que tampá-la com as duas mãos para não rir. Saber que Bruno está feliz com Caio me faz pensar que agora ele pode simplesmente... Relaxar.

Vou até o quarto da frente, o terceiro dessa casa gigante, onde Amanda e Felipe vão dormir, e bato na porta.

— Entra! — Amanda diz lá de dentro.

Ela, já de camisola, faz uma longa trança no cabelo, sentada na cama, e me recebe com um sorriso cansado.

— Tem remédio de dor de cabeça? — pergunto, me deitando ao seu lado na cama.

— Poxa... Acho que não. — Ela arremata a ponta da trança com o elástico que estava no pulso e se levanta para procurar na mala. — Talvez o Lipe tenha. — Ela puxa a mala dele para cima da cama.

Um estojo grande, azul marinho, quase escondido entre as roupas do Felipe é enfim resgatado e Amanda o abre em busca do remédio. O barulho das coisas remexendo dentro daquilo é bem diferente do outro que Chris fez há pouco em nosso quarto, mas me lembra cartelas metálicas de comprimidos.

— Tem muita coisa aqui dentro. — Amanda, talvez um pouco impaciente, despeja todo conteúdo do estojo em cima da cama.

Amanda passa os dedos de leve pelas cartelas, espalhando-as melhor sobre o lençol. Vitamina C, complexos vitamínicos e corticoides em sua maioria.

— Pra que tudo isso? — pergunto sem me preocupar muito, já que estamos só nós duas no quarto.

— A maioria é por causa do vitiligo — ela diz, ainda procurando uma Aspirina. — As vitaminas são para imunidade dele... — Então ela para e pega uma caixinha de remédio quadrada, branca e razoavelmente grande. — Bom, esse aqui eu não sei pra que serve.

Está escrito cloridrato de naloxona. A caixinha me chama atenção por suas orientações e descrições estarem escritas em inglês.

"Use for know or suspected opioid overdose
in adults and children"

Leio logo abaixo do nome do medicamento. Por impulso, pego a caixinha da mão de Amanda e ela parece caber perfeitamente na minha.

— Isso é pra overdose? — pergunto me sentando na cama.

— Eu não sei... — Ela me olha confusa.

— Por que Felipe tem isso? — Minha voz, sem querer, sai um pouco intimidadora.

— Não faço ideia, Becca! — Amanda começa a recolher os remédios do namorado, guardando-os todos de volta no estojo azul. Inclusive o que estava na minha mão.

Fico sem reação alguns segundos, tentando entender por que Felipe tem isso com ele.

— Nada de Aspirina, amiga — Amanda diz guardando rapidamente o estojo de volta à mala, como se quisesse encerrar o assunto ali mesmo, parecendo, para mim que a conheço bem, um tanto aliviada por isso.

Nessa hora, Felipe entra no quarto e não se surpreende por me encontrar com Amanda.

— E aí? Você vai dormir mesmo com Chris? — ele me pergunta assim que fecha a porta por causa do ar-condicionado. Eu respondo que sim.

— Então o dono da casa vai ter que dormir no sofá-cama. — Felipe solta uma risada rouca de quem já estava com sono.

Ele se joga do outro lado do colchão, se espreguiçando e puxando Amanda pela cintura depois. Deve mesmo estar cansado, já que dirigiu de Campinas até aqui, revezando somente uma vez com Caio, depois de muita insistência. Amanda se aconchega nos braços dele e, quando parece estar totalmente confortável ali, ele deixa um beijo carinhoso na aliança dela.

— Estou feliz por vocês dois — digo, sentando dessa vez com as pernas cruzadas ao lado deles.

Eles só sorriem e não dizem nada. Acho que não têm nada a se dizer, afinal. Talvez eu nunca saberei o que é ter um relacionamento normal.

— Eu vou tomar um banho — Felipe, depois de pouco tempo, anuncia e se levanta para pegar suas coisas na mala.

Eu sei que se eu não perguntar não vou conseguir ficar bem comigo mesma. Então, apenas solto a pergunta no ar.

— Felipe... Por que você tem um NARCAN na bolsa?

Amanda imediatamente me olha, arregalando os olhos ainda deitada na cama.

— Um o quê? — Ele não dá muita atenção para o que digo e continua buscando suas roupas.

— O remédio para overdose. Por que você tem um?

Ele parece se dar conta do que pergunto e para por alguns segundos, olhando para última peça de roupas que tinha colocado nas mãos.

— Como você sabe disso? — Ele, de forma calma e sincera, busca o conhecimento já olhando para Amanda.

— Nós estávamos procurando remédio de dor de cabeça, amor — Amanda responde como se a pergunta tivesse sido pra ela.

Ele calmamente pendura a toalha no ombro e segura uma muda de roupa limpa antes de se sentar ao meu lado.

— Becca, eu tenho isso já faz um tempo. — Só então ele levanta o olhar pra mim. — Foi a mãe dele que me deu, no dia que ela resolveu visitar Thiago lá no apartamento. Ela deixou no meu quarto sem que ele percebesse, junto com uma carta.

Eu apoio os dedos na testa e depois escondo quase todo meu rosto na palma da mão, tentando amenizar um pouco da dor que já está latejando.

— Não acredito nisso... — digo, de forma abafada.

— Ela trouxe de uma viagem no começo do ano passado. — Ele pousa uma mão no meu joelho, justamente aquela que tem uma mancha em forma de coração no antebraço, e me balança um pouco, como se me pedisse para olhar pra ele. — Na carta ela me pediu para que eu a ajudasse a tomar conta dele.

Levanto meu rosto devagar tentando processar o fato de que uma possível overdose, de repente, tornou-se tão real e tão próxima. Sinto minha respiração pesar ao me dar conta de que em todo esse tempo a única coisa que não concretizou, de fato, essa realidade se resume em ínfimas gramas. Como que isso nunca me pesou tanto no passado e agora com apenas essa informação se tornou tão nítido? E isso não se trata do fato de Thiago saber o que estava fazendo todo esse tempo, porque ele não sabia. Nunca soube. Foi sorte. O acaso. Destino. Deus... Eu não faço ideia, na verdade. Só sei que para o estilo de vida que Thiago tinha com as drogas me choca, até mesmo pela minha ignorância, que isso não tenha acontecido antes.

— Thiago tá bem... É só em caso de uma emergência — ele completa.

Eu sei. Thiago está bem. Ele sempre está. Levanto da cama para finalmente deixar os dois descansarem e me despeço com um beijo na testa de cada um antes de voltar para meu quarto.

Felipe dá conta, tento me convencer. Afinal, são amigos há tanto tempo. Por algum motivo, lembro-me da vez que os dois tiveram que apresentar um trabalho no segundo período, no auditório de Engenharia. Lembrei-me de como eu me senti apaixonada por Thiago naquele dia em que usava uma camisa polo preta com o nome do projeto e óculos de grau de armação grossa para se esconder da timidez. Sinto minha barriga gelar agora mesmo só de lembrar. Ao final da apresentação, Felipe fez um agradecimento especial, dizendo como a participação de Thiago no grupo foi essencial para o sucesso do projeto. "Pequeno gênio", foi o apelido que a turma deu pra ele depois disso. Thiago tentava não sorrir, encarando o chão do jeito dele.

— Rebecca — Felipe sai do quarto e me chama no corredor, enquanto eu ainda abro a porta do meu quarto. Ele faz uma breve pausa, me olha e sorri, acenando a cabeça. — Eu vou sempre segurar a mão dele.

Eu lhe devolvo o sorriso, com o coração um pouco mais leve.

— Eu sei.

BRUNO

(DOMINGO 02H02MIN)

"Então, você é um cara durão
Do tipo, cara realmente malvado
Daqueles que não se satisfazem
O cara com o peito sempre estufado
Eu sou desse tipo malvada
Faço sua mamãe ser do tipo triste
Faço sua namorada ficar do tipo louca
Talvez, faça o tipo sedutora do seu pai
Eu sou a vilã, dã!"

♫ Bad Guy – BILLIE EILISH

Tropeço pela segunda vez em menos de dez passos quando finalmente chegamos ao quarto. *O que eu tô calçando, afinal?* Olho para os pés, buscando uma explicação razoável para minha falta de equilíbrio que não seja a bebida, mas falho terrivelmente, pois estou descalço. *Isso explica muita coisa.* Devo estar mais bêbado do que pensei.

Escuto a voz de Caio e Chris conversando na porta. Eles tampam a boca tentando não rir de algo, aparentemente, muito engraçado, mas que estou sem condições de entender, ou mesmo prestar atenção. Porém, sou nocauteado pela sobriedade quando escuto Caio trancar a porta. Engulo em seco e por algum motivo passo as mãos ajeitando a camisa. Logo percebo que estou sendo ridículo e tento disfarçar bagunçando os cabelos enquanto me viro para ele.

Talvez Caio esteja ainda mais bêbado que eu só pelo fato de tirar a *Crock's,* tentando se equilibrar num pé só, enquanto me olha de modo sedutor. Mas no segundo seguinte, quando se equilibra no outro pé, ele morde os lábios de baixo, achando graça dele mesmo e soltando uma risada rouca e grave o bastante para me fazer tremer só de ouvi-la.

— Agora você é meu! — Ele emenda, mais uma vez, aquela risada desarmônica, deixando tudo divertido com o sorriso que mostra todos os seus dentes.

Meu coração dói por um momento quando me questiono se dou conta de um homem desses, que me faz rir ao mesmo tempo em que me desperta tanto desejo.

Ele finalmente chega perto de mim e segura meu rosto com as duas mãos antes de me beijar. Nunca pensei que o som estalado de um beijo pudesse ser tão alto. Tento recuperar o fôlego quando ele passa o polegar nos meus lábios, puxando-os para baixo, abrindo um pouco mais minha boca e me fazendo sentir o cheiro do álcool da *Smirnoff*.

Em algum momento entre tirar a minha camisa e a dele, agradeço em silêncio por Caio praticamente não ter barba, mas apesar da adrenalina, ainda anestesiado, me preocupo por um instante se irei machucar sua pele macia com a pouca barba no meu queixo, que deveria ter feito hoje de manhã.

Desequilibro mais uma vez antes de tirar completamente as calças. *Caralho!* Sinto a barriga gelar e a presença da sobriedade ainda mais perto. Queria muito estar completamente bêbado agora, talvez assim não me sentisse tão nervoso. Ouço então o ensaio de um riso rouco com gosto de limão antes de perceber que ele já está completamente nu na minha frente. Meu coração pulsa freneticamente na garganta e paraliso por alguns segundos, sem reação alguma.

— Deixa que eu faço isso. — Caio tira o que eu imagino ser minha cueca. Não estou em condições de ter certeza se eu já a tinha tirado antes.

De certa forma, tenho a sensação de que quero que isso acabe logo, não sei por quê. Acho que quero provar para mim mesmo que sou capaz e que está tudo bem aproveitar cada segundo. O sexo que estou prestes a fazer será como um *band-aid* que tenho que arrancar para ter a certeza de que a feriada por debaixo já sarou. Essa, certamente, é a maior confusão que já passou na minha cabeça.

Eu quero estar aqui, agora, com ele e mostrar que o desejo, mas acho que, na verdade, estou com medo. Talvez ele seja muito mais do que eu posso carregar, talvez ele já esteja acostumado demais com outros homens e talvez eu seja só um garoto assustado que não faz ideia do que está fazendo. Quero ser tudo para ele, mas tenho medo de desapontar a mim mesmo.

A boca dele parece drenar toda minha energia e, apesar de algo dentro de mim estar gritando "por favor, me mostre o que tenho que fazer", minha insegurança acaba abafando essa vontade. Encaixo-me entre suas pernas, frente a frente, pensando ser eu quem levaria isso adiante. *Ledo engano.* Mesmo com o olhar de Caio, ansiando meu próximo movimento, eu não consigo e congelo ali mesmo, numa mistura de desejo e confusão.

A bebida, o dia cansativo, o nervosismo e principalmente o medo de fazer qualquer coisa errada me impedem de seguir adiante. A verdade é que, por mais que eu queira tanto quanto ele, aparentemente não estou preparado para desempenhar o sexo que imaginei ter. Não estou preparado para perceber que esse meu ímpeto, pertencia a outra fase da minha vida e que agora, nesse exato instante, fica para trás e eu acho que para sempre. Por mais que eu quisesse que ele tomasse o controle da situação, eu ainda sou apenas um menino assustado com medo de se machucar.

E, infelizmente, eu tenho agora a resposta para a pergunta que tanto me fiz.

Não. Eu não dou conta de um homem como esse debaixo de mim.

— O que foi, meu amor? — Caio tenta encontrar qualquer resquício do que minha falta de ação poderia significar, alternando o olhar entre meus olhos fixados nos seus.

Diante da minha absoluta falta de resposta, ele se move, ainda por baixo de mim, e se apoia nos cotovelos. Isso faz com que eu finalmente me mexa, porém, o mínimo possível, somente o suficiente para me fazer perceber a preocupação em seu rosto.

— Bruno, meu amor. O que foi? — Sua voz rouca e calma entra na minha cabeça, despertando de um transe, como se estivesse preso em algum lugar da minha mente.

— Eu... — começo a dizer sem saber o que direi em seguida e me afasto mais um pouco para me apoiar com a lateral do corpo na cama. — Eu... Eu não sei.

Esfrego os olhos com uma das mãos e solto um suspiro pesado, sabendo que minha maior frustração no momento é não conseguir ficar duro para o meu namorado, por puro medo.

Caio se deita em minha frente, também de lado, e passa a mão pelos meus cabelos bagunçados, fazendo um rápido cafuné na minha nuca antes de continuar descendo a mão pelo meu pescoço, peito e, finalmente, cintura, onde a deixa ali. Somente com esse toque me sinto mais seguro, porém completamente derrotado quando percebo que não estou nem perto de estar sóbrio.

— Vem cá, meu amor. — Caio chega ainda mais perto e beija meu rosto com carinho.

Ele me conduz até seu peito, onde eu me aninho junto com o calor que sai dele, e um sentimento forte e novo toma conta de cada centímetro de que sou feito. É algo tão bom que dói. Meu peito dói, minha garganta dói e se eu não sentisse o ar quente saindo da minha boca, tocar a pele dele e depois voltar para meu rosto, eu poderia jurar que não estava respirando.

— Desculpa, Caio... Eu... — começo, já sentindo que deveria me calar.

— Shiiii... — Ele alisa minhas costas com uma das mãos e eu sinto meus pelos arrepiarem. — Vamos só dormir, tá bom? Dormir é bom também.

Então ele sorri, já quase dormindo, e beija minha testa.

— Tudo bem — eu digo e me aninho ainda mais no seu peito, me sentindo um pouco melhor que antes. — Dormir é bom também.

Felipe

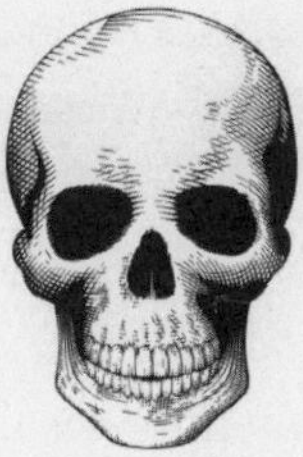

(DOMINGO 02H15MIN)

"Passei 24 horas, preciso de mais horas com você
Você passou o final de semana ficando quieto, ooh
Passamos as madrugadas fazendo as coisas certas entre nós"

♫ Girls Like You – MARRON 5 (FEAT. CARDI B)

— Ai, que droga! — Passo as mãos no rosto quando lembro que deixei o celular na mesa do quintal.

— Deixa pra pegar amanhã... — Amanda se aconchega ainda mais debaixo do cobertor.

— Não dá. Eu tenho que colocar ele pra carregar — digo, já me levantando devagar e tentando não tirar Amanda da posição que parece tão confortável.

— Volta logo — ela diz com voz de sono.

Beijo o pescoço dela e pego a camisa que estava vestindo antes do banho. Normalmente, vestiria sem nem mesmo pensar. Becca e Chris estão em casa e eu não me sentiria à vontade se elas me encontrassem sem camisa no corredor. Normalmente. Mas estou muito longe de estar no meu normal, pra dizer a verdade, acho que me sinto mais à vontade agora, sendo o cara que desiste da camisa e sai do quarto somente de bermuda do que o Felipe que fui desde quando o vitiligo apareceu. É engraçado me lembrar disso agora, digo, agora que cresci.

Eu tinha seis anos e meu pai saiu para comprar carvão durante um churrasco em família. A casa estava cheia de gente, alguns primos um pouco mais velhos que eu, tios e tias e minha mãe. Lembro que eu estava chateado porque era o mais novo das crianças e ninguém queria me deixar brincar de verdade. Pedi que meu pai me levasse junto, por que pelo menos eu poderia voltar com um picolé na mão e deixar as outras crianças com inveja. Mas ele não deixou e apenas me beijou no topo da cabeça, dizendo que eu tentasse me enturmar mais uma vez, afinal, eles eram família, e família, segundo ele, vem em primeiro lugar.

Lembro-me de ficar sentado na calçada esperando ele voltar enquanto meus primos jogavam futebol na rua. Bom... Ele não voltou. O carro bateu numa carreta uns três quarteirões depois dali e meu pai não resistiu aos ferimentos. A primeira mancha do vitiligo apareceu quase um mês depois daquilo, bem na orelha. Até minha mãe conseguir entender o que estava acontecendo, outras manchas apareceram cada vez mais rápido. A do olho, que me rendeu o apelido que eu detestava de "pirata", apareceu também nessa época, ainda discreta, mas quando entrei na adolescência, ela já tinha tomado conta dos meus cílios e parte da minha sobrancelha.

A terapia me ajudou muito, não só com o vitiligo, mas principalmente com o lance do meu pai. Ainda sinto falta dele, mesmo depois de tanto tempo, só que agora não dói mais, e eu fico apenas feliz em sentir que me tornei o homem que ele esperava que eu me tornasse. O fato de Amanda ter entrado na minha vida e feito de mim o cara que desiste da camisa também me deixa muito feliz.

Desço as escadas e vou até o quintal, onde não demoro para achar o celular na cadeira que eu estava sentado. Quando me viro pra voltar, vejo Thiago ainda na área da piscina.

— Que noite linda. — Sou pego de surpresa com o céu estrelado de Caraguá.

— É. — Thiago, sentado na beira da piscina, molha os pés na água gelada.

— Tudo bem? — fico preocupado por ele estar ali sozinho a tanto tempo.

Ele apenas consente com a cabeça, mantendo um olhar perdido que não costuma ser dele.

— Como se sente? — insisto, não convencido com a resposta que ele me dá.

— Um lixo... — Então, ele traga o cigarro sem palavras a acrescentar.

Tiro meus chinelos e me sento ao seu lado, molhando os pés do mesmo modo. Fico em silêncio, pois acho que talvez este seja bem-vindo.

— Eu tenho falado com o Bernardo... — Thiago confessa. — Não tô usando nada, mas... É complicado cortar ele assim. Somos amigos desde moleques...

É difícil entender a ligação dos dois. Nunca gostei do Bernardo, mesmo assim, sempre respeitei a amizade deles.

— Se você não tá usando nada, então não vejo problemas — digo, tentando não julgar o que ele me diz.

— O problema é que eu não posso continuar assim sem perder a Becca. — Thiago dobra uma das pernas contra o peito e apoia os braços cruzados no joelho.

— Ela só quer seu bem, você sabe, né? — Tento ajudar.

— Eu sei. — Então, mais uma tragada.

— Você não acha que pode falar a verdade pra ela do mesmo jeito que está contando pra mim?

Ele apenas trava os lábios sem uma resposta efetiva.

— Não acho que deve se sentir um lixo por isso — digo, sendo sincero, porém ele permanece em silêncio —, mas acho que deve pensar direito se você está pronto para levar esse relacionamento, ou seja lá o que for, adiante. Afinal, acredito que vocês dois merecem uma versão melhor dessa história. Talvez essa pausa seja o tempo que você precise para ficar limpo de vez.

Uma longa pausa é feita por nós dois e Thiago finalmente apaga o cigarro numa caneca de café que serve de cinzeiro.

— Eu... — Ele suspira, acho que tentando encontrar palavras. — Eu só... Eu me sinto mais fraco sem ela, sabe?

Percebo como está mexido e não digo mais nada. Só pego a mão dele e seguro com a minha. Sinto que ele me aperta de volta. É tudo o que posso dar agora e acho que, por enquanto, pode ser o suficiente.

Escuto alguém descer as escadas e seguir até cozinha. Quando me viro, vejo que é Rebecca, procurando alguma coisa nos armários, provavelmente o remédio de dor de cabeça. Então me levanto, e só porque me lembrei do meu pai momentos antes, dou um beijo no topo da cabeça de Thiago da mesma forma que ele fez comigo na última vez em que nos vimos.

— Vai ficar tudo bem, cara — digo antes de sair.

Rebecca me dá um sorriso de canto de boca quando passo por ela. Um sorriso de cumplicidade. Quase um "obrigada por segurar essa barra comigo".

Quando subo as escadas me atrevo a parar e olhar para trás. É quando a vejo se aproximar de Thiago de forma cautelosa, acho que pensando se deveria mesmo prosseguir ou não. Porém, um suspiro pesado parece declarar trégua entre os dois. Ela, então, se agacha atrás dele, encaixando as pernas em suas costas e o abraçando na altura do pescoço. É tudo de que ele precisa, uma trégua, assim como o choro que libera logo em seguida, quando Rebecca o envolve numa mistura de carinho e posse. Ele se vira, permitindo que o beijo entre os dois aconteça.

Apesar de, acredito que no fundo eles possam levar isso adiante, pois sinto que aos poucos Thiago vem mudando. Só espero que tudo fique bem agora.

Amanda

"Ela é só uma garota e está em chamas
Mais quente que uma fantasia
Solitária como uma rodovia
Ela está vivendo em um mundo em chamas
Sentindo a catástrofe, mas sabe que pode voar para longe"

♫ Girl On Fire – Alicia Keys

Maio,
Cemitério Santa Luzia

Ainda com a cabeça apoiada no ombro de Chris, deixo meu olhar brincar entre a pulseira que Becca nos deu e a minha aliança de compromisso. Lipe escolheu um modelo que tem um coração vazado com uma pedrinha brilhosa de cada lado e eu sinto como se ela tivesse sido feita exatamente para mim. Com a outra mão, toco na aliança dele pendurada no meu colar e a envolvo com a palma toda da minha mão. Tento respirar fundo, mas meu peito dói no meio do caminho e isso faz minha respiração sair entrecortada.

Como isso foi acontecer? Ajeito-me na cadeira e sinto a coluna estalar, assim como o pescoço. Meu corpo todo começa a sentir os efeitos de duas noites mal dormidas no hospital.

"Como ele está, mãe?"

Em poucos segundos, ela responde à mensagem que envio.

"Tá bem, filha. Continua estável."

Ainda não acredito que minha mãe veio de Porto Alegre para me ajudar. Encontrar com ela no hospital depois de um dia inteiro sem saber o que iria acontecer foi como um alívio, e eu a amo muito por isso. Eu só queria desabar em seus braços, pois não tinha mais forças de revezar com Caio e Bruno três andares diferentes do hospital.

"Vai ficar tudo bem, minha filha." Ela disse várias e várias vezes quando chegou, alisando meus cabelos e me aninhando em seu colo. Era tudo que eu queria ouvir, não só há dois dias, mas também ontem e hoje. E mesmo com a notícia dessa manhã dada pelo neurologista que Lipe estaria fora de perigo, não sei se eu teria forças de vir para o velório se ela não estivesse aqui. Ao mesmo tempo em que me ajuda a gerenciar toda essa bagunça, ela ainda consegue fazer companhia para mãe do Lipe, que parece ser tão sozinha.

Eu sei também que se Bruno estivesse em condições, ele estaria mais presente e passaria até mais tempo com a gente no hospital, porém, isso o atingiu de maneira diferente. O corte parece ter sido mais fundo pra ele.

Caio fez questão que ficássemos no apartamento dele, e apesar de ter negado, fiquei feliz que Bruno concordou em passar um tempo por lá. Detestaria vê-lo sozinho naquele apartamento.

— Tem notícias do Felipe? — Caio me pergunta baixinho ao se sentar do meu lado, ainda segurando a mão de Bruno.

— A mesma coisa de hoje de manhã. — Perco o olhar na tela do celular sem novas notícias. — Ele continua estável e fora de risco — respondo, sem saber ao certo o que isso significa.

Os dois olham para mim e acho que tentam sorrir, mas não conseguem. Bruno se encosta à cadeira e acho que se dá conta de que finalmente entrou na sala do velório. Ele solta o ar de forma pesada pela boca vermelha e um pouco inchada, e então busca respirar novamente, com certa dificuldade. Os olhos estalados sobre o caixão fazem com que as lágrimas se acumulem ali e só então ele me olha novamente.

— Você leu a carta? — ele me pergunta.

Balanço a cabeça de forma fraca, tentando manter nossa conversa o mais discreta possível.

— Eu não devia ter ido embora sem a Chris aquele dia — Bruno diz de forma doída, olhando para Chris sentada no meu lado.

Caio leva mão até a nuca de Bruno e enxuga com o polegar as lágrimas que começaram a cair.

— Meu anjo, não... — Caio o consola. — Não foi nada disso.

— Chris — Bruno então a chama, não se importando com o fato de estar chamando certa atenção das pessoas em volta. — Será que um dia... — Ele engole a saliva, que parece entalar na garganta. — Será que um dia você vai conseguir me desculpar?

A mãe de Chris, sentada atrás da gente, observa tudo atenta e, ao escutar o que Bruno diz, imediatamente se levanta para abraçá-lo de forma maternal, depositando um beijo demorado na lateral da sua cabeça.

— Não assume a culpa que não foi sua, Bruno — ela diz deixando transparecer em sua voz falha a emergência de fazê-lo entender isso. Seu timbre maternal acolhe todos nós. Bruno fecha os olhos ainda naquele abraço, como se precisasse ouvir aquilo.

Caio olha para mim e depois para Chris, tentando ser firme por nós duas. Ele passa a mão pelos nossos braços e seu olhar diz muito sobre companheirismo.

— Eu tô aqui, tá bom? — ele fala, com um sorriso quase invisível, antes se levantar e levar Bruno lá pra fora junto com Roberta.

— Amanda — Chris me chama depois que os três saem. — Lembra aquele dia na praia?

— Em Caraguá? — pergunto.

— Sim, no dia que a gente foi embora.

Balanço a cabeça em concordância logo em seguida, pois, afinal, faz apenas algumas semanas que voltamos de lá.

— Você acha que a Becca tinha razão? — Chris continua.

— Sobre o quê?

— Sobre o Thiago.

Lembro exatamente do que ela está falando e de repente me pego sorrindo. Becca tentava se justificar – mais uma vez – por dar mais uma chance a Thiago enquanto nós três pegávamos sol na areia da Martim de Sá. "Ele mudou de verdade dessa vez", ela confessou entre uma conversa e outra. Acho que Becca sempre se sentiu ligada a Thiago de uma maneira que eu e Chris não conseguiríamos entender, ou mesmo ela.

— Eu acho que sim, Chris — digo, no fundo sem muita certeza. Tenho esperança que sim seria uma resposta melhor. Tenho a esperança ou talvez o desejo de que nada disso tenha sido em vão e que Becca, depois de tudo, estivesse certa dessa vez.

Aperto a mão de Chris dentro da minha e solto um suspiro pesado:

— Tenho fé de que Becca estava certa.

Chris

"Se você mexer com ela
Então, vai mexer comigo
E ninguém vai chegar perto, sim
E acho que você deveria saber
Que se mexer com ela
Então, vai mexer comigo"

♫ Cross Me (Ft. Chance The Rapper & PnB Rock) – Ed Sheeran

Maio,

Cemitério Santa Luzia

Depois de algum tempo lá fora com Bruno, minha mãe resolve voltar e se sentar ao meu lado. Menos de um minuto depois, o celular dela toca.

— Oi, Andreia. — Ela atende a corretora de imóveis, chamando a atenção de quase todos.

— Mãe, por favor, vá fazer isso lá fora. — Meu rosto queima de vergonha.

Ela e meu pai decidiram que seria melhor nos mudarmos para São José dos Campos, uma cidade do interior de São Paulo que nem é tão do interior assim. A família da minha mãe é de lá e já está quase tudo certo para irmos no próximo mês. O que eu penso disso? Não sei. De verdade.

Minha mãe ainda não conseguiu vaga com nenhuma terapeuta e, enquanto ela tenta um encaixe nas pouquíssimas clínicas de psicologia de Campinas, conversar comigo tem sido a melhor forma que ela vem lidando com tudo isso. E ela tem feito o que pode. A mudança às pressas para São José, na opinião dela, será melhor para todos, mesmo se eu tiver que perder um semestre na faculdade. Lá eu teria meus avós, tios e primos. E claro, ela também terá esse apoio.

Acredito que não está sendo fácil nem para ela ou para meu pai. Deixar Campinas depois de ter crescido aqui me parece estranho. Todos meus amigos, lembranças e traumas... Deixarei tudo para trás como se nunca tivessem existido? É assim que funciona? Sinto que não será tão simples, mas não quero tentar provar o contrário.

Cruzo meus braços e vejo uma marca ainda roxa em um deles. Mais uma vez me lembro da boate, das luzes refratadas nas poças de água... Só hoje devo ter me recordado disso pelo menos dez vezes. Qualquer pequeno fragmento me leva de volta. A única saída, por enquanto, é me ater aos momentos alegres daquele dia.

Abril,
Campinas

"Já estou pronta. Vcs estão chegando?"

"???"

"Oi Chris, desculpa o atraso. Chegamos em 10 min, ok ?"

"Ok, buzine quando chegar."

Bruno e Caio só chegam com o Uber meia hora depois.

— Já decidiu para onde vamos, Chris? — Bruno pergunta, animado.

— Uma amiga minha comentou sobre essa boate nova no centro. Parece ser ótima. — Não era minha primeira vez em uma boate LGBT, mas essa em específico eu ainda não conhecia.

Eu preciso me divertir um pouco. Com o passar das semanas, os trabalhos e provas da faculdade, meu nível de cansaço e estresse está gradualmente aumentando. Só preciso de uma noite divertida. Afinal, é sexta.

Chegando à boate, o Uber encosta no meio-fio e agradece educadamente. Na faixada, *Pink Elephant* se destaca com luzes rosa-neon e o desenho engraçado de um elefante. A noite não está tão fria, então meu jaquetão jeans no mesmo comprimento do vestidinho preto é mais que o suficiente, sem falar que essa noite não abri mão do *Vans* pretinho, completando o look despojado.

Uma fila indecente toma conta da calçada do lado de fora, e depois de vinte minutos e uma meia entrada de quarenta e cinco reais, bebidas à parte, finalmente entramos. O ambiente escuro é amenizado pelas luzes que vêm do bar, bem no meio da boate, e que por ser redondo e razoavelmente grande, não forma filas ao seu redor. Fomos direto para lá, e sem muita demora uma *bartender* linda, com *dreads* nos cabelos presos somente na metade de cima, nos atende com um sorriso espetacular no rosto.

Bruno pede uma *Budweiser* e eu e Caio, *Ice*. A mulher ridiculamente linda anota nossos pedidos nas respectivas comandas e se despede com uma piscada quase indecente para mim. De longe esse já se tornou meu lugar favorito.

— Não parece ser muito diferente das boates que eu já fui — Bruno grita no meu ouvido para que eu consiga escutar o que diz.

Mas antes mesmo que eu pudesse falar qualquer coisa, um cara baixinho de barba e sobrancelha milimetricamente bem-feita chega dançando na direção dele. A calça caqui do sujeito combina com a camisa florida de tons azuis e verdes, e o modo lânguido do seu andar, no mesmo ritmo da batida alta que reverbera meu tórax, é de alguém, certamente, confiante demais. Ele continua até colocar uma das mãos na cintura de Bruno e então fica na ponta dos pés para dizer alguma coisa em seu ouvido. Bruno, como eu já esperava, arregala os olhos da maneira que nunca soube disfarçar e fica imóvel, me fazendo rir no meio do gole da minha bebida.

Caio, com o sorriso mais tranquilo que eu já vi na vida, apenas abraça Bruno por trás, enlaçando seus braços compridos na cintura de Bruno e deixando um beijo delicado em sua nuca.

— Ele tá comigo — Caio diz.

O baixinho sorri e se afasta, mas ainda fica alguns segundos olhando para os dois.

— Que pena — o baixinho diz com um sorriso indecente. — Me avisem se mudarem de ideia.

Antes mesmo do cara ir embora, Bruno e Caio se engajam num beijo digno de cinema enquanto eu, depois de duas *Ices* e uma garrafinha de água, preciso urgente de um banheiro.

Ao entrar em um, não muito longe de onde eu estava, a diferença brusca de iluminação entre os ambientes me deixa uma pouco zonza, mas talvez a bebida também esteja fazendo seu trabalho. Checo meu celular e vejo que estou sem sinal, mas não dou muita importância, afinal, banheiros de boates são quase sempre lugares sem área de cobertura.

Quando saio da cabine para lavar as mãos, vejo a *bartender* que me atendeu de frente para o espelho, secando as dela. A mulher de uniforme preto me olha pelo reflexo e sorri. Minha coluna inteira se arrepia quando percebo o *piercing* em seu lábio inferior. Definitivamente, essa é minha boate preferida.

Respondo de forma tímida ao "oi" que ela me dá e acabo escolhendo a pia ao seu lado para lavar minhas mãos, o que faço em silêncio, apesar do sorriso enorme em meu rosto, que diz muito mais do que seria capaz de formular agora. Ela apoia o quadril na bancada de granito vermelho e cruza os braços também sorrindo para mim. Calculo que deve ter seus trinta anos, pelo fato de algumas rugas bem discretas se formarem em volta dos olhos e que, mesmo assim, acrescentam ainda mais charme àquele sorriso.

— Qual seu nome? — Acho... bonita a rouquidão em sua voz.

— Christiane — respondo, trazendo algumas tranças para frente do corpo, e então pergunto: — E o seu?

Ela sorri ainda mais, como se fosse possível, e descruza os braços para poder deslizar dois dedos por uma das minhas mechas azuis.

— Marcela.

Meu coração bate tão forte que penso que ela pode ver meu peito subir e descer com a força que faz.

A porta do banheiro se abre, fazendo um barulho desagradável e deixando entrar mais três mulheres no banheiro. O clima parece dissipar entre nós, mas mesmo assim ela me olha de forma diferente, quase que especial, e me faz pensar que não precisa ser clichê ou cinematográfico para tirar meu fôlego. Marcela tira um cartão profissional do bolso de trás da calça e diz que o *whatsapp* está anotado ali.

— Me liga se quiser — ela diz antes de beliscar de leve a ponta do meu queixo.

Eu olho para o cartão e então para Marcela. Percebo que estou mordendo os lábios só porque me sinto tímida e animada ao mesmo tempo. Como antes, no bar, ela se despede com uma piscada e sai do banheiro. Eu fico ali, ainda inerte com o que acabou de acontecer e um frio na barriga delicioso, que não sinto há tanto tempo.

Do lado de fora, finalmente encontro os meninos, que já tinham se perdido de mim há algum tempo. Bruno parece muito mais despenteado do que eu jamais pensei que fosse possível e Caio, como se fosse a coisa mais natural e certa a se fazer, não tira um segundo sequer as mãos dele.

— Onde vocês estavam? — pergunto no ouvido de Bruno.

— No banheiro — ele responde tentando não rir, com uma expressão envergonhada que me diz muita coisa além disso. Amo conhecer Bruno tão bem.

Amo ainda mais o fato de começar a tocar uma versão remixada de *Ready For It?* fazendo com que a noite fique ainda melhor. Sinto que a amizade de nós três chega ao ápice quando cantamos e dançamos essa música como se não houvesse amanhã, como se apenas esse momento fosse suficiente para o resto de nossas vidas.

Thiago

(Sexta 23h08min)

"Estou segurando a sua corda
Estou a 10 pés do chão
E estou ouvindo o que você diz
Mas simplesmente não consigo emitir um som
Você diz que precisa de mim
Depois você me derruba, mas espere
Você diz que sente muito
Não imaginava que eu fosse virar e dizer"

♫ Apologize – OneRepublic

Becca chega ao meu apartamento depois de finalmente acabar o trabalho atrasado de Arquitetura. Quase não nos falamos direito desde quando voltamos de Caraguá, alguns dias atrás. Cada vez mais eu a sinto escapar entre meus dedos. Eu a recebo com um beijo nos lábios e minha mão em sua nuca, mas ela retribui apenas com metade de um beijo. Eu finjo que não percebo.

— Cadê todo mundo? — ela me pergunta e se senta no sofá, olhando à sua volta.

— Não sei — respondo ainda em pé na sua frente – Estou sozinho em casa.

Prostrado ali, sem saber, pela primeira vez, o que fazer, dou de ombros como se isso fizesse parte da minha resposta. As mãos vão automaticamente para o bolso da calça.

Ela, entretanto, me olha e sorri como se todo esse abismo entre nós não existisse. Inevitavelmente isso me faz sorrir de volta.

— Eu quero que fique tudo bem entre nós — digo a primeira coisa que me vem à mente.

Coisas desse tipo passam pela minha cabeça o tempo todo, mas eu apenas não sei como dizer. Talvez, se ela soubesse exatamente como me sinto em relação a nós, nunca teríamos brigado. Sei que sou um bosta, mas não queria ser. Acho que a única forma de demonstrar o que eu sinto por ela é essa versão tóxica de relacionamento.

Sento-me, cauteloso, ao seu lado no sofá, e mais uma vez a beijo. Ela ainda parece triste e isso faz meu coração doer, ao mesmo tempo em que tenho vontade de sair correndo. Quero consertar as coisas, apesar de não ter paciência para isso.

— Tudo bem. — Becca me abraça em seguida e volta a me beijar. Às vezes fico assustado em como ela parece ler meus pensamentos.

Quero muito transar agora, pra caralho! Mas acabo de lembrar que estou sem camisinha em casa. Puta que pariu! Tudo que eu queria era poder transar com Becca do jeito que sempre fizemos e que parece distante cada vez mais. Então, ao invés disso, desço minha boca até suas coxas e dali até seu íntimo. Nunca vou me cansar de fazer isso.

Becca geme por uns cinco minutos, do jeito que eu sempre gostei que fizesse, antes de se levantar e ir tomar banho, enquanto fico preguiçoso no sofá, com vontade de bater uma punheta. Acho que, enfim, está tudo bem. Eu deveria, pelo menos, me levantar e tomar banho com ela, mas a inércia fala mais alto.

— Que porra é essa, Thiago? — Becca volta pouco tempo depois, ainda enrolada na toalha, com meu celular na mão. Fodeu.

— O que foi?

— Que porra de mensagem é essa do Bernardo? — Ela joga, enfurecida, o celular em cima de mim. Eu já sei do que se trata e demoro alguns segundos para decidir se tento me defender ou se fico com raiva por ela ter lido minha mensagem. Na dúvida, e somente porque hoje me senti um pouco mais o Thiago que sempre fui, ataco.

— E que porra você estava fazendo mexendo no meu celular, Becca?

— Não interessa, Thiago! Quando a gente não confia na pessoa é isso o que acontece!

Fico sem resposta.

— Que encomenda é essa que chegou? — ela continua. — Você me falou que tinha se afastado dele! Que estava limpo! Quer dizer que era tudo mentira?

— Não! Não é mentira. Eu juro!

A minha versão não é totalmente verdadeira, mas também não está repleta de mentiras. Eu estou limpo. E talvez isso devesse bastar porque essa merda de heroína me esvaziou e me transformou na porra de uma casca e, acredite se quiser, ficar limpo consegue ser pior que isso. Eu não sei mais quem eu sou! E aqui dentro ecoa apenas o completo e absoluto nada.

— Olha pra mim, Becca! — digo ao me levantar do sofá, trazendo as duas mão para meu peito e sem me importar com o desespero em minha voz, afinal, não tem ninguém nesse mundo que eu queira mais que acredite em mim do que ela. — Você acha que eu estaria assim se não estivesse limpo?

Minha cara de noites em claro, ansiedade, depressão e culpa estampam, nitidamente, minha sobriedade.

— Então por que você tá falando com ele? Por quê?

— Ele tá precisando de grana, Becca. Você não sabe que o Bernardo é um fodido? Eu tô ajudando ele!

— Ajudando comprando drogas?! Você não tem a menor noção das coisas, Thiago? — ela grita.

Eu sei que ela tem razão, não sou nenhum idiota, mas essa é a forma mais rápida que eu posso ajudar. Ele não ia aceitar a grana se eu apenas entregasse pra ele, eu o conheço muito bem para dizer isso. Mesmo assim, Becca já está no limite.

— Becca, por favor.

Minha voz mais uma vez denuncia que eu não tenho mais força pra isso e minha casca completamente vazia apenas a observa vestir a roupa em alguns segundos e sair do meu apartamento.

Eu só queria um pouco de paz na merda da minha vida. Mas a verdade é que me sinto cada vez mais refém das pessoas ao meu redor. Foi assim com meu pai, foi assim com Becca e por mais que eu não enxergasse antes, por mais que pra mim ele fosse como um escape disso tudo, Bernardo tem sido o pior dos algozes.

E se eu quiser, finalmente, estar livre de todos eles e, principalmente, de mim mesmo, eu tenho que dar um fim nessa relação de culpa e raiva. Está na hora de colocar um ponto final nessa história com Bernardo, por mais que me doa.

Está na hora de me libertar e me preencher.

Minha vontade é de ir atrás de Becca, tentar acalmá-la e traze-la de volta, mas não vou aguentar peitar os dois na mesma noite. Não esse Thiago. Então decido buscar "minha" encomenda e acabar logo com isso.

Bernardo me recebe em sua casa com o mesmo "e aí, meu irmão" de sempre. Jogo os cem reais em cima dele e pego a porra do bagulho.

— Pra que isso, meu irmão? — Ele, como sempre, está alheio de tudo.

— Becca leu a porra da mensagem que você me mandou!

— A patroa não gostou? — O tom que ele usa para se referir a ela me incomoda toda vez.

— Quer saber, Bernardo? A patroa não gostou! E eu também já tô de saco cheio dessa merda. Você deveria ser meu amigo, caralho! A gente se conhece desde moleque. Você não consegue ver o lixo que eu tô? — Despejo toda raiva nele. — Sem falar na merda que tá sua vida! Você não consegue ver isso? O que vai fazer, hein? Pretende vender droga barata para o resto da vida? Quando você quiser recuperar o tempo perdido com essa merda, vai ser tarde demais! — digo tudo isso praticamente com o dedo encostado na sua cara.

Acho que essas palavras não são somente para ele. Sinceramente, deveria dizer isso olhando num espelho. Bernardo fica imóvel, sem saber como reagir aos meus gritos. Vejo seus olhos encherem de lágrimas e não sei dizer se são de mágoa ou raiva.

— Vai se foder, Thiago! — Ele finalmente explode. — Você é um filho da puta de um playboyzinho que só está querendo um motivo para aparecer. Você não sabe nada sobre ser "eu" e lidar com o "meu" tipo de vida miserável!

— Eu não sei? Não sei? Nesses doze anos que te conheço, eu nunca fiz ideia de como é sua vida?! Será que não é você que quer parecer a vítima aqui?

— Você acha mesmo que eu preciso me fazer de vítima? Porra, Thiago, olha pra mim! — Ele faz uma breve pausa com os braços abertos. — Agora olha pra você!! Você acha que algum dia eu vou ter a chance de ser como você?

Fico sem saber o que dizer, então apenas o mando se foder mais uma vez. Bernardo acaba cedendo e empurra meu ombro como quem procura uma chance de brigar. Eu, estupidamente, acerto-o no olho sem pensar duas vezes e muito menos no fato de ele ser no mínimo duas vezes maior do que eu. Não sei o que me motiva a continuar com essa babaquice, talvez eu só queira transformar toda raiva, toda decepção e fraqueza que constantemente me amedrontam em algo que eu pudesse ter nas mãos e destruir.

Uma coisa leva a outra e, quando percebo, Bernardo já está em cima de mim no terceiro ou quarto soco consecutivo bem no meio da minha cara. Só consigo fazê-lo parar quando digo que o odeio. E realmente odeio. Agora, nesse exato instante, eu o odeio mais que tudo e eu, honestamente, não sei se dessa vez vai passar. Ele larga minha camiseta com desprezo, como se eu fosse um pacote de lixo, e cospe no chão ao meu lado.

— Nunca mais apareça aqui, seu babaca. — A voz direcionada a mim é de dor.

Passo a mão, ainda ofegante, no canto da boca e limpo o sangue. Começo a sentir o olho inchar e o corte no nariz arder, mas nada disso dói mais do que tentar me tornar livre.

Eu o vejo cambalear casa a dentro, soltando urros de ódio. E só porque o conheço muito bem, sei que faz isso para que eu não perceba que está chorando.

É assim? É assim que acaba?

Não era para estar me sentindo melhor agora? Afinal, fiz a escolha certa, não foi?

Tirar Bernardo de vez da minha vida é o que esperam de mim e o que eu sempre soube que deveria fazer, mesmo assim, me sinto pior do que antes e com a sensação de que fiz uma merda muito grande. É como se uma onda de arrependimento chocasse contra mim tão forte que somente uma coisa me vem à mente para não me afogar.

No caminho de volta para casa, ligo para polícia e faço uma denúncia anônima. Digo o endereço de Bernardo e aonde ele esconde as drogas. A única maneira de colocar um ponto final nessa história é colocando ele na cadeia.

Caio

(Sexta 01h01min)

"Porque quando você me desdobra e diz que me ama
E olha nos meus olhos
Você é a perfeição, minha única direção
É fogo em chamas"

♫ Fire On Fire – Sam Smith

— Caio — Bruno me chama enquanto eu ainda fecho a porta do meu apartamento, os olhos inocentes percorrem meu rosto.

Ele se empertiga para dizer algo, mas então se interrompe num riso bobo e perde o olhar no chão.

— O que foi, meu amor? — Aninho minha mão em sua cintura.

Ele balança a cabeça numa discreta negativa, ainda sorrindo, mas não parece achar o momento engraçado de verdade.

— Ei — digo. Percebo que ele para de sorrir e seu olhar me encontra novamente. — Sou eu.

Seu sorriso agora é aconchego na lembrança de que, sim, "sou eu, Caio. Tudo bem você se abrir comigo".

— Nunca imaginei que algo assim fosse acontecer... — ele, enfim, diz.

A luz da rua que entra pela janela da sala ilumina somente parte do seu rosto, fazendo seus olhos parecerem segurar algumas lágrimas.

— Do que você tá falando?

— Nunca achei que alguém como eu... — A breve pausa vem junto com um pigarreio. — A verdade é que, quando eu estou com você, sinto que sou capaz de tudo.

Ouço sua confissão o trazendo para mais perto de mim.

— De algum modo, parece que eu sempre esperei você chegar — continua.

Bruno segura meus braços que o envolvem pela cintura. Suas mãos estão geladas e seu olhar me convida pra mais.

Fecho os olhos e encosto minha testa na dele, pedindo secretamente para que eu consiga ser o que ele precisa agora. Alguém que seja capaz de retribuir a confiança que ele deposita em mim. Tenho medo que ele descubra que eu apenas estou aprendendo, que as vezes não faço ideia do que estou fazendo. Que para mim, foi uma opção deixar tudo pra trás e apenas tentar começar tudo de novo. Mas que meu maior medo tem sido acordar desse sonho e me dar conta que ainda estou preso em São Roque e que nada disso foi real.

Mesmo assim, Bruno consegue me desdobrar em mil pedaços só de olhar para mim. Eu, do jeito que sou – com medo, inseguro, machucado –, estou completamente decifrado em sua frente.

Ele recebe minha confidência de palavras não ditas que aos poucos se transformam num beijo. Quero que ele se sinta amado, especial, importante e acolhido. Quero que cada toque meu fique para sempre guardado em um lugar especial da sua memória.

Ali, na parede ao lado da porta de entrada, aprofundo meu beijo de forma manhosa, deixando que ele sinta minha língua acariciar a sua devagar e atenciosa enquanto, em pé, sinto sua perna roçar contra a minha. Envolvo seu rosto com minhas mãos, mas logo as levo até seu pescoço, alisando uma pequena extensão abaixo da mandíbula, onde passo meus lábios em seguida.

Só com isso sinto como ele se entrega ao momento, me fazendo pressioná-lo ainda mais contra a parede, sentindo seu desejo crescer entre nós. Volto a beijar seus lábios ao mesmo tempo em que trago sua cintura para mais perto, causando um discreto gemido em seguida.

— Vamos pro quarto. — O tom de urgência que ele usa faz meu sangue ferver ainda mais. Eu faria isso aqui mesmo, se não estivesse me controlando tanto.

No quarto, deixo que ele tire minha roupa enquanto ainda nos beijamos. Olho como se a visão dele nu em minha frente fosse algo inédito, e me atento a cada pequeno detalhe do seu corpo depois que finalmente tiro sua última peça de roupa. A pele clara, as pintas quase que numa quantidade exagerada, seu corpo pequeno em relação ao meu... Tudo me chama atenção e investe ainda mais desejo em querer tornar isso tudo meu.

Deito-o na minha cama num andar felino em cima do colchão, enquanto aos poucos ele se acomoda no travesseiro sem nunca separar nossos lábios. Sentir sua saliva em mim me leva a lugares que nunca conheci. Meu coração parece parar quando me dou conta que talvez eu o ame.

Cheiro seus cabelos que por tantas vezes arrancaram meu sorriso por nunca estarem no lugar, mas que agora, ironicamente, parecem estar perfeitamente onde deveriam: no meu travesseiro.

— São meus — digo, inebriado ao alisar seus lábios com a ponta do dedo.

— São seus — ele me responde.

Estou entregue a cada mísero segundo dessa noite e serei dele até quando ainda me quiser.

Continuo passando os dedos médio e indicador sobre seus lábios com movimentos lentos, até que ele, sem perceber, abre a boca o suficiente para que meus dedos entrem. Bruno parece gostar tanto disso quanto eu e faz um barulho baixinho enquanto eu continuo os movimentos em sua boca.

Sinto que, aos poucos, suas pernas abertas relaxam um pouco mais debaixo do meu quadril, que mantém um movimento sutil, com muito custo, sobre sua barriga. Levo os dedos, já completamente umedecidos até onde em pouco tempo estarei tornando meu, e ali massageio.

— Caio... — Bruno me chama arfando e segura meus cabelos com força, unindo sua testa a minha. — Isso... Isso é tão bom.

— Eu sei... — Beijo seus lábios, que estão praticamente colados nos meus. Desço lentamente, tentando não assustá-lo, para então continuar o que faço com os dedos, só que dessa vez com os lábios. Porém, Bruno me fita com os olhos arregalados, como se jamais esperasse por isso.

— Você vai gostar, eu prometo — digo tranquilamente, tentando passar mais segurança dessa vez, mas Bruno permanece relutante com a ideia.

— Eu... — ele diz entre um gemido e outro. — Eu não sei. Acho que... Que talvez hoje... Eu...

Percebo o modo como ele tenta dizer não para mim e paro tudo o que estou fazendo: os dedos, o quadril e meu rosto já na altura de sua barriga, acariciando sua pele.

— Tudo bem, meu amor. — Um sorriso acompanha o que eu digo. — Não vou fazer nada que você não queira.

— Eu acho que não quero, então — ele me diz de forma tão sincera que faz o meu coração doer. — Não hoje, pelo menos.

— Então não vamos fazer... — Tento sorrir com os olhos mais do que com os lábios para que ele tenha a certeza de que pode confiar em mim.

Bruno assente e eu fico com medo de ele recuar agora, mas em seguida volta a me beijar e me incentiva a continuar os movimentos, me provocando com seu quadril. Assim, me afasto um pouco e posso ouvir o seu suspiro de reprovação quando faço isso, mas ele continua atento e acompanha meus movimentos enquanto eu pego, na gaveta da mesinha de cabeceira, lubrificante e camisinha. Ele engole em seco e leva uma das mãos até sua pélvis, alisando sua pele, quase que numa agonia de espera.

Coloco a camisinha em mim e cubro com bastante lubrificante enquanto Bruno começa a se virar de bruços.

— Não, meu anjo. — Interrompo-o no meio do caminho. — Fique como estava, confie em mim.

Ele, parecendo um pouco confuso com o que digo, apenas me obedece.

— Nas próximas vezes a gente faz assim — digo baixinho, próximo ao seu ouvido. — Hoje vamos fazer desse jeito, tá bom? — E me acomodo novamente sobre ele, que assente mais uma vez em silêncio.

Com uma das mãos me posiciono e deixo deslizar somente um pouco.

— Tudo bem? Está doendo? — Minha voz sai trêmula, quase falha ao começar a sentir o que estou fazendo.

— Não. — Seus olhos fechando enquanto me responde me deixam com medo de prosseguir. — Não tá doendo.

— Olhe pra mim, anjo — peço, carinhosamente.

Bruno me devolve o olhar. Quero que ele me olhe e saiba que isso entre nós é diferente. Preciso que ele sinta isso e confie em mim.

— Continua, Caio. — Ele volta a me beijar, puxando meu quadril para mais perto. Tenho que me segurar em sua coxa dobrada ao meu lado para não machucá-lo.

Faço o que me pede e me encaixo mais um pouco, devagar, mas continuo e Bruno parece aproveitar cada pequena investida contra ele. Isso só me deixa ainda mais trêmulo enquanto tento, com toda força que tenho, ir devagar. Seu gemido contra meu ouvido me faz deslizar um pouco mais. Tento parar, diminuir, mas ele mantém o atrito com seu próprio ritmo.

— Amor... Eu... — Minha intenção é de pedir que pare, mas não consigo e fecho os olhos, tentando durar mais do que esses poucos minutos.

— Olha pra mim. — É ele quem pede dessa vez, pois meus olhos me traem.

Trago, então, minhas duas mãos para debaixo do travesseiro e ele, para mais perto de mim. Nosso beijo parece não ter fim quando tremo novamente e me movo com mais intensidade desta vez. Sinto minha barriga completamente umedecida com a necessidade dele, o que quase no último segundo me faz lembrar de levar uma das minhas mãos até seu membro.

Ele está tão inchado que tenho medo de machucá-lo com o anel no meu indicador, então, rapidamente, levo o dedo até minha boca, arrancando a maldita bijuteria com os dentes, e depois a cuspo para longe.

Quando volto minha atenção até ele, vejo Bruno revirar os olhos, afundando a cabeça um pouco mais no travesseiro, é quando percebo que já estou todo dentro dele. Meus movimentos ganham vida própria, incapaz de negar um simples suspiro que seja, agora que sinto ter atingido um ponto especial dele. A sensação dos movimentos involuntários contra minha pele sob a camisinha faz com que mais quatro impulsos sejam suficientes para me levar até o clímax.

Meu orgasmo é tão forte que sequer o senti gozar em minha mão enquanto eu ainda gemia em seu pescoço. Ele me desdobra mais uma vez com seu olhar ainda vidrado em mim quando consigo levantar a cabeça para respirar melhor. Estou completamente despido de qualquer coisa em sua frente e serei dele mil vezes mais, em meio a todas essas borboletas azuis de que é feito nosso relacionamento.

— Tá tudo bem? — pergunto, um pouco tímido, enxugando o suor da testa em seu ombro.

— Sim... — ele responde, com o peito ainda subindo e descendo com força.

— Eu te amo, meu amor. — Um beijo sela a confissão feita pela primeira vez na minha vida. — Acho que te amei desde o primeiro dia.

Ele sorri e me aninha em seu peito num suspiro que diz "eu também".

— Fique comigo, Caio. Fique comigo porque meu coração é seu.

Durmo desse modo, abraçando meu mineiro de dentes tortos e cabelo bagunçado.

Chris

Maio,

Cemitério Santa Luzia

Naquela noite, ao sair da boate, estava chovendo, e quando olhei para trás, Caio abraçava Bruno e deixava um beijo carinhoso em seu pescoço. Era quase a fotografia de um filme jovem muito bem-produzido: a chuva, as luzes da faixada, o cabelo azul e as mãos se tocando. Lembro de naquele momento pensar em Marcela e sentir um sorriso se formar no canto da boca. Eles estavam em combustão e eu só queria que tivessem o tempo deles, e somente por isso insisti que fossem sem mim.

Eles ofereceram dividir a corrida do Uber comigo, mas eu neguei. Confesso que tive uma pequena esperança de conseguir encontrar Marcela saindo da boate e preferi esperar mais um pouco. Não estava muito tarde, mas toda fila já tinha desaparecido da calçada. Por causa da chuva, minha internet móvel ainda estava terrível e eu não conseguia completar meu pedido pelo aplicativo.

Voltei e perguntei para o segurança na recepção se tinha algum ponto de táxi ali por perto. Ele me indicou um que ficava dois quarteirões à frente. Então, esperei um pouco mais a chuva diminuir. Engraçado pensar nisso agora e ponderar todas as infinitas possibilidades de nada ter acontecido. Poderia ter ficado em casa, poderia ter ido com os meninos, poderia não ter esperado a chuva passar... Poderia não ter passado por nada disso. Nenhum de nós.

Não demorou muito para a chuva cessar e eu não me importei de pegar um pouco de chuvisco. Depois do primeiro quarteirão foi que eu comecei a me incomodar com o fato da rua estar muito vazia para uma sexta à noite. Eu não conhecia muito aquelas bandas do centro e minha imaturidade de achar que eu era um tipo de mulher-maravilha me fez continuar em frente em vez de voltar para a boate e esperar um bom sinal de internet.

Foi quando um carro estranhamente familiar entrou com tudo na rua perpendicular ao meu caminho. Quando o pneu cantou na curva e o carro diminuiu a velocidade, eu vi que se tratava de Bernardo. Lembro de revirar os olhos, mas ao mesmo tempo me sentir aliviada por ele ter passado direto. Apertei o passo e sequer olhei para o lado à procura do carro dele quando atravessei a rua. Eu só queria chegar logo no ponto de táxi.

Porém, depois de alguns passos adiante, senti um braço em volta dos meus ombros, de forma íntima, e fiquei sem reação quando vi que era ele. Seu, cheiro tão próximo de mim, imediatamente me fez me sentir suja.

— Christiane! — ele disse com certa vibração na voz. Estava pior do que todas as outras vezes. — Tudo bem, gata?

Meu impulso de imediato foi afastá-lo de mim e quando o fiz senti sua mão me segurar com força pelo braço. Foi quando ouvi uma sirene do carro de polícia se aproximar. Era um sinal de aviso para nós.

— Eu faço tudo que você quiser! — ele disse em desespero no meu ouvido. — Tudo! Qualquer coisa — sussurrou de forma agressiva.

Fiquei confusa. Do que ele está falando? Na rua, percebi que o carro da polícia fazia o retorno na avenida para estacionar ao nosso lado.

— Só finja que é minha namorada. É só isso que eu te peço. E, se perguntarem, meu nome é Douglas. — Ele apertou ainda mais meu braço. — Eu faço qualquer coisa que você quiser. Eu juro. Eu tenho uma tia pra cuidar. Ela tem oitenta anos, Chris. Não posso ir preso.

Os policiais estacionaram ao nosso lado e desceram do veículo. Um homem e uma mulher fardados se aproximaram. Eu e Bernardo paramos de andar e ele me puxou ainda mais para perto de si, com um dos braços ainda nos meus ombros. Esse foi o ponto exato onde tudo poderia ter sido diferente. Quando me pego lembrando, hoje, nesse enterro, eu vejo que aquele instante foi a minha última chance de ter feito qualquer coisa diferente. Foi o último fractal de uma vida completamente diferente da que me pertence agora. E não é justo que eu me sinta responsável por qualquer coisa. Eu fui a vítima. Eu fui enganada. E também fui eu que, por pena, decidi ajudar o Bernardo.

— Documento de identificação — o homem fardado disse imperativo. A mulher, no entanto, permaneceu em silêncio, com a mão no coldre.

— Boa noite, seu policial. — Bernardo imediatamente se transformou em outra pessoa e começou a revistar os próprios bolsos. — Eu tenho os documentos aqui. Só um instante.

Eu me choquei com a facilidade de ele fingir que está tudo bem enquanto ainda o observava completamente sem palavras por causa da incredulidade. Juro que pude sentir meu coração bater na garganta. Eu mal conseguia raciocinar direito. Parecia que estava entorpecida, num sonho ou algo assim. Uma parte de mim sabia que eu deveria pedir ajuda, que eu deveria correr para perto dos policiais e dizer que eu estava sendo coagida. Mas a outra parte, além de sentir pena de Bernardo, pelo tom de desespero em sua voz quando falou da tia, também tinha medo do que ele seria capaz de fazer se eu não o ajudasse.

— Amor, dá uma olhadinha se meu documento não está com você. — Bernardo coçou a cabeça como se realmente não se lembrasse de onde enfiou o maldito documento.

Foi nessa hora que eu finalmente me mexi. Notei o olhar desconfiado da policial sobre mim. Puxei minha pequena bolsa atravessada no peito e a abri lentamente. Senti minhas mãos tremerem.

— Se o documento não estiver com ela, é porque, com certeza, deixei em casa. Né, amor? — Ele riu como se aquilo fosse algo corriqueiro e que não houvesse um clima tenso pairando no ar.

Meu nervosismo fez com que eu, ao tentar tirar as coisas com pressa de dentro da pequena bolsinha, deixasse tudo cair no chão. De imediato me abaixei. Acho que nem foi pelo fato de estar tudo molhado no chão, mas por querer de alguma forma fugir dali de qualquer maneira, nem que fosse me agachando para recuperar aquela bagunça de documento, cartões e papeis aleatórios. Foi quando Bernardo aproveitou o momento e fugiu. O policial correu atrás dele e os dois sumiram quando dobram na rua atrás de nós.

— Qual o nome da senhora? — a policial perguntou num tom de firmeza quando me ajudou a levantar.

— Chris-tiane... — Meus joelhos tremiam sem parar.

— Você está precisando de ajuda? — ela me perguntou com certa urgência.

— Sim — digo, e começo a chorar. — Eu preciso de ajuda. Ele não é meu namorado...

Apesar da preocupação da policial, sua mão continuava me segurando com firmeza e eu não conseguia entender se eu estava me sentindo segura ou não. Era muita coisa passando na minha cabeça naquele instante. "Ele não é meu namorado", repeti algumas vezes em seguida. E quanto mais perguntas ela me fazia mais encurralada eu me sentia.

— Você conhece aquele homem? Já esteve com ele antes?

Sim! Mas não! Definitivamente não é isso o que parece. Foi tudo muito rápido. Ainda escutei alguns tiros de advertência do policial que estava perseguindo Bernardo ao longe. E quanto mais os segundos passavam mais eu sentia que estava observando tudo em perspectiva. Fora do meu corpo. O que me deixava cada vez mais sem reação e confusa. Eu sequer percebi quando ela começou a me revistar, mas no momento em que ela tirou algo no bolso da minha jaqueta foi como ter levado um choque de realidade.

— Isso é da senhora? — O tom na voz dela era diferente de quando me ofereceu ajuda.

Ela segurava três pacotes pequenos de pó e me lançou um olhar de decepção.

— Não! — Minha voz ressurgiu na pura reação de ódio que tive daquilo. — Isso não é meu!

Minha revolta era tanta que senti meus olhos queimarem. Eu tive pena! Pena! E agora terei que provar que essa droga não é minha.

A mulher tirou o par de algemas do colete dizendo:

— Você pode explicar isso para a delegada.

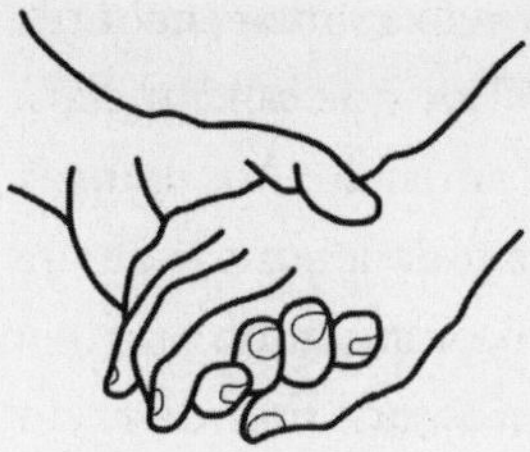

Becca

"Chamando seu nome à meia-noite
Alcançando você a partir de um sonho sem fim
Tantas milhas entre nós agora
Mas você está sempre aqui comigo"

♫ Here With Me – Susie Suh, Robot Koch

Maio

É tão confusa a sensação de estar aqui e ao mesmo tempo não estar. Quero tanto entrar, ver Chris, Amanda, os meninos... E deixar que tudo volte ao normal, mas... É como se a única coisa certa a se fazer agora fosse voltar para o carro. Olho a fila grande ao longo da rua, mas nenhum deles é o meu carro. Fico confusa. Sinto meu estômago embrulhar de novo e, como uma epifania, me lembro da ligação de Chris.

"Becca, vem me buscar. Por favor... estou com medo..."

Acho que nunca vou esquecer essas palavras, muito menos da forma como a voz dela soava ao telefone. "*Por favor*", ela pediu. Minhas mãos tremiam enquanto eu trocava de roupa e procurava as chaves do carro do Felipe. Ele e Amanda estavam dormindo no quarto e me lembro de agradecer a Deus pelas chaves em cima da mesa da sala. Eu me controlei para manter calma por ela, tentava cadenciar minha respiração, pois ela precisava que eu estivesse inteira quando chegasse.

Presa? Por causa do Bernardo? Eu não conseguia parar de pensar que se não fosse por Thiago, Bernardo nunca teria entrado em nossas vidas. Eu quis chorar porque me senti refém de uma realidade em que não importava o que eu fizesse para me afastar dele, eu sempre estaria consertando as coisas que ele destruiu pelo caminho. Mas eu me controlei e mais uma vez fui mais forte que isso. Chris não quis ligar para os pais e eu fui a primeira alternativa dela. Eu tinha que estar inteira. Então foi como fechar qualquer compartimento por onde eu pudesse sentir alguma emoção, mas com a promessa de que em algum outro momento eu tomaria daquele remédio amargo.

Chris me esperava numa sala, sentada numa cadeira velha de um lugar que parecia um escritório. A delegacia estava largada às traças. Ela me lançou um olhar de alívio quando cheguei.

— Tudo bem. Eu estou aqui agora — eu disse quando ela veio ao meu encontro.

Ela tremia de nervoso. *Ele me enganou. Mentiu pra mim!* Tive que esperar ela se acalmar um pouco para me contar com detalhes o que tinha acontecido. Aos prantos. A policial, do outro lado da mesa surrada pelo tempo, escutava tudo lançando alguns olhares discretamente atentos enquanto fazia alguma coisa no computador.

Ao me lembrar das palavras de Chris, hoje, é como se aos poucos tudo fizesse sentido.

"Eu estava sozinha porque não quis voltar com os meninos".

"Fiquei tão nervosa. Não sabia o que fazer".

"Como um cara como o Bernardo foi entrar nas nossas vidas, Becca? Como?"

Quanto mais suas palavram me vem à mente, mais essa tarde quente, em frente ao cemitério, faz sentido.

Bernardo ter feito aquilo foi o mesmo que um peteleco no primeiro dominó. Tudo começou a desmoronar a partir de então. Tudo.

De repente eu me sinto mais...

Leve.

Então, entrar no cemitério tornou-se apenas fácil.

Antes mesmo de chegar à sala do velório consigo ver que todos estão aqui. Pelo menos todos que podem estar presente. Isto de certa forma me deixa feliz.

Permito-me chorar. De alívio. De pesar. Ou apenas cansaço.

Felipe

(SÁBADO 04:55)

"Lembre-se de tudo que queríamos
Agora, todas as lembranças estão assombradas
Nós fomos feitos para dizer adeus
Mesmo com nossos rostos erguidos
Isso nunca teria funcionado do jeito certo
Nós nunca fomos feitos para fazer ou morrer"

♫ Already Gone – Sleeping At Last

Assusto-me com o celular de Amanda tocando no meio da madrugada. Ela atende três toques depois, quando consegue identificar de quem é a ligação.

— É Becca. — A voz ainda rouca de sono sai com dificuldade.

Coço os olhos na tentativa de acordar e digo para atender.

— Becca, tudo bem?

Um longo silêncio me fez perceber o semblante de Amanda mudar, fazendo seus olhos encherem de lágrimas.

— Eu... Eu tô indo — ela responde com a voz falha.

Olho para o relógio.

— Amanda, são quatro horas da madrugada. Aonde você vai?

— É a Chris... — ela diz com olhos ainda em choque. — Ela foi presa.

Sinto minha garganta fechar no momento em que ela termina de falar.

— O que aconteceu?

Amanda não consegue dizer duas frases seguidas que façam sentido.

— Amor, o que foi que aconteceu? — Tento novamente, soando um pouco mais urgente dessa vez.

— Parece que ela tinha cocaína nos bolsos. Eu não entendi direito. Becca não falou detalhes, mas estão na delegacia.

Amanda se levanta, enquanto eu, ainda inerte, sinto uma raiva enorme crescer dentro de mim. Alguma coisa aconteceu. Chris nunca colocaria as mãos em droga nenhuma.

— Eu vou junto — digo, jogando o lençol que cobria metade do meu corpo para fora da cama.

Em menos de um minuto fico pronto, e antes mesmo de sair do quarto para pegar minhas chaves e carteira, recebo uma mensagem de Rebecca.

"Felipe, eu to com seu carro"

— Rebecca foi com meu carro — aviso a Amanda, ainda olhando para o celular e sem conseguir raciocinar direito sobre o que fazer.

— Eu chamo o Uber, então — prontamente ela responde, pegando o próprio celular.

Chris foi presa por porte de drogas? Não existe sequer uma realidade alternativa que isso faça sentido. É a Chris! Nossa Chris. Deve ter sido algum engano.

Já na porta da delegacia, Becca vem até nosso encontro.

— Ela não quis ligar para os pais — Becca anuncia —, está com medo de eles não acreditarem nela.

— Onde ela está? — Amanda pergunta, olhando rapidamente para mim.

— Numa sala, lá dentro. A delegada de sobreaviso só chegou agora porque os policiais não queriam acionar ela. Eles não queriam incomodar a delegada de madrugada com algo que não era urgente. Vocês conseguem acreditar nisso? — Becca leva a mão à testa. — Iam deixar Chris detida aqui, nessa merda de delegacia, até amanhã na hora do expediente. Eu tive que fazer o maior escândalo pra eles ligarem pra delegada!

Becca estava com a respiração ofegante e seus olhos acumulavam lágrimas de raiva.

— E como foi que tudo aconteceu? — pergunto, ainda em choque com toda situação, passando a mão na boca. A sensação é de ter algo preso na garganta.

Becca, tentando se acalmar, respirando mais calmamente, conta sobre a falta de preparo dos profissionais que atenderam as duas e da forma como isso deixou tudo mais difícil para Chris. Desde perguntas do tipo "qual era a roupa que você usava?" até uma demora infernal para homologar a papelada pelo fato de ninguém querer ligar e acordar a delegada de sobreaviso.

Passo as mãos pelo rosto, soltando o ar pesadamente. Uma sensação de impotência terrível toma conta.

— E agora? O que a gente pode fazer? — pergunto, quase que para mim mesmo.

— Esperamos — Becca explica. — Vamos ver o que a delegada vai dizer.

— Ela conseguiu te contar direito o que foi que aconteceu, Becca? — Amanda pergunta.

Rebecca fica em silêncio por um momento e me olha, receosa. O olhar confuso de Amanda vaga entre nós.

— Foi o Bernardo — enfim, Becca diz. — Foi ele quem colocou a droga na jaqueta dela e acabou fugindo.

Tenho um sobressalto quando escuto o nome dele. De repente, me vem como uma enxurrada tudo que pode acontecer agora. Uma vontade irracional de descobrir onde esse animal mora e arrastá-lo até uma delegacia me deixa momentaneamente sem fala. Em resposta às expressões preocupadas das meninas, assinto com a cabeça algumas vezes para demonstrar que estou absorvendo tudo.

— O que vocês querem fazer? — Minha voz sai um pouco mais incisiva do que pretendia.

— Eu vou ficar aqui até ela ser liberada — Becca responde.

— Eu vou ficar com você — Amanda completa.

— A chave do meu carro tá contigo? — pergunto, estendendo minha mão.

Becca puxa as chaves do bolso de trás da calça e as entrega para mim.

— O que você vai fazer, amor? — Amanda segura em meu braço de modo preocupado.

— Liga para mim quando saírem daqui. — Passo a mão na boca na tentativa de me acalmar, inspirando o ar com força. — Eu... — digo já indo embora. — Eu venho buscar vocês.

Saio sentindo meu sangue ferver dentro do corpo e ignorando o fato de Amanda me chamar, tentando não fazer barulho na frente da delegacia.

Chego em casa e nem sinal de Bruno ou Thiago. Bebo um copo de água gelada na tentativa de voltar à realidade. Ainda não acredito no que aconteceu. Passo a mão no rosto e prendo o cabelo. *O que vou fazer?*

Ligo para o Thiago, mas dá na caixa-postal. Porém, Bruno me atende no segundo toque.

— Você pode vir pra casa? — peço de forma seca, de tanta raiva que estou sentindo.

Bruno e Caio chegam e, um pouco depois, Thiago também, com um olho roxo e o nariz cortado, alheio ao que aconteceu. Quando enfim conto o que houve durante a madrugada, o sol da manhã já ilumina toda nossa sala.

Bruno parece estar à beira de uma crise asmática quando digo que foi Bernardo o responsável. Nesse instante, reparo em Thiago e o modo como ele trava a mandíbula.

— Eu vou matar aquele filho da puta. — E se levanta furioso em direção à porta.

— Thiago! Espera! — Rapidamente o alcanço, ainda na porta. — O que você pensa que vai fazer?

— Felipe, sai da minha frente! — Thiago alerta.

— Pra quê, Thiago? Você vai encher ele de porrada e depois acabar preso junto com ele? — digo, ainda segurando a porta com uma das mãos. Se eu tiver que segurar Thiago à força para fazê-lo ficar, farei. Afinal, sou pelo menos dois palmos mais alto que ele.

— Felipe, eu tô avisando. — Ele tenta controlar a respiração. — Sai da frente da porta.

— Gente, por favor. Vamos tentar manter a calma, tá bom? — Caio se levanta do sofá enquanto Bruno ainda decide se vai procurar a bombinha de asma ou se chora. — Se a gente for atrás do Bernardo agora, não vai adiantar nada. Temos que ser racionais.

— Será que vocês podem parar com essa merda e me deixar sair? — Thiago começa a se alterar e força a maçaneta castigada da porta. Por um segundo ele consegue, mas forço novamente ela de volta.

É quando Thiago me agarra pela camisa e me encurrala contra a parede ao lado, me surpreendendo com a força que tem. Seguro seus punhos fechados na minha roupa em busca de equilíbrio, mas antes que eu possa fazer alguma coisa para me desvencilhar, Caio encaixa o cotovelo dobrado nos braços de Thiago e o afasta com o peso do próprio corpo.

Thiago berra feito um urso nervoso quando se apoia na mesa para não cair.

Nessa hora vejo Bruno sair às pressas, com os lábios levemente roxos.

— Amor! — Caio chama por ele, ainda parado na minha frente para ter a certeza de que Thiago não fará nada.

Na segunda vez que chama o nome de Bruno escutamos um barulho de algo caindo no chão vindo do quarto dele. É quando nós três nos demos conta da merda que estávamos fazendo.

Ao chegarmos no quarto, Bruno parece respirar mais aliviado com a ajuda da bombinha de asma. Os ânimos parecem se acalmar e Thiago, agora mais calmo, despenca, ofegante, no chão do corredor.

— A gente pode fazer uma denúncia — Bruno finalmente encontra forças para dizer. — Todo mundo aqui já viu Bernardo vendendo drogas nas festas e como Chris sempre o evitou. — Ele olha para cada um de nós como se não fosse preciso dizer mais nada. E, realmente, não é.

Passamos quase toda a manhã para registrar as queixas na delegacia.

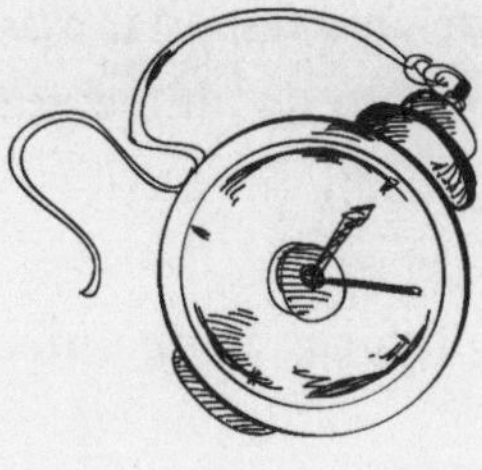

Thiago

(DOMINGO 20H46MIN)

"E agora parece que eu
não encontrei nada.
Quero ouvir sua voz alta e clara.
Devagar,
sem tudo isso
estou sufocando no nada.
Está claro em minha cabeça
e eu estou gritando por algo
Saber nada é melhor do que saber tudo"

♫ On My Own – The Used

Sou mesmo um filho da puta! Um desgraçado que não tem a menor noção da vida. Como pude ser tão teimoso ao ponto de nunca enxergar que Bernardo seria capaz de fazer algo assim? Como nunca enxerguei nada? Becca tem todo direito de jogar essa culpa em mim. Todo! Se não fosse por mim, eles dois nunca teriam se conhecido. Se eu não tivesse denunciado Bernardo, a polícia nunca teria ido atrás dele. Se não fosse essa minha doença nojenta. Se não fosse a porra do meu pai. Se não fosse a minha raiva, o meu ressentimento. Se não fosse a minha fraqueza!

Meu Deus, a culpa é toda minha. *Como pude?* Mesmo quando eu tento fazer a coisa certo eu acabo fodendo a porra toda!

Tenho vontade de vomitar ou simplesmente bater na minha própria cara ao me olhar no espelho do retrovisor. Devo estar pelo menos uns quinze minutos dentro do carro, na frente do prédio da Becca. Preciso me desculpar, preciso! Ela tinha razão desde o começo e eu fui extremamente teimoso. Há muito tempo minha teimosia vem me manipulando, e agora que tudo faz sentido, dói muito mais do que antes.

Eu não consigo respirar direito, tenho uma pressa dentro de mim que sobe pela minha espinha, é quase como se eu sentisse medo. Coço minha cabeça com as duas mãos, tentando afastar qualquer pensamento que fosse me desviar do que tenho que fazer. Preciso ser mais forte que isso. Bato na porta do apartamento de Becca e nada. Toco a campainha com receio de incomodar e logo em seguida escuto a voz de

Amanda do lado de dentro. "*Quem é?* ". Eu queria saber lhe dar uma resposta, mas parece que me perdi no meio do caminho até aqui. Não me lembro da última vez que soube responder isso.

— Thiago.

Um silêncio preocupante do lado de dentro me fez apertar a campainha mais uma vez.

— É melhor você ir embora, Thiago. — Dessa vez, a voz calma e firme é da Becca.

— Becca, por favor, me deixe entrar. Eu preciso falar com você.

— Não sou mais sua namorada, Thiago. Você não tem que me dar satisfação nenhuma.

— Becca, por favor. — Minha voz falha ao tentar gritar. — Por favor! — suplico. Meus olhos já começam a arder e o desespero de me sentir impotente, trancado do lado de fora, começa a crescer.

— Vai pra casa, Thiago. É o melhor que você faz agora.

— Becca, não faz isso comigo — digo já chorando, pois não tem nada mais que eu consiga fazer além disso.

— Desculpa, Thiago. De verdade, me desculpa. Mas eu não posso. — Eu não sinto absolutamente nenhuma emoção na voz dela. — Eu não aguento mais. Não consigo mais te olhar e mal consigo ouvir sua voz.

Essas palavras entram feito uma faca afiada no meu peito, enquanto, encostado à porta, ainda trancado do lado de fora, acabo gemendo alguma coisa.

— Becca...

— Por favor, Thiago, só vai embora.

A sensação que tenho é de que essa será a última vez que vou escutar a voz dela e o fato de conseguir ouvir seus passos apartamento adentro, afastando-se de mim, me fazem ir embora.

No caminho de casa, estaciono o carro no meio-fio para pegar o celular jogado no banco do carona. Entre os contatos, meu dedo vacila em cima do número de Chris. Minha barriga fica gelada e eu posso sentir minhas mãos tremerem de leve. Ligo e depois de três toques, cai na caixa-postal. Ligo mais uma vez e no segundo toque ela atende.

— O que foi, Thiago?

— Chris, que bom que você me atendeu. — Meu completo desespero já transparece em minha voz. — Como você está?

Ela fica em silêncio por um tempo, me fazendo perceber o quão idiota fui em perguntar isso.

— O que você quer? — Chris, enfim, diz.

— Eu quero conversar com você. Será... Será que posso ir na sua casa?

— Não.

Sabia que ela diria isso, e sinceramente, nem sei por que pedi. Ela tem todo direito de não querer me ver.

— Então ao menos me escute pelo telefone, tá bom?

Ela não responde, mas eu preciso continuar.

— Chris, eu... Eu não sei como começar. — Levo a mão à boca, na esperança de evitar meu choro. Inútil. — Eu me sinto muito culpado, Chris. Muito... — As lágrimas parecem ter vida própria no meu rosto. — Eu só preciso te falar que eu tô me sentindo um lixo, mais do que normalmente me sinto, e me dói muito saber que isso não chega nem perto do que você deve estar passando. Eu devia ter me afastado dele há muito tempo. Todo mundo tinha razão sobre Bernardo e só eu não vi. E minha teimosia acabou causando essa merda toda, porque ontem, Bernardo estava fugindo da polícia por causa de uma denúncia anônima que eu fiz e parece... — Faço uma breve pausa para conseguir respirar, pois temo que ela não esteja entendendo o que digo pelo fato de eu estar em prantos. — Parece que estou carregando o mundo inteiro nas costas com o tamanho da culpa que estou sentindo. E eu não tô falando isso pra você sentir pena de mim. Sério! Eu só quero que você me desculpe. Estou só tentando ser sincero porque a impressão que tenho é que se eu não falar nada, vou acabar sufocando.

Não consigo seguir com as palavras. Meu discurso patético deu lugar ao choro que vinha prendendo há anos, e que agora não sei como calar. Do outro lado da linha, Chris se mantém em silêncio até o momento em que escuto o seu suspiro.

— Quer fazer alguma coisa por mim, Thiago? — Percebo, então, que talvez ela também esteja chorando.

— Sim, qualquer coisa.

— Sabe o que a delegada falou pra mim depois que contei toda a minha versão da verdade? — faz uma breve pausa — Eu acredito em você. Foi o que ela disse. Eu acredito em você. E sabe qual foi a primeira coisa que me veio à mente naquele momento? Eu tive a certeza de que se fosse um homem no lugar dela, talvez eu estivesse até agora esperando na delegacia por um advogado que meus pais conseguissem contratar.

Fico em silêncio a escutando atentamente.

— Aquela mulher olhou nos meus olhos e disse que se eu conseguir qualquer prova contra o Bernardo, qualquer pista de onde ele possa estar, ela o colocaria atrás das grades. — Chris dá um longo suspiro. — Ele colocou as drogas no meu bolso, Thiago, e eu sequer reparei. Você tem noção disso? Você tem noção do que é ser subjugada e levada algemada pra delegacia? Devia ter sido você, Thiago! Você!

A verdade que atira contra mim entra ferindo. Mas qualquer verdade cortante e ardida que ela me disser é bem-vinda. Mereço todas.

— Não se preocupe, Chris. Eu vou consertar as coisas. Eu prometo!

Ela não diz nada do outro lado, mas a escuto fungar.

— Eu vou conseguir a prova de que você precisa. — Faço minha promessa e desligo. Isso me dá a esperança de conseguir fazer pelo menos uma coisa certa dessa vez.

Amanda

"Nós não conversamos
Nós não somos suficientes
E a tempestade lentamente chega
Quando a luz volta
E os tempos frios surgem"

♫ Falling Apart – Michael Schulte

Maio,

Casa da Chris

O brigadeiro de colher acabou antes mesmo da metade do filme e agora eu só tento raspar qualquer resquício de chocolate que sobrou no prato. Ontem Becca e eu não fomos para faculdade, fizemos questão de ir com Chris e a mãe dela na defensoria pública para fazer uma medida protetiva contra o Bernardo. Ficamos com ela o fim de semana inteiro e hoje, em plena terça-feira, viemos direto da faculdade para a sua casa.

Acho que assistir a um filme e apenas ficarmos juntas aqui seja o suficiente, pelo menos por enquanto, principalmente para Chris.

"A vida nem sempre é do jeito que a gente imagina"

A voz doce e familiar da dubladora da Sandra Bullock nos traz de volta à realidade no final de "Enquanto Você Dormia". Ouço Becca fungar do outro lado da cama e tenho a impressão de que o fato de ela estar chorando não tem nada a ver com a comédia romântica. Apesar da postura, por vezes, intimidadora, Becca nunca conseguiu esconder de nós o seu lado frágil. Percebo também que Chris está com o olhar perdido em algum lugar do quarto, então seguro sua mão para trazê-la de volta, seja lá onde esteja, e abro um sorriso que diz muitas coisas em silêncio.

— Eu tenho uma coisa pra vocês. — Becca se levanta da cama e vai até sua bolsa preta de ouro sintético, cheia de tachinhas.

De lá, ela tira uma sacolinha bem pequena de plástico e volta a se sentar onde estava.

— Não é nada demais, sabe... Mas eu me lembrei de vocês quando vi. — Um pouco sem jeito, despeja o que tinha dentro da sacolinha no meio de nós.

São três pulseiras de prata, de corrente simples e duas argolas pequeninas entrepassadas como fecho. São bem delicadas.

— Que gracinha — digo e pego uma.

Chris se encosta um pouco mais na cabeceira da cama e sorri, olhando as pulseiras. Becca, com um olhar esguio, tenta desvendar o que eu imagino ser um resquício de solidão. Talvez também se sinta culpada com essa história toda. Como o Thiago. Talvez só esteja tentando nos dizer que, na verdade, ela morre de medo de ficar sozinha e que as pulseiras, disfarçadas num recurso de perdão, é uma maneira de pedir companhia. Mesmo no meio de todo esse caos.

— Gostaram? — Becca coloca os cabelos atrás das orelhas do modo como faz quando quer se concentrar. — Eu sei que não é o melhor momento pra isso, mas sei lá... — Ela hesita. — Às vezes, com a correria, a gente esquece de dizer coisas simples. Obrigada... Eu sinto muito... Você é importante pra mim... sabe?

Uma reticencia paira entre nós e me faz esperar um pouco antes de dizer:

– Ninguém nesse quarto precisa pedir desculpas, Becca — digo, deixando bem claro esse ponto.

Ela perde o olhar entre as pulseiras e dá de ombros. Em seguida limpa uma única lágrima que escapa – quase sem querer – do canto do olho de um jeito anarquista de se emancipar da dor. Meu coração aperta ao perceber que ela não está em paz. Nenhuma de nós está.

Ajudo Becca a colocar a pulseira dela e ela, a minha. A mesma coisa faço com Chris. Como um ritual. Um sacramento. Estamos unidas. Na saúde e na doença. Nos momentos de alegria e de tristeza. E em momentos como este, onde somente o silêncio é necessário. Nele todo medo, estigmas e culpa se fazem presentes. Mas pelo fato de não serem verbalizados, apenas entendidos, dispensamos a *vergonha* de nos darmos ao luxo de sermos fracas. Pelo menos por agora.

— Nada mais de comédia romântica pra gente — digo quebrando o silêncio e trazendo risadas aliviadas em resposta. O 'por agora' termina.

— Não tenho condição psicológica de outro 'felizes para sempre'.

— Também não tô afim. Acho que só quero dormir — Chris confessa.

— Quer que a gente vá embora? — pergunto pensando somente no conforto dela.

— Não. — Chris volta a se aconchegar na cama. — Prefiro que vocês fiquem. Pode ser?

Becca se deita novamente na cama, coçando o nariz ao menos mais três vezes, e nós três nos espremememos no solteirão.

— Você é tão durona, Becca. Como pode ser tão *fraca* para comédias românticas? — Nunca entendi.

— Quem disse que sou durona? — Ela olha de forma dramática pra mim, me fazendo rir. — Eu sou uma farsa. Isso, sim.

— Você sabe que é durona, Becca — Chris sussurra, já de olhos fechados.

— Não sou, não. — Becca fecha os também olhos, mas abre um sorriso.

Nos aninhamos mais uma vez e enfim somente o ventilador de teto se é escutado. Dormiríamos até o dia seguinte se depois de um tempo o celular de Becca não nos acordasse.

— É o Thiago — ela diz sussurrando, quase se como não quisesse que a ouvíssemos.

— Não atende — Chris pede. — Por favor.

— Não vou atender. Não se preocupe.

Becca recusa a ligação sem perceber que eu a observo perder o olhar no teto do quarto. É quase como se eu conseguisse ver em seu rosto aquela mulher que emancipa a dor.

Me perdoa, Becca. Do fundo do meu coração, me perdoa. Eu nunca serei capaz de entender. Como seria? Já que por mais que caminhasse contigo nesse terreno ardiloso eu nunca fui capaz de sentir o que você sente. Eu não sei te ajudar. Isso faz de mim, mesmo te amando, a pessoa que te julga por não conseguir deixar ele ir. Me perdoa, amiga. Não sou capaz de entender porque ele suga toda sua força. Sua coragem. Enquanto você, simplesmente, as entrega pra ele.

Ela volta a olhar o celular quando escuta o sininho de mensagem.

"Eu só quero que você não sinta raiva de mim. Por favor."

A mensagem do Thiago tira o sono de nós três.

— Meu coração tá apertado — Becca, então, confessa.

— O de todo mundo está — digo.

— Acho que... Acho que tenho que responder. Não sei...

Becca se ajeita na cama, incomodada por não saber o que nos dizer ou o que pensar.

— Responde amanhã. Ele precisa de um tempo sem você — Chris, mais uma vez, pede. Um pouco mais séria dessa vez.

Sim. Você tem razão. Vou me afastar. Uma sequência de afirmações saem da boca de Becca, tentando não se desviar do discurso de mais cedo sobre pedir desculpas. Ela não disse, mas nós três sabemos que se sente culpada também. Parte da culpa a faz desligar o celular, aninhando-o contra o peito, com dó. A outra parte ainda se sente responsável por ele eu imagino. Não é justo projetar nela a única possibilidade de salvação. Becca nunca vai ser capaz de manter Thiago sóbrio, ele precisa fazer isso por si só. As pessoas que arrastamos para nossas lutas não são protagonistas de nossas histórias. Muito menos de nossas derrotas.

Enquanto Chris volta a pegar no sono e Becca, imóvel na cama, ainda encarando o teto, me lembro de uma das tatuagens dela. Uma frase como bracelete em seu braço esquerdo: "És eternamente responsável por aquilo que cativas". Sinto raiva do Pequeno Príncipe por isso. E do Thiago também pra variar.

— Preciso ir. — Ela gesticula com os lábios, fazendo sinal de derrota com os ombros.

Eu apenas forço um sorriso em troca e a vejo partir. É aqui, bem nesse momento, enquanto a observo sair do quarto na ponta dos pés, que eu percebo a minha própria dependência da dor. É nessa minha terna fraqueza que ela não me entenderia. Por sorrir e apenas a deixar ir embora. Olho minha nova pulseira e suspiro. Pergunto-me se deveria fazer alguma coisa. Levantar e sair atrás dela, mas sinto a mão de Chris apertar a minha um pouco mais forte. Fico com medo de despertá-la e apenas me dou como vencida. Penso em Lipe, em Chris, Bernardo... E fecho os olhos me forçando a voltar a dormir. Penso em Becca e em nossa amizade e no fato de ser cativa e simplesmente deixá-la ir. Me desculpa, amiga. O 'por agora' já se foi e seguimos fingindo sermos fortes.

Thiago

(TERÇA-FEIRA 17H46MIN)

"Eu não tenho desculpas
Para todas essas despedidas
Me ligue quando acabar
Porque eu estou morrendo por dentro
Me acorde quando os tremores sumirem
E o suor frio desaparecer
Me ligue quando acabar
E eu mesma reaparecer"

♫ Sober – DEMI LOVATO

Eu só preciso de ar, não consigo respirar. Preciso de mais um pouco, qualquer coisa que me faça esquecer que eu perdi e que não faço ideia de como começar de novo. Perdi Becca, perdi meus amigos e perdi qualquer forma de enxergar que, talvez, vá ficar tudo bem. A dor é horrível, mas para minha vergonha, eu realmente não sei diferenciar se dói por toda merda que eu fiz ou pelo fato de precisar me drogar para não pensar que vou morrer a qualquer instante.

Mesmo assim, consigo manter a promessa que fiz a mim mesmo e não vou procurar Bernardo, mas não por mim. Por Chris, por Becca e por qualquer pessoa que eu possa ter afetado durante esse caos. Pra dizer a verdade, mesmo que se eu quisesse o encontrar agora eu não saberia onde. Terei que esperar o tempo passar um pouco. Não dá pra voltar a falar com ele tão cedo. Eu sei que ele tem que voltar para casa, sei que é a única pessoa que a pobre da tia dele tem, mas não adianta eu fingir que estou arrependido por ter brigado com ele e encomendar algum bagulho para conseguir alguma prova. Bernardo não vai me responder nem tão cedo e estou com medo de talvez nunca mais responder. Não por ele, ou por mim, mas pela prova que prometi a Chris que conseguiria.

Enquanto isso, entre um beco e outro cheirando a mijo, encontro um sujeito chacoalhando uma lata de cerveja amassada. O barulho do lacre da lata balançando lá dentro me diz que ele tem o que eu quero. O preço é alto e eu barganho. "Essa é da pura", o coroa se justifica.

— Sempre é pura — resmungo.

Coloco a heroína no bolso do casaco e vou embora. Um moleque sujo e sem camisa me espera com a mão estendida por ter vigiado meu carro. Ele passa um pano laranja na porta antes de forçar a maçaneta, fazendo questão de abrir pra mim. O moleque deve ter mais ou menos a idade que Yan deveria ter agora. Fico alguns segundos olhando pra ele, como se a qualquer momento a criança, que um dia foi meu irmão, aparecesse ali na minha frente e enfim conseguisse redimir todos os meus pecados.

Dez reais e um olhar apático o fizeram ir logo embora, sacodindo o prêmio sobre a cabeça para outros garotos mais velhos que o esperavam mais à frente.

Não tenho mais forças, não tenho mais ar.

Abro a porta de casa e salivo. Imagino, por um segundo, que minha próxima abstinência será a pior de todas. Mas nem mesmo isso me faz desistir. Nem mesmo o fato de que na próxima vez Becca não estará do meu lado pra me lembrar de que ainda sou gente.

Felipe está estudando na mesa da sala e eu tento passar por ele o mais natural possível. Dois livros abertos e algumas folhas espalhadas têm mais a atenção dele do que eu, então chego ao meu quarto sem fazer barulho. Antes de fechar minha porta, espio o quarto de Bruno e vejo que não tem ninguém, e por algum motivo isso me deixa decepcionado. Acho que a constante necessidade que tenho de ser palco para alguma merda já se tornou intrínseco demais em mim. E por isso não tranco a porta. Na verdade, me arrependo ao fechá-la e a mantenho entreaberta. A porta está entreaberta, repito em minha cabeça como se isso fosse me salvar de mim mesmo.

"Essa será a última", juro mais uma vez. Depois de hoje, será pra valer. Só mais essa vez e eu paro. De vez. Penso em Yan, na minha mãe e então, como se já não fosse o suficiente, em Becca. Talvez minha pior abstinência devesse começar agora. A verdade é que eu nunca soube direito o que estava fazendo, nunca pesou de verdade, então penso em resistir, mas não sou forte o bastante.

É quando sinto vontade de escrever uma carta, não sei ao certo pra quem, ou mesmo o que quero dizer, mas apenas começo a escrever e deixo que as palavras escritas justifiquem a minha fraqueza. Talvez elas entendam meu medo de não conseguir fazer isso sozinho melhor do que eu. Ou me ajudem a achar uma equação que faça sentido nessa merda toda. Como matemática. Com lógica. Como um sentimento que não sabemos ao certo se é bom, ruim, nocivo, fugaz... É só uma vontade de exorcizar tudo num pedaço de papel.

Ouço a seringa me chamar quando estalo o dedo nela para acomodar melhor a heroína já diluída. Só mais essa vez, o fundo do meu consciente repete quase sem que eu o escute.

Aperto a carta que deixo dobrada na palma da minha mão, para me ajudar a bombear o sangue do meu braço. E injeto.

Cama...

Cadeira...

Porta... Entreaberta...

Está tudo bem... Felipe está até... Feli...

...

Girassol...

Vejo o casaco de Becca pendurado atrás da minha porta. É como se ela estivesse aqui e eu sinto vergonha. É uma vergonha que me pesa forte, como se meu corpo afundasse no chão, como se meu sangue fosse lava e me prendesse num pesadelo sem fim. Isso me faz perceber que por mais que eu não esperasse, a droga realmente era pura. É quando meus olhos, involuntariamente, arregalam no susto. Não vou aguentar o tiro dessa vez. É pura demais.

Sinto medo.

Tento fechar os olhos, mas eles já não me obedecem.

Penso em meu pai.

Rebecca

"E tudo que eu te dei se foi
Caiu como se fosse pedra
Achei que tínhamos construído uma dinastia que o céu não poderia abalar"

♫ Dynasty – MIIA

Maio

Os passos me levam devagar, sem ritmo constante, quase sem coragem, quase fugindo... Mas continuo. Continuo por ele, por mim e pelas infinitas versões de mim mesma que ficaram pelo caminho. Minha mãe está logo ali, com meu pai e meu irmão. É como se eu sentisse a onda de energia que emana deles.

Do lado de fora, Bruno e Caio estão de mãos dadas, apoiados na parede de tom pastel. Quando chego mais perto, Bruno se vira. Acho que sente meu olhar sobre ele. Está devastado, sua pele clara parece ferida pelas lágrimas que secaram ali mesmo, os olhos vermelhos pela perda. Tudo bem. Deixe que as lágrimas lavem a dor e o luto cumpra seu papel. Dilacere e vá embora.

Eu sei que ele sente tanto quanto eu, ou quanto qualquer um de nós sente, mas me permito um pouco de egoísmo agora. Eu sofri demais por continuar tentando. Eu tentei e tentei. E no final das contas acabei deixando Thiago na hora que ele mais precisou de mim.

Eu queria que de alguma forma Bruno soubesse que eu estarei sempre ao seu lado, serei sempre sua amiga, seu desabafo... Lembro-me de nós dois no chão da sala, enquanto Thiago tentava assistir ao jogo em meio as nossas risadas sem fim. Rolávamos no chão de tanto rir. Lembrar disso agora me faz pensar que a vida poderia girar em torno daquele momento como elipses de energia, continuando, sem limites, sem prazos e sem últimas chances. Todos eles poderiam orbitar na melhor versão de todo esse caos. É o que eu desejaria se tivesse um último desejo.

Preciso continuar. É como se todos esperassem por mim.

Ao passar pela porta, avisto Amanda sentada ao lado de Chris. Meu peito aperta ainda mais quando vejo as duas usando as pulseiras. Felipe não está aqui e a confusão na minha cabeça, que se fez presente durante toda essa tarde, agora é dissolvida como neblina em manhã fria. E eu, enfim, me lembro de tudo...

A porta do apartamento dele estava destrancada, o que não era de costume.

— Thiago tá em casa? — perguntei para Felipe, que estudava na mesa da sala.

— Ele tá no quarto. Chegou agora a pouco... — respondeu sem dar muita atenção.

Lembro que a luz fraca que vinha de dentro do quarto dele me anestesiou imediatamente, me fazendo acreditar que estava tudo bem. Um sorriso de alívio apareceu no meu rosto.

É estranha a sensação de olhar esse caixão e por um segundo achar que encontraria outra pessoa dentro e que tudo não passa de um simples engano. Posso, literalmente, sentir meu coração ficar leve de alívio ou delírio. Talvez os dois sejam a mesma coisa e eu que nunca percebi. Aproximar-me do caixão é como abrir a porta do quarto dele, entreaberta, que deixava passar apenas uma luz fraca.

Tudo perdeu o som, a cor e a sensibilidade. Abri a porta e Thiago estava encolhido sobre o próprio corpo no chão ao lado da cama, a seringa ainda no braço e a carta, ainda dobrada na mão.

Quantas vezes saí daquele apartamento achando que seria a última vez? Achando que eu não tinha mais forças para voltar e ser quem ele precisava? Sinceramente, perdi as contas. Mas todas as vezes eu soube, lá no fundo, que não demoraria para que estivéssemos juntos novamente com tudo aquilo que só a gente tinha.

Lembro-me de não conseguir entrar. Fiquei segundos valiosos parada na porta antes de finalmente me mover para trás, até bater na parede do corredor. Senti o impacto nas minhas costas e um som semelhante a um tambor reverberou minha voz que não dizia absolutamente nada, mas que pelo menos chamou a atenção de Felipe.

Tudo aconteceu em segundos depois disso. Felipe deixou a cadeira que estava sentado cair no chão quando se levantou tão rapidamente ao ver minha expressão de choque. Ele foi direto para o quarto e vacilou um instante antes de desdobrar o corpo de Thiago. Tirou com cuidado a seringa do braço dele e o pegou no colo.

— Becca, aquela minha bolsa de remédio tá na cozinha! — ele gritou enquanto o carregava até a sala.

Ainda em choque, não reagi, então ele gritou mais uma vez:

— Becca! O remédio que a mãe dele me deu!

E com um estalo, eu voltei. Sim, o NARCAN que vi na bolsa do Felipe em Caraguá. A caixinha branca. Corri para cozinha e o estojo azul marinho estava em cima da geladeira. Minhas mãos tremiam muito e eu quase não consegui abrir o spray nasal. Dose única, dizia na caixa. Entreguei aquele remédio de formato engraçado para Felipe, que esborrifou todo o conteúdo nas narinas de Thiago.

— Becca, liga pra ambulância! — ele pediu enquanto deitava o amigo no sofá, esperando qualquer reação.

Pensei em olhar a validade do remédio, na esperança de achar qualquer conforto para a demora de reação de Thiago, mas não fiz.

— Felipe, vamos levar ele de carro! — sugeri com a voz falha, ainda com a caixinha na mão. — Vai ser mais rápido! Pelo amor de Deus!

Ele concordou na mesma hora e pegou mais uma vez o corpo completamente mole de Thiago no colo. Peguei as chaves do carro de Felipe pela segunda vez em menos de uma semana. Aquela foi a última peça, o último dominó, o último nível de energia. E quem a derrubou fui eu. Aquela foi minha última versão.

Eu poderia ter chamado a ambulância, mas talvez não tivesse salvado Thiago. Eu não sei ao certo quantas vezes ele renasceu naquele dia. Lembro que Felipe falava qualquer coisa com ele para que, de alguma forma, sua voz, mesmo que só no inconsciente, o mantivesse ali conosco. Lembro de olhar o retrovisor e ver que seus olhos se abriram levemente, confuso e fugaz. Aquilo me fez chorar. Lembro do rosto de um motorista que me olhou assustado quando eu o ultrapassei, quase arrancando a tinta da lataria, e do som da buzina pedindo passagem pelo trânsito. Lembro que me senti culpada por ele ainda não ter acordado e que talvez o remédio estivesse fora da validade. Minha cabeça não conseguia fazer nenhum tipo de conta para que eu tivesse noção de quanto tempo aquele medicamento estava com Felipe. Mesmo me esforçando. A sensação era de que todo passado estivesse comprimido e contido no presente. Tudo era presente e a contagem de tempo não existia mais. Foi esse maldito sentimento de culpa que me fez buscar a caixinha branca caída em algum lugar no chão do carro. Aquilo me fez bater em outro carro a poucos quarteirões do hospital.

Vejo o caixão ser fechado e tudo fica em silêncio. É como um barulho ensurdecedor. Eu achava que a morte fosse uma passagem solitária, mas não. Eu me sinto rodeada por todos. Gargalhadas, beijos, confissões, carinhos, dores, medos... E fragmentos de todas as pessoas que deixei para trás e que ainda assim levo um pedaço comigo. São pequenos espectros do meu fractal, são os momentos de intensidade, mesmo que simples, que me fazem companhia, eternizando meu último tempo de Rebecca.

Todos os dominós, enfim, caíram, e está tudo bem. Mesmo que o último tenha sido o meu.

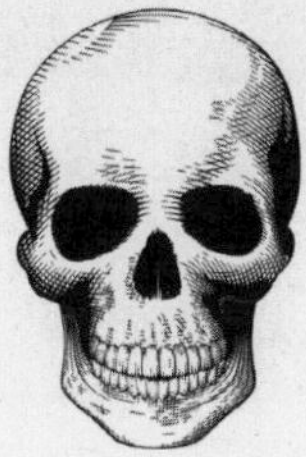

Felipe

(DEZ ANOS DEPOIS)

"Se eu fosse jovem, eu fugiria desta cidade
Eu enterraria meus sonhos debaixo da terra
Como eu fiz, nós bebemos pra morrer, bebemos esta noite"

♫ Elephant Gun – Beirut

Acordo sentindo o colchão afundar do meu lado da cama. Abro meus olhos devagar e vejo duas mãozinhas pequenas segurando um biscoito de leite e uma máscara de Iron Man. Meu sorriso se abre sozinho, antes mesmo de me espreguiçar, e puxo Arthur para cima da cama. Ele se senta na minha barriga, ainda de pijama, com uma mancha de leite com Nescau bem na altura do peito.

— A vovó já chegou — ele diz, puxando a máscara até o topo da cabeça para comer o último pedaço de biscoito.

— Vovó já chegou? — Tento parecer espantado, ainda com a rouquidão matinal. Passo as mãos pelo rosto como quem estivesse dramaticamente perplexo pelo fato de ainda estar na cama e faço o pequeno super-herói de pijama rir. As covinhas dele são iguais às de Amanda e isso me acerta em cheio todas as vezes.

— Cadê Alice? — pergunto, levantando Arthur, e o deito do meu lado na cama.

— Na sala — ele diz, ainda rindo das minhas cosquinhas.

— Onde?

— NA SA-LA! — o gritinho sai agudo demais quando chego nos seus pezinhos sem meia.

— E mamãe, onde tá? — Minha pergunta soa como um cochicho em seu ouvido.

— Ela saiu. — Arthur coloca as mãozinhas cheirando a biscoito em forma de concha ao tentar cochichar da mesma forma que eu.

Beijo a ponta do seu nariz e coloco a máscara de volta no lugar. Checo meu celular e vejo a mensagem que Amanda deixou:

> *"Amor, sua mãe já chegou. Fui comprar as flores."*

"Thiago ligou avisando que preferiu ir sozinho dessa vez."

Então me lembro de que dia é hoje e o motivo pelo qual Amanda preferiu sair logo. Ela precisa ficar um pouco sozinha, mesmo depois de tanto tempo, todos os anos, quando vamos visitar o túmulo de Becca, é como se ela sentisse tudo de novo.

— Bom dia, vovó. — Beijo o topo da cabeça da minha mãe quando, finalmente, chego à sala já de banho tomado e pronto para sair. Alice, mais nova que Arthur, tira o cochilo da manhã no colo da avó coruja e, apesar do medo de acordá-la, não resisto e beijo a cabecinha cheirando a shampoo de neném. Ela dá um sorrisinho, mesmo dormindo, e meu pobre coração aperta mais uma vez.

Minha mãe, por insistência minha e de Amanda, se mudou para São Paulo depois que Arthur nasceu. Isso ajuda muito com a solidão dela e também com a nossa rotina corrida.

— Como você tá bonito, meu filho — ela diz, dando um tapinha no meu rosto.

Analiso-me rapidamente no espelho da sala, checando se estava tudo no lugar. Passo a mão de leve pelos cabelos ainda molhados do banho, e que agora mantenho curtos. Com o passar dos anos, minha mancha mais característica do rosto se espalhou, se juntando com a do nariz, queixo e boca. Hoje, quase todo meu rosto é branco, assim como minhas mãos e pés. Mas por incrível que pareça, aquela mancha que Amanda sempre teve tanto carinho, em formato de coração no meu antebraço, ainda permanece do mesmo jeito de antes.

No espelho, vejo o Felipe de trinta e dois anos que eu queria me tornar.

— Bom dia! — Amanda, enfim, chega com as rosas brancas e Arthur corre para seu colo.

O cabelo, que agora usa na altura dos ombros, cai charmoso no rosto quando ela se abaixa para pegar nosso filho. Penso que não conseguiria respirar se fosse mais feliz que isso. Ela me beija, da mesma forma que me beijou durante todos esses anos, quando passa por mim pela cozinha.

— Mamãe quer que você seja um bom menino e que obedeça direitinho a vovó, tá bom? — Amanda diz, ainda se despedindo de Arthur na hora de sair.

Ele promete que sim e então olha pra mim e pede colo.

— Posso ir junto, papai? — A carinha dele me mata e eu o aperto ainda mais nos meus braços.

— Da próxima vez, tá, filho? — E dou mais uns três beijos na sua bochecha gorducha. — Hoje eu preciso que você tome conta da vovó e da sua irmã enquanto eu estiver fora, combinado?

— Combinado! — diz, orgulhoso com a missão confiada a ele, e me aperta forte com seus bracinhos.

A viagem para Cachoeira Paulista, cidade da família de Becca, não é muito longa e todo ano ficamos – os seis – hospedados no mesmo hotel.

— Caio e Bruno já fizeram *check-in* — Amanda diz, depois de ler as mensagens no celular. — Eles vão esperar por nós para irmos juntos ao cemitério.

— Tudo bem — respondo, entrelaçando meus dedos nos dela, trazendo as costas de sua mão até minha boca para um beijo carinhoso. — Já estamos quase chegando.

Ela fica em silêncio por quase toda viagem, como todos os outros anos. E por mais que minha vontade fosse dizer qualquer coisa para fazer Amanda se sentir um pouco melhor, respeitei a privacidade de seus pensamentos todas as vezes.

No hotel, assim que deixamos nossas coisas no quarto, mando uma mensagem para Bruno, que logo em seguida bate em nossa porta. Parecendo um pouco mais animada, Amanda abre a porta e o nosso casal favorito espera do lado de fora, de mãos dadas. Bruno abre um sorriso enorme, apesar de trazer por trás dele todo o significado desse encontro, e então abraça Amanda por longos segundos. Suspira fundo, como se ali eles dividissem o peso desse dia.

Os anos acumularam em Bruno um pouco mais de peso, não é mais tão magro como era na época da faculdade. Dessa vez, ele veio com uma barba bem rala, óculos de grau de armação preta e seus cabelos parecem finalmente ter encontrado um barbeiro que o ajudasse a parar no lugar. Caio sorri, ainda do lado de fora, sem passagem por causa do abraço de Bruno e Amanda. O seu semblante tranquilo permanece o mesmo de sempre, e apesar de ser o mais velho de todos nós, não parece ter envelhecido um ano sequer, mesmo que algo entre os cabelos definitivamente pretos e a roupa social o conferirem um ar de maturidade. Os dois me recebem com um abraço apertado e um beijo fraterno no rosto. Estava com muita saudade deles.

— Cadê as crianças? — Caio pergunta, quase desapontado.

— Estão com a minha mãe — respondo e imediatamente sinto uma pontada enorme de saudade dos meus filhos. Queria que eles estivessem aqui, mas não é o momento.

— Eu vou fazer uma ligação de vídeo para eles agora, se você quiser vê-los — Amanda oferece, sentando-se numa mesinha com duas cadeiras próximas à janela do quarto. Caio, sem nem mesmo pensar, aceita a oferta, pois é louco por crianças, ou pelo menos, pelas nossas.

Bruno, parado na minha frente, me lança um sorriso retesado com as duas mãos na cintura, como se fosse o próximo a dizer alguma coisa. Mas então eu apenas o abraço mais uma vez, porque não nos vemos com tanta frequência quanto eu gostaria.

— E como anda a T&F Construtora? — Bruno pergunta, se sentando na beirada da cama com um tom de orgulho.

Fico um pouco tímido, pois mesmo depois de quatro anos que Thiago e eu abrimos essa empresa, ainda não me acostumo com o fato de nossos planos realmente terem se concretizado. Deixo Bruno a par de tudo em uma rápida conversa sobre o assunto antes de lhe dizer, pela milésima vez, que deveria vir trabalhar com a gente. Bruno é um dos melhores arquitetos que eu já vi. Mas, pela milésima vez, ele nega.

— Na verdade... — Bruno diz, parecendo um pouco cauteloso quando passa uma das mãos na nuca. — Não sei se é hora de dizer isso, mas...

Ele faz uma breve pausa e olha para Caio, que sorri para nós dois enquanto tenta conversar com Arthur pela chamada de vídeo.

— Nós vamos nos mudar para o Canadá no mês que vem.

— O quê? — É minha única reação.

— O quê?! — Amanda, do outro lado do quarto, prova mais uma vez que pode prestar atenção em várias coisas ao mesmo tempo. E então, olha espantada para Caio.

— Caio finalmente conseguiu o doutorado que ele tanto queria — Bruno começa a explicar.

Imediatamente, ficamos todos felizes por essa nova fase na vida deles, mesmo que isso signifique ficar longe por um tempo. Mas fico tranquilo pelo fato de terem um ao outro. Desde o começo, eu soube que os dois dariam certo. Assim como eu e Amanda, eles estão juntos desde a primeira vez que se beijaram. Lembro-me do modo como Bruno jurou no casamento deles que estaria sempre do seu lado, para ser cúmplice dos seus sonhos. Não seria diferente dessa vez e eu estou feliz por eles conseguirem algo tão incrível.

Depois de um tempo, saímos para almoçar antes de, enfim, irmos para o cemitério. É quando Chris chega. Nesse ano nos encontramos num restaurante de comida chinesa próximo ao hotel. Ela chega de mãos dadas com Marcela, que apesar de sempre trazer Chris de São José dos Campos até aqui – e depois buscar –, nunca fica com a gente, mesmo quando insistimos. Acho que lá no fundo Marcela entende que esse encontro se trata de algo muito pessoal para Chris.

As duas cumprimentam todos nós com fortes abraços e Marcela logo se despede.

— Amanhã eu venho te buscar, princesa — ela diz pra noiva.

Chris, depois de anos sem as tranças, resolveu voltar a usá-las, porém curtas feito chanel e da mesma cor natural de seus cabelos. Ela se senta entre Bruno e eu, e por um segundo tenho a sensação de ser aquele universitário cheio de inseguranças que gostava de festas ruins.

— Eu já passei no cemitério — Chris anuncia e espera um pouco antes de continuar. — Encontrei Thiago lá.

Os olhares se voltam pra mim quase de relance, pelo fato de Thiago sempre vir conosco.

— Ele levou a carta dessa vez? — Amanda pergunta para Chris.

— Sim. A carta e as flores. Como sempre.

— Vocês conversaram? — dessa vez é Bruno quem pergunta.

— Sim — Chris responde com um sorriso meigo. — Ele me contou sobre Bernardo.

Todos nós já sabíamos, inclusive Marcela, mas Thiago fez questão de dar as notícias pessoalmente. Bernardo tinha sido condenado à pena de 13 anos, mas entrou com recurso ano passado alegando bom comportamento, porém o recurso foi negado e o resultado saiu nessa semana. Thiago sempre acompanhou o caso bem de perto, apesar de nunca ter visitado Bernardo na cadeia em Campinas. Dois anos depois do episódio na saída da boate, Thiago conseguiu armar uma situação para comprar drogas com Bernardo. Na época ele já tinha se envolvido com inúmeras outras atividades ilícitas e com ajuda da delegada que acreditou em Chris desde o começo, Bernardo foi preso em flagrante.

Depois da morte de Becca, Thiago ainda demorou muito para sair do hospital. Ele teve ferimentos graves, principalmente nas pernas. Foi preciso três cirurgias ao longo de cinco anos para que ele finalmente tivesse os ossos da completamente reconstruídos. Mesmo hoje, quase dez anos depois, ele sente dor se não seguir à risca as sessões de fisioterapia.

Mesmo eu tendo ficado em coma por três dias por causa daquele acidente, nada muito além de uma clavícula quebrada e alguns pontos na cabeça me foram reservados. Ainda me emociono por não saber ao certo o que aconteceu comigo enquanto estive em coma. A sensação é de ter sonhado com Becca, lembro-me perfeitamente de ter me despedido dela no cemitério no dia do velório. Mesmo sendo algo tão inimaginável, gosto de pensar que aquilo realmente aconteceu e que eu pude convencê-la de que a culpa não foi dela.

Meu celular toca. É Thiago. Ele pergunta onde estamos e pouco tempo depois chega ao restaurante. Sua aparência não é uma surpresa pra mim, afinal, nos vemos todos os dias na empresa.

— Eu não acredito que vocês não me esperaram pra comer — ele diz depois que abraçou todos individualmente.

Seu semblante está sereno, acho que isso por si só já o tornaria completamente diferente da época do Thiago da faculdade. Os cachos bem definidos quase não aparecem mais com o tamanho do corte que ele adotou há algum tempo. Uma cicatriz grande próxima à orelha também compõe a pequena lista de grandes mudanças nele.

Reservamos o momento do almoço para colocarmos os assuntos em dia, relembrar da época da faculdade, e por que não, balancear, mesmo que internamente, o rumo que a vida de cada um tomou. Éramos tão jovens quando nos conhecemos e, apesar de dez anos terem se passado, sinto que foi muito rápido. De vez em quando, tenho que me lembrar de que já me tornei um adulto com responsabilidades reais. Se eu pudesse, mudaria o rumo de algumas coisas, mas talvez nenhum de nós seríamos os mesmos se não fôssemos moldados pelas coisas boas e ruins que nos aconteceram.

Rebecca faz falta. Todas as vezes. E em todas as vezes brindamos a ela.

— À Becca — digo, no momento em que todos, já satisfeitos, perdem os olharem em pontos aleatórios na mesa bagunçada.

— À Becca — todos respondem.

Maio, 2029

Becca,

Passei muito tempo pensando antes de escrever esta carta, pois sabia que ela seria diferente das outras. Por um momento achei que talvez não seria capaz de escrevê-la, mas aqui estou, com a caneta na mão, tentando começar.

Toda as vezes que eu pensei em como eu deveria ter mudado antes de te perder, acabei matando um pouco mais o Thiago que eu costumava ser. Esses últimos dez anos não foram fáceis. Ficar sóbrio não foi fácil. E ficar sem você por perto foi a prova real de que o ser humano pode aguentar muito além do seu limite.

Todos os dias, antes de dormir, eu desejo que de algum modo você possa estar vendo tudo isso. Finalmente estamos todos bem, como você sempre quis. Você teria sido uma tia babona dos filhos de Amanda, e se ainda estivéssemos juntos acho que os nossos seriam tão lindos quantos os deles.

Quero, mais uma vez, te dizer que as coisas vão bem com meus pais. Por muito tempo eu tive que me esforçar para não desistir, você conhece meu pai. Mas, hoje, é apenas fácil, e isso, junto com uma lista de infinitas outras coisas, eu devo a você.

Desde o ano passado muita coisa mudou pra mim. Estou feliz. Tenho alguém que me ama, me respeita e eu sinto que, enfim, aprendi como é ceder. Mas algo no meu coração me impede de seguir adiante e acho que isso se dá ao fato de eu ser ainda tão ligado a você. No final do ano o meu filho nasce. Ainda não sei se é menino ou menina, mas sei que estou pronto. Não vou negar que já me peguei pensando como seria se fossemos nós. Mas isso não me faz bem.

Por este motivo esta carta é tão difícil. Tudo que você fez por mim, a forma como me amou e continuou tendo esperança, nunca será esquecido. Nunca. Mas eu preciso seguir em frente agora.

Estou sóbrio, estou bem e estou pronto. Tudo isso por sua causa. Não sei quantas vezes será necessário repetir para que eu sinta de verdade que estou fazendo alguma coisa a respeito.

Desculpa por não dizer "eu te amo" com a frequência que você merecia ouvir, e apesar de agora ser tarde demais, eu sinto que meu amor por você nunca vai acabar, com a imagem do seu girassol que sempre aparece em meus sonhos. Tudo que eu queria agora é que você tivesse conhecido o Thiago que eu me tornei hoje.

Obrigado por me salvar, Becca. A gente se vê qualquer dia.

Com amor,

Thiago.

FIM

Agradecimentos

Esse livro só aconteceu porque eu tive uma rede de apoio incondicional de pessoas que trilharam comigo esse caminho.

Meus amigos PURs: Juan, Deko, Amandinha, Paulinha, Thati, Ray, Narosa, Clarinha, Agatha, Mar e Vini. Obrigada por se tornarem parte da minha vida, pelas risadas, pela cumplicidade, pela terapia diária e por segurarem minha mão todas as vezes. Eu tenho um orgulho danado de cada um. Vocês são minha inspiração e motivação para continuar firme no mercado editorial. Eu amo vocês.

Eu não seria ninguém sem os betas que me ajudaram desde a primeira versão desse livro, que foi em 2019. De lá pra cá, pessoas incríveis fizeram parte da construção dessa história. Anelise, Kalina, Jú, Luma e Jean. Vocês não sabem o quanto cada comentário – desde os áudios de sete minutos até o mais simples "AAAAAA" – foi importante para mim. Eduardo Tadeu, maninho que a vida literária me deu. Obrigada por me fazer acreditar em mim mesma e me fazer lutar por Fractais. Eu sei que você nunca vai me perdoar por mandar BRAIO para o Canadá, mas como eles, você me faz lembrar diariamente a importância de se ter sonhos e amigos com quem possamos compartilhá-los.

Um muito obrigada mais do que especial a minha agente, Guta, que acreditou em mim e nesse livro. Obrigada por me fazer "puxar o tom" e me fazer sentir uma escritora melhor a cada feedback.

Obrigada à Qualis e a todos os profissionais envolvidos na produção desse material.

Flávio, meu amor. Espero que você saiba o quanto sou grata por você respeitar e apoiar cada centímetro do que eu sou feita. Obrigada por entender meu processo e amar todas minhas versões, mesmo que algumas delas sejam mais difíceis do que outras. Obrigada por me escutar surtar e chorar de alegria durante todo o caminho que me fez conseguir escrever até aqui. Obrigada por ser parte do meu fractal. Eu te amo.

Bom, e muito obrigada a você, leitor, que chegou até aqui. Agradecimentos são sempre tão pessoais e agora eu me sinto um pouquinho mais próxima desse lado daí. Espero que esse livro tenha ganhado um lugarzinho especial na sua vida e na sua estante.